LAS MANOS DEL PIANISTA

colección andanzas

EUGENIO FUENTES
LAS MANOS DEL PIANISTA

1.ª edición: marzo 2003
2.ª edición: mayo 2003
3.ª edición: noviembre 2003

Diseño de la colección: Guillemot-Navares
Reservados todos los derechos de esta edición para
Tusquets Editores, S.A. - Cesare Cantù, 8 - 08023 Barcelona
www.tusquets-editores.es
ISBN: 84-8310-233-1
Depósito legal: B. 48.697-2003
Fotocomposición: Foinsa - Passatge Gaiolà, 13-15 - 08013 Barcelona
Impreso sobre papel Goxua de Papelera del Leizarán, S.A.
Liberdúplex, S.L. - Constitución, 19 - 08014 Barcelona
Encuadernación: Reinbook, S.L.
Impreso en España

Índice

AGRADECIMIENTOS

Quiero mostrar mi agradecimiento a José Antonio Leal, a Fernando Alonso, a Marciano de Hervás y a Paloma Osorio por su paciencia al leer y opinar sobre un manuscrito que hubieran preferido leer sin errores. A Felipe Peral, que sobre sus propias manos me ilustró sobre las manos de los pianistas y me puso tras las huellas técnicas de los grandes músicos. A Felipe Fernández, que encaminó en buena dirección el manuscrito. Y a Juan Cerezo, que con mano sabia dirigió estas páginas hacia las planchas de edición. A todos ellos, muchas gracias.

Creo que fue con sangre de animal con lo
que fue teñida la primera espada.

Ovidio, *Metamorfosis*

Creía que al matar a un hombre se acaba
todo, se dijo. Pero no es así. Es entonces
cuando empieza.

William Faulkner, *El villorrio*

Pianista

Ninguna tontería he oído repetir con tanta frecuencia como esa que afirma que son delicadas las manos del pianista. Es mentira. He visto en fotos, y varias veces en el televisor, a la gran Marguerite Vajda tocando, y también he visto en una larga entrevista cómo movía sus brazos, explicándose. Incluso cuando el resto de su cuerpo parece relajado, sus manos están duras y en alerta, como esos perros en apariencia dormidos que atrapan con un brusco movimiento la mosca que vuela ante sus fauces. La forma de sus dedos no tiene ninguna delicadeza; al contrario, son como pequeñas porras ensanchadas en la última falange. Dedos fuertes y feos como muñones que, sin embargo, son capaces de incendiar el aire con la belleza de un acorde.

He visto también en grabaciones las manos de otros pianistas —Maria João Pires, Barenboim, Esteban Sánchez, Pollini, Perahia, Glenn Gould— y todas eran manos anchas como raquetas encordadas por venas que vibraban al paso de la sangre. Ninguna era una mano hermosa, como si hubiera una oculta afinidad entre lo sublime de la música y la deformidad del órgano que la interpreta. A todos ellos los anillos se les van quedando pequeños, estrangulando la base de unos dedos cada año un poco más gordos. Yo tuve un profesor a quien la alianza terminó por hacerle tanto daño que necesitó de un herrero para que se la cortara.

Pero sobre todo conozco mis manos. Las he observado en movimiento y en reposo, abiertas y cerradas, dispuestas para la caricia y para el daño, sé cómo sangran y cómo están distribuidas sus venas; conozco el trazado de las rayas del destino —la de la vida, muy corta; la del amor, partida en cinco estrías—, la cicatriz de una vieja herida de cuchillo en el pulgar, el vello y las pequeñas marcas y lunares, la angulosidad y dureza de las coyunturas. Mis manos también son manos de pianista. Y sin embargo con ellas he ido sembrando la ciudad de pequeños cadáveres.

Pero no quiero anticipar los datos de esta historia. Siempre he sido un hombre ordenado y metódico. Actúo con una disciplina que acaso provenga de todos los años en que estudiaba música, cuando aún tenía fe en mi talento y no dejaba pasar ni un solo día sin sentarme varias horas ante el piano.

Por entonces estaba convencido de que yo también sería un buen pianista, de que triunfaría en esa profesión, dando conciertos aquí y allá, en ciudades hermosas y lejanas, como solista o como miembro destacado de una orquesta. Soñaba con salir a escena en la Ópera de Viena, en la Scala o en el Metropolitan, caminando muy rápido hacia un gran piano de cola, con ese paso con que los grandes intérpretes parecen tan impacientes por tocar que casi desprecian al público que les aplaude. Mi madre también contribuyó a fomentar esa seguridad, pero ya se sabe lo ciegas que pueden volverse las madres con las pequeñas virtudes de sus hijos. Cualquier destello las deslumbra, y confunden la habilidad con el talento, la soltura con la genialidad.

Mis padres murieron y yo nunca llegué a terminar la carrera. No soy un virtuoso, al contrario. Ahora tengo un oficio definido por una palabra que odio desde lo más profundo de mi corazón: soy teclista. Tres sílabas para definir un trabajo que sólo me produce frustración: el de quien maneja teclados de instrumentos sin prestigio, sea un órgano eléctrico al servicio de una cabra, tocando en las aceras de las calles para recoger las monedas que caen de los balcones, sea, como en mi caso, en una orquesta de mediocres músicos aficionados que se contrata para amenizar bodas, fiestas municipales en poblaciones sucias y perdidas, verbenas populares en tristes barrios de aluvión. A eso es a lo que he llegado. Teclista. Un oficio nocturno que me deja todo el día libre para dormir y pensar.

Siempre he creído que fue ese excedente de ocio lo que me condujo a desempeñar mi otro oficio.

Una mañana me llamó una amiga de la que entonces era mi mujer para pedirme un favor. Su perra, una spaniel, había parido cinco cachorros, hijos de un chucho callejero sin dueño, sin higiene, sin pedigrí. Intentó regalarlos y nadie los aceptaba. Quería deshacerse de ellos, pero se sentía incapaz de llevarlos al veterinario para que les pusiera una inyección; mucho menos se atrevía a matarlos ella. Me pidió que, puesto que yo tenía tiempo libre, los llevara a la clínica, ella no podría ni mirarlos a los ojos. Me dio un dinero excesivo para pagar el encargo y compensar las molestias, pero los cachorros nunca llegaron a la clínica. No tuvieron una muerte dulce, si es que lo que allí les inyectan les hace morir dulcemente. Dejaron de respirar en el fondo del Lebrón, dentro de un saco de arpillera lastrado con una piedra.

Ahora, algún tiempo después, sé del desagradecimiento y comprendo mejor que nadie la soledad de los verdugos. El desprecio del rey hacia sus sayones es directamente proporcional a la necesidad que tiene de sus servicios. Ahora lo sé, pero entonces lo ignoraba, y tardé en asumir la repulsa que, una vez cumplido el trabajo, me manifestó la amiga de mi ex mujer, como si no hubiera sido ella quien me lo había pedido.

No sé cómo se extendió la noticia de aquel suceso, pero pocos días más tarde me telefoneó otra mujer para hacerme otro encargo, el segundo. Casi siempre son mujeres quienes me llaman, como si ellas tuvieran más miedo —o compasión cuando sufren, pero a veces también más odio— que los hombres, que parecen establecer con los animales una relación más fría y más neutra.

—Usted no me conoce —me dijo. No quise preguntarle cómo me conocía ella a mí—. Me dieron su teléfono y me dijeron que usted hace... trabajos con animales.

—¿Qué tipo de trabajo? —pregunté, aunque intuía que no debía hacerlo.

—Hámsters. Mi hijo. Vivo sola con él y no sé cómo solucionarlo. Hace unos meses, en su cumpleaños, me pidió con insistencia una pareja de hámsters. Algunos amigos suyos los tienen.

—Sí.

—Ya no los quiere. Les ha tomado verdadero odio, sin que explique la causa. No sabemos qué hacer con ellos.

—¿No puede regalarlos? ¿O devolverlos a la tienda donde los compró?

—Verá, es que... —dudó— debe de haberlos maltratado. Ahora mismo no es fácil cogerlos. Están escondidos por algún rincón de la casa, asustados y feroces. Han comenzado a robar comida, a roer las cortinas. Yo misma temo encontrármelos una noche en mi cama, o pisarlos en la oscuridad. Le repito que no es fácil atraparlos. Cuando lo he intentado se me enfrentan enseñando unos dientes como agujas, emitiendo un pequeño chillido, como las ratas, los ojos rojos de rabia. Le aseguro que dan verdadero miedo. Quiero decir —corrigió—, a alguien que no es especialista en animales. Por eso lo estoy llamando. ¿Podrá venir a recogerlos?

—Creo que sí —acepté.

—Dígame una hora y sus honorarios.

Me atreví a pedir una cantidad que yo creía excesiva por librarla de dos ratones inofensivos. Sin embargo, a ella le pareció razonable.

A partir de ese segundo encargo comprendí las posibilidades económicas que se abrían ante mí. De pronto advertí que una alta proporción de la gente que conocía tenía algún tipo de animal doméstico en su casa. La ciudad en la que vivía, diseñada para ser habitada por el hombre, estaba repleta de una inmensa fauna: perros, gatos, peces de colores, tortugas, conejos, hámsters, topos, ratas, monos, ranas, murciélagos, gusanos de seda, pájaros de todas las especies y tamaños. Sobre todo, la población canina era tan numerosa y mimada que casi en cada barrio había aparecido una clínica veterinaria. Asombrado, descubrí que en ellas contaban también con servicio de peluquería, camas, guardería, atención psicológica, eutanasia y algo que podría llamarse prostíbulo. ¡Breda estaba llena de animales que recibían mejor trato y cuidados que millones de niños!

No me sorprendí cuando me llamaron por tercera vez. La voz que sonaba al teléfono era la de una anciana, y no iba a decirme de qué se trataba hasta que llegara a su casa. Tenía que verme.

Era uno de esos pisos antiguos con techos más altos de lo habitual, con grandes plafones de escayola y gruesas paredes que engullen los ruidos. Entrar en él era como entrar en la selva tropical, en un jolgorio primaveral de pájaros alegres, multicolores, bien alimentados. El silbo del jilguero y la pandereta del papagayo, el siseo del pardal y la flauta de la oropéndola, la banalidad del mirlo y el yunque del herrerillo ponían esquirlas de música en todas las habitaciones. Al llegar al salón vi que un periquito nos miraba desde lo alto de la lámpara, fuera del alcance de la anciana y despreciando la libertad que le ofrecía la ventana abierta.

—Hace tres días que murió mi marido. Ésta es la única herencia que me deja: el cuidado de sus pájaros. Nadie puede imaginarse que unos animales tan pequeños lleguen a ensuciar tanto —susurró señalando las cáscaras de alpiste, las manchas de excrementos que aparecían por todas partes, algunas plumas flotando.

—Mucho —asentí.

–Una vida entera limpiando sus inmundicias. Ningún animal es más sucio que un pájaro, será porque viven en las ramas y no les afecta el estado del suelo –insistió–. Pero ya los soporté demasiado tiempo, cuando él vivía, para seguir soportándolos ahora. Una vida entera volviéndome loca con sus cantos. Quiero que se los lleve a todos. A todos. ¿Podrá?

–Claro.

–No me importa lo que haga con ellos, siempre que no los deje sueltos. Alguno podría volver por aquí. Tampoco me importa si para eso tienen que sufrir. No me importa que sufran –repitió, mientras yo sospechaba que no era sólo en los pájaros en quien estaba pensando.

Fue mi tercer trabajo. Luego, los posteriores comienzan a difuminarse. Claro que hubo historias que dejaron más huella que otras, hubo encargos que fueron laboriosos, alguno que provocó dolor. Perros que mordieron al resistirse a morir, caminando hacia atrás, encogidas las patas y el rabo, enseñando al final una lengua espinosa; gatos perfumados con el pelo erizado y las uñas arqueadas que arañaban ferozmente el mimbre de su propia jaula de viaje donde hicieron el último al fondo del río; pájaros con el cráneo diminuto aplastado de un golpe. Hubo un mono con no sé qué peligrosa enfermedad a quien tuve que hacer desaparecer sin dejar huellas, porque lo habían traído clandestinamente de África; su mirada, al morir, con plena conciencia de su muerte, me turbó durante algún tiempo: su mudo reproche parecía decirme que él no era menos sensible y humano que tantos gorilas superdotados, que tantos mamíferos megalómanos llamados hombres que, sin ningún remordimiento, nos hemos atribuido el estatuto de carniceros de las demás especies. Hubo también el caniche de una mujer que había dispuesto en su testamento que lo enterraran con ella; aunque no comprendía esa clase de posesión obsesiva de quienes no pueden soportar que ame a un extraño quien antes los ha amado a ellos, obedecí y lo hice, obedecí y cobré.

Hubo, en fin, muchos animales cuyos dueños, por una u otra causa, no los llevaron a una clínica veterinaria. Pero siempre procuré que su agonía, si no dulce, al menos no fuera prolongada.

Casi puedo decir que el reconocimiento de mi eficacia como... —no sé cómo llamarlo: asesino de animales es demasiado grave, tratamiento de mascotas es un eufemismo— agente en esa tarea consolaba en parte mi conciencia de fracaso como pianista. Por las tardes, en casa, me seguía sentando ante el Petrof y creo que en esa primera época toqué mejor que nunca. Lo hacía por placer, sin necesidad de demostrar ni ganar nada, y las delicadas canciones de Schubert o las variaciones de Bach tenían una musicalidad y un sentimiento a los que nunca había llegado antes.

En un mismo día, con pocas horas de intervalo, mis manos alternaban la delicadeza del artista con la frialdad del verdugo, y puedo asegurar que ese doble comportamiento no tuvo en mí ningún efecto de esquizofrenia o desequilibrio.

Mis problemas únicamente comenzaron cuando mi mujer se negó a compartir esa idea de inocuidad al ver los cada vez más frecuentes requerimientos que recibía para ocuparme de animales que de pronto estorbaban en las casas por la llegada de un bebé o por la muerte de quien los cuidaba, por aburrimiento de los dueños o por el comienzo de las vacaciones. Más de una vez la sorprendí observando mis manos con un gesto de asco. Más de una vez me quitó el pan que partía o los corazones de lechuga que lavaba, como si yo pudiera contaminar de muerte y de violencia todo lo que tocaba. Dejó de darme la mano cuando paseábamos por la calle y más de una vez me retiró sus muslos y su sexo cuando yo pretendía acariciarlos.

De modo que no tardó en llegar la soledad. Una mañana de sábado cogió sus cosas y regresó a la casa de sus padres, de donde había salido quince años antes para casarse con un muchacho a quien creía lleno de talento para la música y que, sin apenas saber cómo, se había transformado en verdugo de animales y en vulgar teclista de una orquesta barata que amenizaba –¡cómo odio también esa palabra, amenizar, que llevamos en la publicidad, como si nuestras actuaciones no fueran tediosas, repetitivas y mediocres, falsamente alegres, una simplificación del pentagrama ante cualquier dificultad de ejecución, un pesebre de acordes!– bodas y verbenas.

Y acaso lo peor de todo es que no veo la forma de abandonar aquella tarea. Me he convertido en el hombre adecuado para llevarla a cabo con la rapidez y eficacia que derivan de la indiferencia: quien atiende profundamente a sus propios sufrimientos no tiene apenas tiempo para atender a sufrimientos de animales. El dolor de la zoología no es nada comparado con el propio dolor.

Esta tarde no tengo nada que hacer. Me siento ante el piano aguardando a que llegue la noche y no sea demasiado turbulenta. Hundo las manos en las profundidades de marfil y comienzan a brotar las primeras notas. Mañana me estará esperando otra mujer para retorcer el cuello a las palomas del parque que ensucian los balcones de su casa.

Maqueta

La maqueta de la futura urbanización estaba tan vacía de árboles como una cárcel. Aún olía a pintura. Ocupaba un enorme tablero de dos por cuatro metros apoyado sobre burrillas y ya podía verse en ella la parcelación de las manzanas, el asfaltado de las calles y el trazado de los conductos de agua, gas, teléfono y televisión, todo por cables subterráneos, para evitar averías y accidentes y para contribuir a una estética limpia, libre de estorbos: el progreso invisible, la ciudad del futuro. También estaban marcados los espacios previstos para parques y servicios sociales. El resto, la mitad de los ciento cincuenta mil metros cuadrados, se destinaría a parcelas edificables. Y la forma en que se concretarían las edificaciones era el motivo de la reunión que iban a tener los tres socios de Construcciones Paraíso.

Para ayudar con los datos, para calcular las cifras de las distintas alternativas, para dejar constancia escrita de los acuerdos o las desavenencias, también asistiría Alicia, la aparejadora de la empresa, porque los tres socios no querían que alguna de las administrativas, con menos vinculación a la firma, escuchara lo que iba a decirse allí dentro. Martín Ordiales sabía que se producirían discusiones y conflictos que debían permanecer en la más absoluta confidencialidad empresarial. Y estaba seguro de que Alicia sí la mantendría.

Además, le gustaba verla, le gustaba tenerla cerca en el trabajo, porque ésos eran los únicos momentos en que ella lo admiraba. En cuanto su contacto se alejaba de lo laboral, también Alicia se alejaba de él.

Estaba de pie, frente a la ventana, mirando la plaza donde jugaban algunos niños vigilados por sus madres, cuando se abrió la puerta y entró Muriel. Era un hombre de baja estatura y con el cráneo calvo y abollado, como si de niño hubiera sufrido golpes en la cabeza. «El tipo de persona a quien nunca le acariciarías la cara», había dicho Alicia una vez de él. De aspecto anodino, pardo, como cubierto de ceniza, resultaba casi invisible a fuerza de normalidad. A veces, recordando una reunión o una visita a una obra, tenía que esforzarse para recordar si también Muriel había estado presente, porque parecía mimetizarse con los muebles marrones o con el cemento gris mate que lo rodeaba. Aunque, como socio, daba órdenes e intervenía en las decisiones, al final era como si no hubiera hablado. Martín Ordiales había advertido que incluso los albañiles parecían olvidar a los pocos minutos sus indicaciones y enseguida volvían a consultarlas con él.

Sin embargo, era imprescindible en la administración de la empresa. Llevaba las cuentas con una rigurosa exactitud, insistía con los permisos y proyectos en las oficinas de urbanismo del Ayuntamiento una y otra vez, de un modo educado y humilde, pero incansable hasta conseguir lo que pretendían. Tenía en la cabeza cifras y presupuestos, costes de máquinas y materiales, listas de las empresas que podían subcontratar en las mejores condiciones. Y, sobre todo, mostraba esa codicia incluso de pequeñas cantidades que no es fácil encontrar cuando se comparte la propiedad con otros socios. Además, había demostrado repetidamente una honradez a prueba de cualquier tentación.

Era un gerente eficaz y, sin embargo, no hubiera sido capaz de vender un solo piso. Su incompetencia para convencer a nadie, su falta de carisma y persuasión también se manifestaban con los posibles compradores, que tras el primer minuto dejaban de escucharlo.

Poseía un veinte por ciento de las acciones de la empresa, que mantenía desde los inicios con el difunto Gonzalo Paraíso. Aquel porcentaje, que no había decrecido ni aumentado en los treinta años de existencia comercial de la firma, a él parecía bastarle. Su pequeña codicia no se enfocaba sobre el control interno de la empresa, sino sobre la plusvalía que podían obtener de fuera. Era consciente de la importancia de su papel, y ahora más que nunca, con el enfrentamiento entre Martín Ordiales y Miranda, cada uno de ellos con la mitad de las acciones restantes. Esa simetría lo convertía en el árbitro para decidir una u otra opción. Le bastaba con soplar a derecha o a izquierda para conceder una victoria o una derrota que estaban en sus manos. Aunque sólo soplara un poco de ceniza.

Para Martín Ordiales la postura que Muriel tomaría en la reunión era una incógnita. Por un lado, sabía que se inclinaba sentimentalmente hacia la memoria del viejo Paraíso, pero se preguntaba si esa fidelidad se prolongaría hasta una hija que durante años había mantenido un comportamiento un poco... díscolo y no había mostrado otro interés por la empresa que preguntar de vez en cuando por la cuantía global de beneficios. Por otro lado, sabía que por carácter —reacio a introducir novedades y temeroso de correr riesgos— sus conceptos de construcción lo empujarían hacia las tesis que él defendía. Como técnico y gerente, lo tendría de su parte; como socio sentimental, se situaría al lado de Miranda.

Muriel lo saludó con alguna fórmula trivial y se sentó a repasar unos folios en silencio mientras Ordiales pensaba que no sólo era invisible por su aspecto; también por su incapacidad para decir algo original. Parecía buscar refugio en la fría celulosa de papeles con cifras y datos contables frente a un mundo abstracto de discusiones, hipótesis y marketing que le resultaba ajeno. Con la cabeza agachada ante ellos, tenía una excusa excelente para esquivar momentos conflictivos: un hombre cuyo mayor placer consistía en repasar una cuenta complicada y comprobar que no se había equivocado ni en un céntimo.

Martín Ordiales, que conocía a su esposa, se preguntó ahora cuánta culpa tenía ella en esa cobardía y falta de iniciativa que mucho tiempo antes no debió ser tal, puesto que se arriesgó a levantar una empresa moderna en una villa de origen rural cuya población por entonces apenas había asimilado la irrupción generalizada de las máquinas con motores para hacer cualquier tarea que antes se hiciera con las manos, cuyos habitantes seguían construyendo sus viviendas sobre muros de carga porque las únicas leyes físicas que conocían, y eso de una manera elemental e intuitiva, eran las leyes de la polea y la palanca. Porque ella —una mujer gruesa, muy fumadora, siempre con adornos aparatosos en el cuello y vestida con colores chillones y mangas muy anchas que a menudo paseaba por los ceniceros— lo dominaba por completo, y sólo parecía haberlo buscado para extraerle la semilla necesaria con la que procrear dos hijas que había educado a su imagen y semejanza y que lo trataban con la misma displicencia que la madre.

Ahora no necesitó mirar hacia atrás para saber que acababa de llegar Miranda Paraíso. De un modo u otro, siempre hacía notar su presencia y esta vez lo hizo con la enérgica forma de abrir la puerta y con el decidido y un poco burlón taconeo de sus zapatos. Pertenecía a ese tipo de mujeres que nunca le habían gustado: nerviosas, más listas que inteligentes, capaces de aprovecharse por igual de las ventajas del feminismo como de la más rancia coquetería, que sabían aplicar indistintamente según lo requiriera el interlocutor o el momento.

—Cuando queráis comenzamos —dijo al ver que Alicia cerraba la puerta tras ella.

Se sentaron y, como solía ocurrir últimamente, Miranda fue la primera en tomar la palabra.

—No es exagerado decir que hoy tenemos que optar entre seguir siendo una empresa de segunda fila o dar un salto y ponernos en la vanguardia de la construcción en toda la comarca. Hasta ahora hemos ido haciendo casas, edificios aislados, algunos bloques de pisos, pero siempre dependiendo de las características y limitaciones que nos imponían los clientes, los vecinos, los metros de parcela o los planes del Ayuntamiento. Con la urbanización de Maltravieso tenemos la oportunidad de diseñar por primera vez un barrio entero, con todas las ventajas que eso significa. También riesgos, es cierto. Pero parece que estamos acertando al arriesgar. Al comprar los terrenos hicimos un esfuerzo económico grande cuando ni siquiera sabíamos si iban a ser urbanizables. Ahora que por fin hemos conseguido los permisos, tenemos la opción de seguir siendo lo que somos... o de triplicar el beneficio de nuestra inversión.

Eran las palabras que Martín Ordiales había esperado. Estaba hablando la niña de papá, la hija única del hombre que había levantado aquella empresa, la descendiente enviada a Madrid a estudiar arquitectura para que pudiera culminar todo lo que el padre había soñado y que sólo había logrado concluir los estudios al cabo de una década. Había en su tono un acento impostado de discurso oído en otros sitios, pero también un cierto desafío hacia posibles objeciones, como el de quien guarda todavía algún secreto que podrá esgrimir en cuanto lo necesite. Martín Ordiales estaba dispuesto a concederle las prerrogativas morales de la herencia, pero no a admitir su displicencia hacia el trabajo anterior. De modo que dijo:

—No todo lo construido han sido pequeñeces. Y, en cualquier caso, las ganancias de esas obras son las que nos han permitido comprar los terrenos de Maltravieso.

—Claro que no todo lo anterior estaba mal ni era pequeño. Yo no digo eso. Sólo digo que ahora tenemos que hacerlo aún mejor y más grande. No podemos seguir construyendo como cuando vivía mi padre.

—¿Por qué no, si siempre nos ha dado buen resultado?

—Porque hacer siempre lo mismo es quedarse atrás cuando todos los demás avanzan.

La miró dudando si responder de un modo que acabara definitivamente con la discusión. Si habían alzado la empresa hasta allí arriba no era sólo por los métodos del viejo. También él había llegado con dinero y unos solares en una época de crisis en que nadie compraba una cochera. Era él quien había contribuido a engrandecerla asociándose a la firma quince años atrás, quien la había revitalizado y ampliado sus prestaciones al contratar en plantilla a técnicos que les permitían hacer casi todo el proceso de una obra —desde las excavaciones para los cimientos hasta la última mano de pintura— sin apenas necesidad de subcontratar otras empresas. Con ese control global sobre el trabajo habían conseguido aumentar los beneficios, de modo que no iba a permitir que ahora Miranda lo acusara de inmovilismo ni que le diera lecciones de gestión. Sabía bien lo que ella pretendía. Había estado en su nueva casa algunas veces y siempre le parecía un hogar incómodo, absurdo, estrafalario, copiado directamente de alguna de aquellas revistas de decoración que tanto proliferaban en los últimos años y de las que Miranda tenía una surtida hemeroteca. Pero todas esas cuestiones ornamentales eran secundarias al levantar una vivienda: extravagancias a las que sólo un brillante talento arquitectónico podía redimir del ridículo, un talento que, evidentemente, Miranda no poseía. Los clientes de Construcciones Paraíso nunca preguntaban por el matiz del color de una cenefa en los azulejos, sino por la solidez de los cimientos, por el aislamiento del tejado o de los muros, por la durabilidad de los materiales, por los metros cuadrados. Ellos nunca habían construido viviendas para artistas o bohemios. La originalidad del diseño, que fueran a buscarla en otro sitio o que, en todo caso, después de entregadas, cada cual reformara con las extravagancias que quisiera.

—Cuando paso por las casas que hemos construido, tengo la sensación de que en quince años hemos hecho un solo modelo, un solo estilo, un solo color —estaba diciendo Miranda sin dirigirse a él, buscando la aceptación de Muriel y de Alicia.

—¿Para qué quiere los colores quien no sabe pintar? —se oyó decir de improviso.

—No sé a quién te refieres —replicó Miranda en un tono frío, casi de reto.

—A todos nuestros obreros, albañiles y técnicos. Hemos logrado seleccionar una plantilla de gente que lleva haciendo las mismas cosas durante estos quince años y por eso trabajan rápido y bien, casi de memoria. Hasta el pobre Santos ha aprendido cuáles son sus tareas. Todos saben manejar con eficacia los materiales que utilizan, siempre los mismos o parecidos, y siempre con la misma maquinaria. No podemos decirles ahora que todo eso es antiguo y enviarlos seis meses a reciclarse para que aprendan a trabajar el acero inoxidable, el cristal o esas técnicas modernas de dudosa utilidad que tú llamas «de vanguardia».

—¿Por qué no? ¿Por qué no podemos reciclarlos?

—Porque la mitad de ellos se irían a otras empresas donde les dejen hacer lo que llevan haciendo toda la vida. Y con la otra mitad sería como volver a empezar sin estar seguros de los resultados.

—Yo estoy segura. Y si ofrecemos un mejor producto, podemos pedir un precio más alto con el que sufragar todos esos gastos.

—No lo pagarían.

—¿Por qué no? —repitió.

—¿Tú crees que en esta ciudad hay tanta gente dispuesta a pagar un solo euro por cualquier novedad que no haya demostrado su eficacia durante más de veinte años?

–Sí.

–Yo creo que no. Que hayamos vivido un *boom* de inversiones en la última década no significa que vaya a continuar siempre. No hay tantos posibles compradores a quienes les guste la originalidad. La mayoría de la gente quiere vivir como viven sus vecinos, sin llamar la atención, en casas idénticas, sólo distinguidas por el número de la calle. ¿Cuánta gente lleva el pelo azul? –preguntó, consciente de la ventaja que estaba tomando sobre las tesis de Miranda.

–No es lo mismo. Ésa es una comparación tramposa.

–Yo no veo tanta diferencia –dijo mirando a Muriel y a Alicia.

–Claro que la hay. Comprar una casa es algo mucho más serio que teñirse el pelo. Si no te gusta como te lo han dejado, al día siguiente puedes volver a su color original con otra visita a la peluquería. Pero pocas decisiones hipotecan tanto la vida de la gente como comprarse una casa. Sólo la elección de la pareja –dijo, y se quedó unos instantes en silencio–. No podemos hacer de Maltravieso una de esas urbanizaciones de pisos de protección oficial o de raquíticos adosados que a ti tanto te gustan, todos idénticos, en filas rectas, como soldaditos a punto de comenzar a desfilar. Vamos a construir viviendas a la carta.

–¿A la carta? –preguntó. Aquello era nuevo y también Muriel y Alicia levantaron la cabeza hacia ella.

–Sí. Casas donde cada comprador podrá decidirlo todo, el tamaño de la parcela y las plantas del jardín, el número de ventanas o la altura de los techos, el color de la fachada o la veleta en la chimenea. Que elijan hasta el último detalle del acabado final. Nosotros les asesoraremos sobre la viabilidad de sus propuestas y también cobraremos por ese asesoramiento. Es absurdo hacer viviendas diminutas para gente que puede permitirse la amplitud. O al contrario, porque no renunciaremos a ninguna demanda. Palacios o chabolas, cobraremos en la misma proporción. Ganaremos un tipo de clientes que en esta empresa nunca hemos tenido.

—Viviendas a la carta —repitió Ordiales—. Viviendas a la carta. Será una locura.

—Claro que no. Haremos de Maltravieso un referente para el futuro. Una urbanización de cierto lujo, con calles anchas y silenciosas, sin coches mal aparcados, porque todas las casas tendrán garaje, sin abigarramientos, con jardines y arriates tan cuidados que hasta la maleza sentirá miedo de invadirlos, con piscinas para quienes las deseen, con cuadros de césped regados con abanicos de agua —dijo con cierto arrebato, alternando la mirada entre Muriel y Alicia y la maqueta que ocupaba la mitad de la habitación y cuyos espacios vacíos, de pronto, de una forma extraña, habían adquirido algo enigmático e inquietante.

—Todo eso es inviable en Breda. Supongo que en una gran ciudad tendrá sentido. Viviendas a la carta —repitió una vez más, y en cada repetición se hacía más evidente el tono de ironía y desprecio—. Pero ésta sigue siendo una villa de campesinos que pasarán de largo ante esa oferta. No conozco a uno solo de ellos a quien le gusten esos jardines de que hablas. Bastante han trabajado en el campo en su infancia como para desear tener un trozo de suelo cultivable, aunque sólo sea de césped, en el patio de su casa. Lo único que desean alrededor es cemento.

Miranda eludió responder a su comentario y continuó con un discurso que parecía traer bien aprendido:

—Debemos hacerles ver a los clientes que son ellos mismos los protagonistas de la construcción de su hogar. Debemos dejar que se sientan creativos, que elijan materiales y colores, porque de ese modo no podrán negarse a pagar lo que han elegido. Debemos conseguir que se entusiasmen con cada cimiento que les permita sentirse firmes sobre la tierra, con cada ladrillo, con cada teja que les proteja del calor, del frío y de la lluvia, con cada tabique que les ordene el mundo. Y al final, que crean que han hecho una obra maestra y que hablen bien de nosotros por haberles ayudado. Serán nuestra mejor publicidad y creceremos de ese modo más que con las rutinarias viviendas habituales.

«Así que esto es lo que te enseñaban en esos cursos o másters donde desaparecías durante semanas o meses, a hablar de un modo con el que podrías convencer a muchos habitantes de esta ciudad si no fueran tan avaros y no hubieran aprendido a rechazar toda novedad que no haya demostrado su validez e inocuidad durante dos décadas.» Martín Ordiales vio la sonrisa con que Alicia asentía ante Miranda, convencida por sus palabras, y sintió un pinchazo de dolor. Muriel, en cambio, permanecía con la cabeza agachada, calculando en silencio, intentando hacer del cálculo una virtud. Pensó que no podía discutir nada con ella sobre teorías, porque en ese terreno Miranda tenía una elocuencia que él sólo podría contrarrestar con sarcasmo. De modo que recurrió a las cifras, a lo contable, al territorio en que siempre se sentía firme.

—Según ese proyecto, ¿cuántas viviendas construiríamos en Maltravieso? ¿En cuánto tiempo? —le preguntó a Alicia.

La aparejadora colocó en paralelo dos folios llenos de cifras.

—Entre un cuarenta y un cincuenta por ciento menos que con adosados.

—Pero su valor sería más del doble —interrumpió Miranda.

—¿En cuánto tiempo?

—Es difícil determinarlo con exactitud. Dependería de la demanda.

—Construiremos al principio algunas viviendas piloto que puedan servir de referencia.

—¿Sin consultar a los posibles compradores? Eso va en contra de lo que estabas proponiendo antes —replicó. Se sentía molesto con el uso del futuro que hacía Miranda, como si ya estuviera segura de que su propuesta iba a salir adelante. Se preguntó qué opinaba Muriel de todo aquello–. Y tú, Santiago, ¿qué crees?

–Lo he estado pensando mucho antes de venir.

–¿Y? –preguntó Miranda.

–Creo que no es buen momento para asumir tantos riesgos –dijo sin atreverse a mirarla–. Creo que el mercado está a punto de saturarse. Que pronto habrá más viviendas que compradores. Y cuanto más elevemos el nivel, más difícil será venderlas.

Miranda escuchó a Muriel con un desprecio que no había manifestado hacia Ordiales, que vio cómo se levantaba de la silla y se dirigía a él:

–¿Podemos hablar un momento en privado?

–Claro.

La siguió por el pasillo –el taconeo rápido, las piernas duras y nerviosas, las caderas moviéndose como si esquivaran latigazos, la estela de perfume– hasta que entraron en su despacho. Casi no esperó a cerrar la puerta para comenzar a hablar:

–Todavía podemos arreglarlo, Martín. Yo haré algunas concesiones sobre el diseño general del proyecto. Si quieres, aumentamos el porcentaje de viviendas. Pero no podemos dejar pasar esta oportunidad. No podemos hacer de un paraje privilegiado como Maltravieso otra de esas horribles y vulgares barriadas.

–Creo que ya está decidido. Ya lo has oído a él –dijo, indiferente al tuteo amistoso, a la propuesta de pacto.

–Él no importa ahora. Nunca ha importado. Es a ti a quien te estoy rogando.

–No sigas haciéndolo, Miranda. Lo que pretendes es una locura. Tienes un concepto demasiado infantil de lo que es una empresa constructora.

–Si se hace de otro modo, me avergonzará participar en el proyecto. No podría convencer a nadie para que compre una casa donde yo misma no viviría.

31

—Muy bien. Entonces, puedes dejarlo. Vende tu parte en la empresa. Yo estoy dispuesto a hacerte una oferta —dijo, aunque sabía que eran precisamente esas palabras las que más podían herirla. Al patrimonio de la herencia, Miranda unía un gran orgullo propio. La conocía lo suficiente para saber que, a pesar de todo, era de ese tipo de hijos tan conscientes de la tradición familiar que si no consiguen superar los logros de sus padres consideran su propia vida un fracaso.

—Claro, ya comprendo. En realidad, no se trata de cómo se construya en Maltravieso. Se trata de lo que llevas pretendiendo durante mucho tiempo. Quedarte al mando. Pero le prendería fuego a todo antes de permitir que en esta casa se perdiera la memoria del apellido que la levantó.

Miranda le abrió la puerta para que saliera y, mientras regresaba a la sala de reuniones, Martín Ordiales oyó el portazo con que se cerraba. Alicia y Muriel esperaban en silencio, ocultando su turbación. Cogió de una estantería una de las casitas de maquetas anteriores, se acercó a la de Maltravieso y la colocó en la primera manzana.

—Adosados. Mañana comenzaremos a concretar planos y presupuestos.

Pianista

Cualquier encargo que recibo para *ocuparme* de un animal, tarde o temprano termina convirtiéndose en un encargo para matarlo. Sin embargo, casi nadie se atreve a usar esa palabra al comienzo de la conversación, y los más hábiles a menudo han logrado eludirla incluso al cerrar el trato. Poco importa entonces lo que digan, lo único importante es que yo comprenda y actúe en consecuencia. Aunque muchos aseguren que no quieren saber detalles, todos esperan que su animal o mascota no sea cedido o regalado a nadie, de Breda o de otro lugar, sino que desaparezca para siempre.

La mujer que me llamó hace dos días fue categórica desde el principio: quería que matara a las palomas del parque que ensucian sus ventanas y balcones. No utilizó ningún disimulo ni hipocresía ni excusas para pedir mi concurso.

Llamo al timbre de su casa, en uno de esos edificios reformados que, sin ser vetustos palacios, tienen la antigüedad suficiente para ocultar su profundidad y sus límites y desconcertar al visitante sobre su trastienda o sus sótanos, sobre la distribución de sus habitaciones. La mujer tiene la edad más joven de las posibles que había imaginado: ya no volverá a cumplir los treinta años, pero aún no habrá llegado a los treinta y cinco. Y no me gusta. Sé que hay hombres que se sienten atraídos por esas mujeres tan preocupadas de su apariencia que incluso al caminar por los pasillos de su casa ondulan las caderas como si estuvieran recibiendo o esquivando latigazos. Mujeres que de algún modo necesitan no dejar de moverse para señalar su presencia, frente a aquellas otras que todo lo que necesitan es dejar su carne en reposo para que cualquier varón menor de ochenta años no pueda evitar soñar cómo será esa carne cuando se ponga en movimiento.

Me estrecha la mano y me mira a los ojos, sin disimular su evaluación. Supongo que está viendo en mí esas notas de dureza y decisión y crueldad que este segundo *oficio* me está inyectando, sobreponiéndose sobre la ansiedad y el caos que es el resto de mi vida.

—¿Y bien? ¿Dónde están las palomas? —le pregunto. Sé que, aunque lo disimulen y traten de ser amables, todos los que me contratan están impacientes por que cumpla mi trabajo y desaparezca cuanto antes de sus vidas.

—¿Tiene mucha prisa? —replica con otra pregunta.

—No, no.

—Entonces me aceptará un café.

Desaparece por una puerta, dejándome solo y sin poder adivinar la última intención de una amabilidad que pocas veces antes me han mostrado. Mientras espero, observo la habitación. Es muy grande, en forma de ele, de techos altos, con tres balcones tapados por extrañas cortinas de colores suaves en anchas bandas verticales. Hay una mezcla de antigüedad —la propia estructura de la casa— y de sorprendente modernidad en el diseño de muebles, adornos, tapicerías, cortinajes, barras de acero y puertas de doble hoja. Nunca había visto una casa así, tan arcaica y tan innovadora al mismo tiempo, como si a un esqueleto de varios siglos se le vistiera con cuero, metal y plástico. Los sillones, de líneas puras y colores sólidos, sin estridencias, y algunas macetas de hojas grandes y lustrosas ponen un toque minimalista en un entorno que no lo es. El conjunto resulta demoledoramente femenino y durante estos momentos en que estoy solo me siento un intruso.

También la bandeja y la porcelana donde ella misma trae

el servicio de café y los diminutos pasteles lucen una originalidad que contrasta con la vejez del edificio.

—¿Con leche?

—No, solo.

Aunque las tazas no vibran y ninguna gota mancha el cristal, sus manos parecen poco acostumbradas a servir. Pero por ninguna parte se ve a una asistenta.

Hablamos mientras se enfría el café hirviendo. Ella me dice que es arquitecto, y yo le confío algunos pormenores de mi trabajo con los animales que a nadie cuento, porque nadie se interesa por ellos.

Me escucha con una rara atención todo el tiempo y de pronto dice:

—Ahora, ¿quiere ver las palomas?

—Sí. Puedo empezar ya.

Señalo la bolsa de lona donde al material habitual —unos guantes, un saco hermético y otro de arpillera, cuerda fuerte y alambre, una navaja, un bozal— he añadido la brocha y la liga que, según lo que me había contado por teléfono, van a serme necesarias.

—De acuerdo.

Aparta un poco las extrañas cortinas y, a través de los cristales, espiamos la fila de palomas posadas en la barandilla blanquecina de heces. Abro la puerta y todas las aves, asustadas, se echan a volar hasta el tejado de enfrente con un ruidoso estallido de alas. Desde allí se quedan mirándome, algunas espulgándose el buche, esperando a que me marche para acercarse de nuevo a ensuciar el balcón.

—Así todos los días, en todas las ventanas de la casa. Una tarde una de ellas se coló dentro y defecó sobre unos planos que había dibujado —dice la mujer a mis espaldas, muy cerca de mi cuello.

—No se preocupe más. Creo que podremos alejarlas.

Con la brocha voy extendiendo la liga sobre la barandilla. Alguna gente que pasa por la calle mira un segundo hacia arriba, pero nadie imagina lo que en verdad estoy haciendo y siguen caminando sin prestar más atención. La mujer sí, la mujer permanece cerca de mí, tras la puerta, donde comienza la sombra. Observa cada uno de mis movimientos, los gestos de mi cara, observa mis manos duras y fortalecidas durante tantos años sobre las teclas del piano. Ella podría pisarlas y sé que soportaría su peso sin apenas dolor. Antes me había estudiado al hablar y ahora es como si quisiera comprobar que mi comportamiento refrenda lo que han indicado las palabras.

Cuando la primera paloma queda pegada a la barandilla y la arranco de allí –mientras aletea furiosamente, aterrorizada, y sus compañeras la miran desde el otro tejado preguntándose qué ocurre– para retorcerle el cuello donde nadie me vea, la mujer me sigue hasta la cocina y quiere verlo todo, la firmeza de mis dedos al girar, acaso el gesto de mi boca, la decisión de mis movimientos, la ausencia de compasión. Entonces, por primera vez, tengo la sospecha de que quiere algo más de mí que aún no se ha atrevido a pedirme.

Mientras esperamos, no sé qué me empuja a contarle un recuerdo infantil: tengo ocho o nueve años y voy con mi padre y otros dos hombres a cazar estorninos de las inmensas bandadas que llegaban a Breda cada otoño, atraídas por las aceitunas en los olivos. La noche anterior, mi padre y los otros hombres han colocado las pértigas con las redes en los dormideros que conocen tan bien, y ahora, cuando aún no ha comenzado a amanecer, las levantan y atrapan a cientos de pájaros. El modo más rápido para matarlos antes de que escapen es arrancarles la cabeza de un mordisco, escupirla y arrojarlos a los cestos. Aún veo a mi padre limpiándose la boca y la barbilla de sangre y de plumas que también manchan la pechera de su camisa. Durante algún tiempo, cuando me besaba, no podía dejar de pensar en los estorninos.

Al cabo de quince minutos, otra paloma olvidadiza e insensata posa de nuevo sus pequeñas garras sobre la barandilla. Cuando advierte que está atrapada, apoya con fuerza una pata para liberar la otra, sin comprender que así se está hundiendo más en la trampa. Luego picotea la liga y el pegamento también se le adhiere al pico, que entonces quiere limpiar entre las plumas de sus alas. Intenta echar a volar cuando abrimos la puerta y se queda aleteando colgada boca abajo hasta que la arranco de allí, le tapo el pico y va a engrosar el volumen del cubo de la basura.

Todavía esperamos un tiempo, pero esa tarde ya no se posa ninguna otra. Se van quedando en el tejado de enfrente y en los árboles de la plaza. Desconcertadas, miran la barandilla donde ocurre algo aterrador y misterioso; alguna vuela por encima para observar desde cerca como se observa un pozo. Todo ha sido discreto y eficaz y puedo volver a repetirlo en cuanto me llame, porque no tardarán mucho en regresar de nuevo a los balcones y sé por experiencia que ningún animal aprende una orden hasta que se le repite una y otra vez y se le asusta y se le hace daño. Yo tendré que hacer otras veces todo aquello, hasta que las aves vayan muriendo o aprendan a alejarse para siempre. Quizá sea conveniente dejar a la vista algún cadáver.

No es fácil, por tanto, encontrar de un golpe una solución definitiva y estoy pensando en eso cuando la mujer vuelve con una botella de whisky, dos vasos y un platito de almendras.

—Me gusta mucho la eficacia con la que ha cumplido su trabajo —me dice.

Musito un agradecimiento e inicio una explicación sobre la escasa utilidad de lo realizado hasta entonces si no se continúa, pero ella me interrumpe para articular con palabras lo que yo había intuido un poco antes: que todo esto es sólo una prueba para una propuesta mucho más difícil, grave y turbadora.

—No son las palomas las que me estorban ni lo he llamado para que sea a ellas a quienes mate.

—¿Qué quiere decir? —le pregunto, desconcertado entre la locura de sus palabras y la decisión con que las pronuncia.

—Supongo que alguien capaz de matar a un animal inofensivo no está muy lejos de ser capaz de matar a un ser humano mucho más dañino.

Yo había leído u oído aquella frase en algún sitio, recuerdo mientras pienso en las palomas cuya sangre se enfría en el cubo de la basura. Que no importa tanto que sea animal u hombre a quien se mata, sino su condición de bondadoso o de maligno. Entonces me había escandalizado, pero ahora, así planteada, su hipótesis no deja de tener cierta lógica, y en ella me justifico para seguir escuchando. Quiero creer que hay algo de juego en toda la conversación, con riesgo por su parte y con una irresistible curiosidad por la mía, por saber hasta qué límites podremos llegar, qué tipo de placer se siente jugando a estar fuera de la ley. Así, seguimos conversando y bebiendo —el whisky renovado chocando contra las paredes de la conciencia, los hielos tintineando suavemente contra la delicadeza del cristal—, dejándonos llevar por la grave sonoridad de las palabras y por argumentos que justifican lo que ella cuenta y yo voy aceptando: el que hace daño sin recibir castigo, la culpa y la justicia, la muerte y la recompensa. Ella habla más que yo, parece haber pensado muchas veces lo que ahora dice, y de un modo elocuente va convirtiendo en sencillo algo tan problemático. Al final, pronuncia un nombre y ofrece una cantidad que, en caso de aceptar, me permitiría retirarme durante tres o cuatro años de estos trabajos de carnicero y de mis tristes noches en una orquesta de verbena.

—Quiero que muera —me dice—. Y puesto que yo no sé cómo hacerlo, ¿por qué no acudir a quien sí sabe?

—Nunca he afirmado eso —protesto aún.

—Claro que no. Yo tampoco he hablado nunca con usted de este trabajo. De hecho, no estamos hablando ahora.

No es necesario insistir en que no nos conocemos. Si un día alguien se atreviera a afirmar lo contrario, no dudaría ni un segundo en llevarlo ante un juez con una denuncia por difamación y ofensas al honor.

Así transcurre todo esta tarde, hipotético en las palabras, pero de una dura consistencia como propuesta. Yo debo matar a un hombre con cuya muerte —si es cierto lo que me ha dicho— nadie se entristecerá. A cambio, ella se encargará de pagarme todas las exigencias de mi bienestar. Durante unos años podré vivir en la riqueza, sin mancharme, sin tocar la tierra, con la única compañía de los ángeles: Schubert, Mozart, Bach, Chopin, Beethoven, quizá con tanto tiempo también Liszt y Rachmaninov.

Vuelvo a casa. Su propuesta, que unos años antes me hubiera parecido la propuesta de un loco, ahora la estoy considerando. Pero hay también otras muchas cosas en mi vida que años antes me hubieran parecido imposibles y ya son reales: los vulgares teclados eléctricos que toco en bodas y verbenas, los animales que he matado, la soledad en que me ha dejado mi mujer. Ahora sé bien que la degradación no tiene una frontera lejana, que ante el acoso de la desdicha no es difícil acabar con las reservas de dignidad que hemos podido ir ahorrando desde el nacimiento.

Llega la noche y sigo con las dudas, pero comienzo a combatir los escrúpulos como si ya hubiera aceptado: el dinero siempre ha sido un buen antídoto contra el remordimiento. Nunca antes he conocido a una mujer con una decisión tan firme e intuyo que, en cualquier caso, el hombre señalado morirá. Si no lo hago yo, ella terminará encontrando a otro que lo haga. No tengo dificultad en exagerar la maldad de mi posible víctima, aun cuando sólo poseo referencias —de engaños, de estafas a gentes sencillas, de corrupción— demasiado vagas para creerlas sin dudar. Pienso en los tiranos de la Historia, en los sufrimientos de la Humanidad y en la necesidad de los verdugos. Recuerdo las palabras de la mujer sobre los agraviados que suspirarán de alivio al conocer su muerte y se lo agradecerán al anónimo ejecutor. Sin comprender bien por qué, yo mismo también empiezo a considerarme una víctima suya.

Quizá no es tan difícil llegar a ese momento en que un hombre se pregunta qué razones hay para no matar a otro hombre. No para matar, eso es algo más complicado. Para no matar cuando alguien te expone los motivos, te demuestra los beneficios y te ofrece la excusa para hacerlo, y de ese modo te libera de —o al menos aplaca— la responsabilidad moral, esas palabras que, como la lluvia a las nubes, siempre van unidas a la palabra muerte. Entonces llega un momento en que no es tan difícil aceptar la función del verdugo.

Dudo, pues, hundido en un confuso torbellino de argumentos, y las dudas no me permiten el sosiego necesario para tomar una decisión clara. Su propuesta, que hubiera podido rechazar en el primer instante sin mayores consecuencias, con el paso de las horas y alojada en la mente, va adquiriendo una densa concreción.

Tengo que darle una respuesta definitiva antes de que pasen tres días. Si me decido a hacerlo, esa misma tarde recibiré un anticipo de doce mil euros que me permitirá tener las manos —¡ah, las manos!— y el tiempo libres para ultimar los preparativos, la coartada, el modo de ejecución. Si me niego, todo habrá sido como un juego.

Terraza

Mientras sentía las pequeñas descargas eléctricas que le llegaban a través de los parches, Martín Ordiales observó la sala de rehabilitación. Los aparatos duros y brillantes, los juegos de espejos en las paredes, las camillas articuladas, las lámparas futuristas de rayos láser, de ultrasonidos o de calor con su intensa luz roja... podrían ser los de una sala moderna de la Inquisición. Había un extraordinario parecido entre los instrumentos del bienestar y los instrumentos de tortura. El tensor de muelles con el que se fortalecían los músculos heridos podría apretar hasta hacer sangre; la rueda que flexibilizaba las articulaciones anquilosadas por un traumatismo, por la vejez o por la artrosis, podría estirarlas con la misma crueldad que un potro medieval; las cuerdas y poleas para elevar los miembros rotos y debilitados, con una variación de centímetros podrían retorcerlos en la posición más dolorosa; las pinzas eléctricas que ahora mismo convulsionaban sus tendones inflamados por la epicondilitis se diferenciaban de la picana de los sótanos militares únicamente en la intensidad del voltaje.

Pero también así es la vida, pensó. Lo que te puede hacer el mayor bien también puede matarte, quien tiene en sus manos tu felicidad también tiene en sus manos tu desgracia, la mujer que amas es la que te hace desdichado. El amor, se dijo, es una síntesis de contrarios donde la normalidad alterna sin violencia con la anomalía.

La corriente eléctrica cesó bruscamente en su brazo al

terminar los doce minutos programados. Entonces despegó los parches y se sentó en una silla, esperando. Otro paciente ocupó su sitio y, al ver cómo sus músculos se tensaban espasmódicamente con cada descarga, hizo un chiste burdo sobre la superioridad de la corriente eléctrica frente a la Viagra que fue coreado por más de una risa.

El fisioterapeuta lo llamó entonces a la camilla, le puso una pomada en el codo y comenzó el masaje, hundiendo sus dedos entre los músculos del antebrazo hasta encontrar el tendón inflamado para hurgar allí dolorosamente, recorriéndolo una y otra vez mientras él soportaba el daño. El primer día había protestado, pero le dijo que cuanto más doliera, más eficaz era el remedio. Aunque siempre había desconfiado de las terapias basadas en esas ideas de sacrificio y sufrimiento, se calló hasta comprobar su evolución.

Por fin terminó con el masaje y Martín Ordiales se dirigió al último aparato de su terapia, los infrarrojos. Él mismo programó el tiempo y la intensidad y se sentó con la espalda junto a una de las paredes sin espejo. Al levantar la cabeza, de pronto vio tambalearse en la silla donde estaba sentada a una chica de unos dieciocho o veinte años que había llegado el día anterior con un collarín ortopédico. Alguien comentó entonces que había sufrido un accidente de moto. Iba a gritar avisando, pero ya uno de los fisioterapeutas, que también lo había advertido, acudió a sostenerla. De la oficina salió rápidamente el director de la clínica y entre ambos la tumbaron en una camilla y levantaron sus piernas para facilitar la llegada del riego sanguíneo a la cabeza. Algunos pacientes ofrecieron su ayuda, pero los rechazaron amablemente para que a la chica no le faltara aire. Solamente un hombre con aspecto de jubilado, que era médico, se quedó junto a ellos.

El tipo que antes había hecho la referencia a la Viagra dijo que sólo era una lipotimia. Todos parecían estar de acuerdo. Sin embargo, a medida que transcurrían los minutos y la chica no reaccionaba, los pacientes se alejaban de la camilla hacia el otro lado de la sala, cada vez más inquietos y asustados.

Desde su posición, Martín Ordiales sólo veía los pies de la muchacha, calzados con deportivas que de cuando en cuando se estremecían con rápidos temblores. El desmayo estaba durando demasiado tiempo. Los rostros del director y del médico fueron recorridos por un inconfundible gesto de alarma. Susurraron entre ellos algo que nadie oyó y enseguida el médico comenzó a practicarle a la chica un masaje cardiaco mientras el director se inclinaba para hacerle la respiración boca a boca con la misma energía con que se le hace a los ahogados.

Para entonces todos habían comprendido que estaba sucediendo algo muy grave. Los aparatos, los avisos electrónicos, las bicicletas estáticas, las cuerdas, las ruedas, los tensores…, todo en la sala fue cayendo en ese silencio que intuye una tragedia y no quiere perturbar la agonía. Los relojes parecían haberse detenido, los contadores digitales habían vuelto a cero, las lámparas habían sido apagadas. En un lugar donde todo era movimiento, la inmovilidad subrayaba lo anómalo de la situación. El fisioterapeuta había pedido una ambulancia y muy pronto apareció tras los cristales de las ventanas el parpadeo amarillo de sus luces. Entraron un médico, una enfermera y dos camilleros y, con celeridad, le pusieron un gotero a la chica, que por fin parecía reaccionar al masaje cardiaco y al boca a boca. Informados en susurros de cómo había ocurrido todo, la trasladaron a la camilla y se la llevaron.

El soplo de la desgracia que durante aquellos minutos había recorrido la sala se resistía a desaparecer. Entre seres de una u otra forma doloridos, resultaba inevitable preguntarse si su propia dolencia no era en realidad un síntoma de otra enfermedad oculta, taimada e indomable. Y aunque nadie quería imaginar el posible agravamiento de sus lesiones y todos intentaban volver a la rutina, algunos pacientes salieron a la puerta de la calle para aliviar la tensión fumando un cigarrillo.

El fisioterapeuta los apremió para que regresaran a sus sitios. Martín Ordiales y el viejo médico que había atendido a la muchacha coincidieron juntos en las lámparas de infrarrojos.

—¿Qué le pasaba? —le preguntó.

El médico lo miró unos instantes antes de responder.

—Yo creo que le ha faltado muy poco.

—¿Muy poco?

—No ha sido una simple lipotimia. Esa chica ha sufrido una parada cardiorrespiratoria. Tuvo primero una taquicardia y luego ha estado sin pulso y sin riego sanguíneo un tiempo, quizá durante todo un minuto. Al levantarle el párpado la pupila no se le contraía. Clínicamente muerta.

—¿Y todo por un esguince cervical?

—No puedo asegurarlo. Posiblemente sí.

Martín Ordiales cerró los ojos. Las palabras del médico confirmaban la impresión que había tenido antes: un aire helado a su alrededor para el que no encontraba mejor forma de nombrarlo que un soplo de muerte. Lo había sentido sobrevolando la sala, dudando a quién acercarse, como quien entra en un recinto muy concurrido y mira en torno buscando un rostro que no acaba de identificar. Había tenido la sensación de que aquella muchacha, casi una niña, durante ese largo minuto había sido la elegida: la muerte la había llamado tirando de las cuerdas de sus venas sin sangre para arrastrarla a las sombras. La casual presencia del doctor —que ahora ponía su arrugado cuello a calentar bajo la lámpara de infrarrojos— entre los pacientes de la clínica la había rechazado momentáneamente.

Pero no siempre hay un médico cerca para contrarrestar la fragilidad del cuerpo, pensó. Martín Ordiales recordó al obrero muerto en una de sus obras unos meses antes, un peón también joven —veinte o veintidós años, poco más que la chica—, nacido en la misma aldea que él, que había caído de un andamio y fue a reventar contra el cemento. Cierto que hubo negligencia por parte de la empresa al no colocar la red de seguridad adecuada, pero él ya había pagado por ello. Y no sólo económicamente, para evitar el expediente sancionador; también con el remordimiento. Aún no había podido olvidar los gritos del hermano mayor asistiendo a su agonía, la ternura con que sus manos llenas de cemento le acariciaban el rostro y le limpiaban la sangre de las comisuras de la boca, la desesperación final. ¡Qué frágiles los huesos ante el golpe de un ladrillo suelto que cae desde lo alto, qué tierna la carne ante el cable de acero que se rompe al tensarse demasiado y ondula como un látigo, qué delgada la piel ante el hierro en punta que siempre parece esperar mirando al cielo! ¡Qué contradictorio que el cuerpo, que tiene tanta capacidad para el placer, esté igualmente tan a merced del dolor, que lo que te da el bienestar pueda causarte daño, que la mujer que puede llevarte al paraíso pueda también hundirte en la desesperación!

Algunas veces sentía deseos de abandonar su profesión, cansado de los riesgos laborales, de las tensiones con sus socios, de las cada vez mayores exigencias de los compradores, de los tortuosos trámites administrativos y su inevitable secuela de acusaciones de corrupción, de la egolatría de los arquitectos, de la vigilancia sobre los obreros, de la usura de los suministradores, de las excusas de los morosos. Algunas veces sentía deseos de escapar de todos ellos. Si Alicia hubiera aceptado, lo habría dejado todo para irse con ella a algún lugar de donde no fuera fácil el regreso.

Siempre había creído que el corazón del hombre muere a los cuarenta años. Y por esa cifra entendía no una fecha exacta, sino un símbolo —¡pero también una advertencia!—

de la mitad de la vida. Siempre había oído decir que a partir de entonces desaparecen las altas zozobras de la pasión y el alma aburrida se da a la búsqueda de placeres menos nobles. En algún momento entre la juventud y la definitiva madurez se instalaba allí dentro el desencanto y ya ninguna utopía lograba desalojarlo. Él no tenía por qué dudar de aquella creencia y, hasta poco antes, estuvo convencido de que de su conciencia ya había huido ese espíritu de expectativa y fe con que la juventud forma una tierra de cultivo limpia y apta para acoger cualquier sorpresa y convertirla en una buena nueva.

Vivía solo y si no se había unido hasta entonces a ninguna mujer no era porque le hubieran faltado candidatas y amantes dispuestas a darle a su relación un carácter más trascendente. Fue porque él se negó siempre a aceptar un compromiso en el que renunciar sería más frecuente que compartir. Pero nunca había considerado que ellas fueran las responsables de su falta de fe. Era él mismo, de algún modo incapacitado para el entusiasmo sin el cual todo juramento de eterno amor, eterna fidelidad y eterna compañía le parecía una falacia y una locura. Además, sabía que pedía mucho, que quizá pedía demasiado: la mujer que se ama no basta con que sea aquella de la que uno está seguro de que nunca te hará daño; es necesario también estar seguro de que es aquella que te hará feliz. De modo que, a los cuarenta y dos años, había creído que su corazón sólo era una víscera. Martín Ordiales ya no esperaba ninguna bienaventuranza.

Y sin embargo era a esa edad cuando le habían abordado los más intensos estremecimientos del amor y del deseo. Cuando Alicia llegó a Construcciones Paraíso todo cambió de repente. Su primer contrato temporal de seis meses pronto se convirtió en definitivo, porque desde el principio demostró interés por el trabajo, capacidad para tomar decisiones y facilidad para relacionarse con todos los operarios.

Martín Ordiales no sabía cuánto había influido su eficacia laboral en la intensa atracción que comenzó a sentir por ella, pero a alguien como él, tan dedicado a la empresa, un interés así no podía sino aumentar su admiración. De un día para otro descubrió que le gustaba mucho que lo acompañara en las visitas a las obras. Le gustaba verla ponerse el casco y subir juntos por las rampas donde aún no habían colocado los peldaños, le gustaba ofrecerle la mano para saltar un obstáculo o para bajar de una altura excesiva, le gustaba el modo como extendía los planos del proyecto sobre un bidón o sobre un palé de ladrillos para comprobar el trazado exacto de un tabique o de una bajada de aguas. Incluso la había llevado en algunas ocasiones a seleccionar materiales —suelos o pinturas, maderas o escayolas— cuando ésa era una tarea reservada en exclusiva a los tres socios.

Una noche la había invitado a cenar con la esperanza de que allí, en el restaurante del Europa, alejados de planos, ladrillos y cemento, la velada no sólo sirviera para relatarle las anécdotas con que alguien ya veterano en una empresa ilustra y aconseja al recién llegado sobre el carácter, las virtudes o defectos y los modos de prosperar en ella. De aquella noche esperaba un paso más largo e íntimo que le concediera la oportunidad y el privilegio de comprobar hasta qué punto había estado equivocado. Había sido decidido toda su vida y ahora tampoco iba a dejar aquello en el aire. Intuía que todo sería un poco más completo con Alicia allí cerca. Podía pedirle que compartieran un poco de tiempo sin dejar de jugar limpio, puesto que ninguno de ellos tenía a nadie a quien guardar lealtad.

Y claro que dio el paso, claro que lo dio. Esa noche volvieron juntos a casa de Alicia, como si también ella hubiera acudido a la cena sabiendo de antemano lo que ocurriría, pero con curiosidad por conocer la forma en que él llevaría a cabo su acercamiento.

Ahora sabía que durante casi un año había sido más o

menos feliz. No se veían a diario. A él le bastaba con encontrarse una o dos veces por semana, siempre de incógnito, clandestinos, pero no infames, porque ocultaban su relación a la gente, pero no engañaban a nadie. Y había creído que también a ella una relación así le bastaba. La dicha había sido efímera, aunque algunas noches, antes de irse, cuando ella cerraba los ojos y dormía y él se quedaba contemplándola, hubiera pensado que tal sosiego era un síntoma de que aquello duraría toda la eternidad. ¡Pero qué breve es la primacía de la felicidad!, se dijo. ¡Con qué rapidez la desdicha vuelve a extender su imperio y su sórdido rencor contra el corazón del hombre!

Porque entonces, un día, apareció Lázaro. De hecho, había sido él mismo quien lo había contratado, sin imaginar ni por un instante que estaba contratando su desgracia. Un peón de albañil ni demasiado inteligente, ni demasiado despierto ni apenas ingenioso, al menos en apariencia. Sólo la juventud y el atractivo envolviéndolo como una piel rara y fresca.

Cuando, al poco tiempo, Alicia se lo dijo, comprendió enseguida dos hechos, y ambos eran igualmente irremediables. El primero, que había perdido la batalla. Sin haber hecho ni un solo movimiento −al contrario, procurando esconderse de cualquier conflicto−, Lázaro la había separado de él. El segundo era que estaba mucho más enamorado de lo que hasta entonces había sido consciente. Comprobó que el amor es la tendencia a reunir en una sola mujer lo mejor de todas las demás mujeres, porque no encontraba lejos de Alicia nada valioso. Desconcertado y dolorido, se esforzaba en pensar que contra el abandono de toda persona amada uno termina encontrando siempre su sucedáneo, pero tras cada intento fallido terminaba reconociendo su ceguera para dar con algo que no fuera demasiado miserable.

Montó en el coche al salir de la clínica y pasó por la imprenta Gráficas Paraíso, cuyo propietario era en algún grado pariente de Miranda. Recogió el paquete de tarjetas personales que había encargado y de nuevo se dirigió hacia la oficina de la empresa. Allí ya no quedaba nadie —eran las ocho y media—, pero revisó algunos papeles y el orden de trabajo para el día siguiente, que nadie mejor que él sabía programar, organizando máquinas, tiempos y materiales para que ningún obrero estuviera cruzado de brazos por falta de ladrillos o cemento.

Al ir a la mesa de Alicia a dejar unas facturas hizo algo que no había hecho nunca. Abrió los cajones y rebuscó entre las carpetas de planos y catálogos algo íntimo suyo, una barra de labios, unos pendientes, una fotografía, algo. Inclinado sobre sus cosas, parecía un perro que husmea por el campo buscando la hierba que ha de purgarlo de veneno. Entonces lo vio en el suelo, bajo su silla. Alicia debía de haberlo olvidado. Cogió el pañuelo con delicadeza, lo acarició y hundió en él el rostro aspirando el perfume que tan bien conocía, buscando entre sus pliegues algún cabello suyo con el fervor de un adolescente. Con los ojos cerrados, él mismo podía verse desde fuera, incrédulo y asombrado de estar en aquella posición orante, sosteniendo en las manos algo que no era solemne ni sagrado, sólo un trozo de tela y unas moléculas de perfume. «Pero todos, alguna vez, a lo largo de nuestra vida, encontramos a una mujer que nos enseña no sólo que el amor existe, sino que no desaparece y perdura y se aferra al corazón incluso cuando compruebas que esa mujer que amas, al verte por la calle, mira hacia otro lado y no contesta a tus llamadas y que para poseer algo suyo tendrás que robárselo», se dijo aspirando otra vez el aroma del pañuelo como alguien ahogándose aspiraría de una botella de oxígeno. En esos momentos se hubiera cambiado por el último peón de su empresa a cambio de estar con ella, a cambio de oírla de nuevo susurrando a su oído las palabras íntimas con que ofrecía o pedía amor.

Como un ladrón, guardó el pañuelo en un bolsillo de su

chaqueta. Bien doblado, no ocupaba mucho y nadie lo advertiría. Dejó todas las luces apagadas y salió de la oficina. Sólo le faltaba el último trámite antes de regresar a casa.

Lo hacía cada tarde. Cada tarde, cuando ya los albañiles debían de estar cenando y en el ocaso el sol aumentaba de tamaño al acercarse al horizonte, él subía al coche e iba a echar un último vistazo a las obras en construcción. Era la mejor forma de evaluar los progresos diarios, de calcular el tiempo real de entrega o de demora, incluso de encontrar perspectivas y argumentos estéticos que oponer a los previsibles reproches de Miranda. Se sentía bien en esos momentos finales del día, cuando ya no había obreros pululando por los andamios, cuando no atronaban camiones ni hormigoneras y las grúas dormían inmóviles. A veces, sin ni siquiera bajarse del coche, se detenía a fumar un cigarrillo, mirando con orgullo por la ventanilla cómo iban creciendo las estructuras o los tabiques, cómo donde unas semanas antes no había sino vacío pronto existirían casas donde llorarían niños, se amarían los amantes y algún viejo moriría.

Otras veces no se limitaba a observar desde fuera. Entraba en el tajo y comprobaba detalles. Casi podría decir qué había hecho en esa jornada cada uno de sus obreros, y ese examen le permitía apreciar sus cualidades laborales para destinarlos a aquellas tareas para las que estaban mejor dotados. Con estrategias así —que ni siquiera se planteaban sus dos socios, ni Muriel con toda su habilidad para la gestión económica, ni Miranda con sus ínfulas de arquitecto— había hecho crecer aquella empresa y no estaba dispuesto a cambiarlas.

Levantó el pie del acelerador según iba llegando al bloque y en esos momentos vio a una figura de hombre que salía del edificio y, con gesto furtivo, saltaba la valla posterior para escabullirse corriendo hacia el otro lado. Alarmado, pensó en seguirlo, pero la parte trasera daba a unos solares por donde el coche no podía circular.

No le gustaba nada que gente ajena entrara en sus obras,

y no tanto porque temiera un accidente del que no sería responsable como por las intenciones con que lo hacían. Aunque a veces había sorprendido a algún curioso inofensivo –un comprador que quería ver *in situ* lo que no comprendía en los planos, alguien que tomaba referencias de materiales y espacios para su propia casa...–, quien se colaba en una obra después de la jornada laboral solía hacerlo con intenciones lesivas. No habían faltado robos de material –azulejos, aislantes, ladrillos y cemento, algún sanitario– y en una ocasión alguien armado con un spray de color rojo había entrado en un piso casi acabado para pintarrajear con saña los suelos de gres y las paredes enyesadas. La actitud y las prisas del fugitivo le hacían temer cualquier daño, de modo que bajó rápidamente del coche y entró en el edificio esperando una sorpresa desagradable.

La obra –uno de esos bloques paralelepípedos tan del gusto de las inmobiliarias, sin dificultades para una construcción en serie– se hallaba muy avanzada, en ese momento en que una casa a punto de ser terminada podría confundirse con una casa en ruinas: si bien el solado ya estaba puesto, todo seguía cubierto de cartones y serrín y los rincones llenos de pegotes y escombros; si bien los marcos de las ventanas habían sido encajados, aún faltaban los cristales; si bien parecían nuevos los azulejos de la cocina y los baños, aún no había sanitarios ni las escaleras tenían barandillas.

Para comprobar que todo estaba en orden, Martín Ordiales comenzó a recorrer las cuatro viviendas de cada planta. No necesitó pasar de la primera para intuir lo que había provocado que el intruso –quienquiera que fuese y cualesquiera que fueran sus intenciones– saliera huyendo. En la primera planta un firme ronquido lo atrajo desde una habitación del fondo.

Santos dormía. Estaba tendido boca arriba –como no duerme nunca ningún animal, como sólo puede dormir alguien inocente que no teme ningún daño ni sorpresa desagradable de su entorno ni de sus semejantes–, levemente inclinado hacia la derecha, hacia la mano que aún sostenía la brocha con la que había barnizado unos marcos de madera. La izquierda, a la que le faltaban el corazón y el índice, descansaba en su estómago. Olía intensamente a barniz a pesar de las ventanas sin cristales y comprendió que sus efluvios, o los del disolvente que tanto le gustaba aspirar, eran los que otra vez habían hecho que se durmiera tan plácidamente, un poco narcotizado, después de haber buscado una gruesa plancha de aislante blanco a guisa de colchón.

Había ordenado muchas veces que no lo dejaran solo, porque apenas sabía hacer nada sin que le explicaran varias veces cómo había que hacerlo. Santos era la personificación de la inocencia, si la inocencia es mirar un cuchillo y creer que sólo sirve para cortar el pan: en nada veía maldad, en nadie pensaba mal, de nadie sospechaba. Si en un principio lo había contratado para disponer de chico de los recados sin que apenas le costara dinero gracias a las subvenciones por emplear a minusválidos, a medida que lo trataba fue aumentando su simpatía y compasión. No pesaba menos de cien kilos y nunca le permitían subirse a un andamio o a un tejado ni estar cerca de una herramienta con filo o de una máquina peligrosa. Como si cargara piedras en los bolsillos, llevaba siempre los pantalones muy caídos, dejando ver el inicio del trasero y un trozo de espalda, y recibía a cuenta de su aspecto las bromas de sus compañeros, llenas de ironía, pero nunca malignas. «Santos aquí, Santos allá», se le llamaba para llevar o traer un botijo de agua, para amontonar ladrillos, para barrer cascotes o regar el suelo asentando el polvo.

Su tarea preferida era pintar. Pavón había comentado un día que era porque se colocaba con el barniz o el disolvente. Pero con eso no hacía daño a nadie. De modo que, de cuando en cuando, al llegar a esa fase, le dejaban unos lienzos de pared o unas puertas para que durante unas horas fuera feliz. Ahora se había quedado dormido mientras todos debían de haberse marchado rápidamente al dar la hora y nadie recordaba que él aún estaba dentro.

—Santos —lo llamó suavemente—. Santos.

Se removió en el corcho blanco con una sonrisa idiota y beatífica o acaso solamente narcótica, pero sin despertarse.

—Santos —insistió.

Entonces pensó de nuevo en el hombre que huía. Aun dormido, Santos había cumplido con su trabajo. Martín Ordiales sonrió como un padre sonreiría ante el hijo que descansa en la cuna.

Como si hubiera advertido un leve aviso que, sin embargo, no tenía la suficiente intensidad para alertar su conciencia, Santos volvió a removerse satisfecho. Su mano izquierda, como un trébol negro, subió hasta el pecho abombado para descansar allí junto a los latidos del corazón, abierta, mostrando los muñones de la amputación sufrida cuando aún era un niño y ya trabajaba podando unos olivos.

No era el único de sus empleados a quien le faltaba alguna parte del cuerpo. Desde la muerte del hermano de Tineo siempre insistía con ellos en la necesidad de protegerse la cabeza, de usar las redes y los cinturones, aunque conocía la imposibilidad de convencer a alguien que tenía del casco de seguridad el mismo concepto que de la gorra o de la boina, es decir, un objeto ornamental y superfluo o simplemente adecuado contra el sol, del que prescindían en cuanto se les daba la espalda. La mayoría no eran hijos de albañiles, la mayoría procedía de ambientes rurales, de un campo abandonado menos por la mecanización de las tareas que por su eterna exigencia de cansancio y sudor sin respetar horarios ni estaciones, puesto que, mientras siguieran allá, muchos de ellos no podrían eludir la sensación de que todas las horas de luz solar en que no estuvieran trabajando serían una falta o un pecado imperdonable contra la memoria de sus antepasados. En su mayoría, habían sido hasta pocos años antes campesinos cuyo color de piel apenas se distinguía del color de la tierra que habían abandonado tras los altos sueldos de la construcción. Y de aquel pasado agrícola arrastraban su terrible variedad de mutilaciones: hombres tuertos a quienes se les clavó en la pupila la espina de una zarza; hombres sin dedos, que dejaron en el filo de un podón o de una motosierra; hombres con un pie torcido que un día aplastó un tractor o un arado o que rompió la patada de un animal que pesaba ocho veces más que ellos... Sin embargo, nunca se quejaban ni parecían añorar especialmente la parte mutilada. Se seguían moviendo con la misma pericia, adaptados a su carencia, un poco como esos peces y crustáceos que se ven en los acuarios a quienes otros animales más poderosos han mordido en el lomo o arrancado una pinza o una pata y sin embargo nadan y viven con naturalidad. El campo que también él había dejado atrás, en aquella aldea llamada Silencio, estaba lleno de miembros, de falanges, de sangre, como un cementerio, para recordarles a todos los que lo abandonaban que guardaba algo íntimo suyo y que, por tanto, no podrían olvidarlo fácilmente.

¿Pero quién de nosotros no está mutilado?, se preguntó de pronto. ¿A quién no le falta un pedazo del corazón que un día le mordió una mujer? ¿A quién no le duele el hueco de los padres muertos, de un hermano, de un hijo? ¿Quién es tan vanidoso para gritar en voz alta que todavía está entero, que nada ni nadie lo ha mellado ni herido? ¿Quién puede asegurar que vivirá toda su vida con la misma memoria que ahora tiene?, ¿que ante un accidente podrá regenerarse como se regeneran los lagartos? La vida es ir perdiendo partes del cuerpo que el tiempo pudre, partes de la memoria y la conciencia que roen la edad o el Alzheimer, se dijo mientras se erguía y dejaba que Santos siguiera durmiendo, gordo y feliz en su plancha de aislante. Ya lo despertaría cuando bajara. Ahora iba a subir hasta la terraza.

A veces lo hacía. Le gustaba contemplar desde lo alto la ciudad a un lado, el campo al otro, todo bajo sus pies y por encima de su cabeza nada más que el cielo, cuando aún aquello en lo que pisaba era suyo –también de Muriel y de Miranda, pero a ellos no les gustaba ensuciarse en el corazón de las obras, no las sentían palpitar tan cerca–, antes de venderlo y no poder volver.

Esa tarde, además, todo era un poco extraño y se sentía levemente deprimido. Había llegado súbitamente el calor del verano, con ese malestar que causa en las regiones donde la primavera es corta, donde apenas hay esa transición por la cual, durante unas semanas, una estación aún conduce a la otra de la mano antes de retirarse definitivamente hacia las estrellas donde esperará la llamada de un nuevo año. El grave percance de la chica en la sala de rehabilitación, la imagen del peón reventado contra el suelo, el pañuelo de Alicia recordándole su indiferencia, haciéndole notar que ella ya nunca le regalaría algo íntimo suyo, que para poseerlo había tenido que robarlo, la figura del hombre que huía y la triste compasión que Santos le despertaba le habían nublado el ánimo. Veía una larga vida por delante, pero al mismo tiempo tenía la certeza de que lo mejor de su vida ya había quedado atrás.

Apoyó las manos en el antepecho de la terraza, contemplando el campo que, bajo una extraña luz color salmón, se prolongaba hacia el oeste: un crepúsculo suave, con el cielo combándose tiernamente sobre la tierra como una mano de hombre combándose sobre la mano de una mujer.

El edificio se hallaba en el límite de lo construido, en un terreno que en el futuro sería un barrio con semáforos y colegios y parques y tiendas y todo eso que necesita una ciudad para no ser una cárcel, pero ahora allí sólo estaban trazadas las calles, con aceras sin árboles. Había mucho espacio entre un solar y otro, con huecos para jardines y aparcamientos, y hasta que todo aquello estuviera habitado, aún pasarían algunos años de polvo y ruido y aspecto desolado.

Más allá se extendía el campo, que él había abandonado tras unos sueños ambiciosos que, después de todo, pensó, no lo habían hecho más feliz de lo que lo fueron sus padres. Ahora sólo volvía allí algunos fines de semana para visitar a parientes lejanos, para cazar jabalíes y conejos y para surtir su despensa de vinos y de viandas de animales sacrificados sin que hubieran probado nunca un alimento que no naciera directamente de la tierra.

El sol ya se había hundido en el horizonte e iba arrastrando tras él los últimos lienzos de luz, como un actor que al retirarse de escena arrastra el vuelo largo de su capa. Se hacía tarde y era hora de bajar, despertar a Santos y volver a casa.

Miró hacia el lugar por donde el hombre había huido y luego miró hacia abajo, hacia la masa informe de restos y escombros de la obra donde se acumulaba cemento y yeso seco, azulejos y ladrillos rotos, cascotes, tierra, arena, recortes de hierro y de aluminio, cartones y palés de madera. No había nadie rondando por allí.

Sin sacarlo del bolsillo, acarició una vez más el pañuelo de Alicia.

Al dar la vuelta para marcharse vio la figura que aparecía por el hueco de la escalera.

Escombros

–¿Quién lo ha encontrado?

–Quiénes –dijo Andrea–. Los cuatro albañiles que llegaron los primeros, unos cinco minutos antes de las ocho. Aparcaron el coche, abrieron la valla metálica y, al avanzar, lo vieron. Era tan evidente que estaba muerto que no quisieron tocar nada. Dicen que les había extrañado ver el coche de la víctima aparcado ahí delante –lo señaló con un gesto–, pero a veces lo hacía. Llegar al trabajo antes que sus empleados, para controlarlos o para indicarles las tareas de la jornada.

El teniente miró alrededor, observando todo lo que la agente señalaba, antes de mirar hacia el cuerpo.

–¿Quién es?

Andrea consultó su libreta.

–Se llama Martín Ordiales –dijo en tono dubitativo. En esos casos, cuando alguien acababa de morir y su cadáver estaba aún presente, nunca sabía bien qué tiempo verbal debía emplear. El presente era inexacto; pero si usaba el pasado, tenía la molesta sensación de que estaba apartándolo con prisas, empujándolo al olvido–. Uno de los tres socios de la empresa que construía el edificio: Construcciones Paraíso.

–Ya –dijo el teniente. Había visto algunas veces los carteles en sus obras y en anuncios de prensa. Por tanto, aquella muerte, aunque no provocaría alarma social, traería algún eco, rumores ampliados por gente que lo había conocido, que le había comprado algún piso o había negociado con la firma.

—¿Conocéis a algún constructor que tenga buena fama, de quien se hable bien? —les preguntó a Andrea y a Ortega.

—No.

—Ninguno.

De Ordiales hablarían quienes lo habían conocido, pero sobre todo quienes lo odiaban al pagar cada euro que el banco les cobraba por los intereses de una hipoteca que tardaría varios lustros en ser liquidada. La noticia de su muerte ya habría comenzado a recorrer las calles, a entrar por puertas y ventanas, a martillear en los receptores de radio, a zarandear las líneas de teléfono modificando detalles, cruzando conjeturas, organizando sospechas. Siempre era igual: una ciudad provinciana en la que todos conocían a todos y nadie sabía nada de nadie. Dentro de dos horas, Breda entera comenzaría con las hipótesis y muchos de sus habitantes hablarían como hablan los portavoces del gobierno.

El médico forense, agachado sobre el cadáver, había cogido su mano y le movía la muñeca calibrando la rigidez o flexibilidad de la articulación con la misma atención y cuidado con que examinaría a alguien vivo. En los primeros tiempos de su trabajo, al teniente Gallardo siempre le habían llamado la atención los forenses. De entrada, no lograba imaginar que un estudiante de medicina eligiera esa especialidad, como tampoco creía que nadie eligiera libremente trabajar en una funeraria. Sospechaba que siempre se ocultaba una personalidad extraña en alguien para quien los muertos importaban menos que las circunstancias de la muerte, el dolor causado a la víctima o a los suyos menos que los detalles previos a ese dolor. Hasta que comprobó que aquel aspecto de su oficio era inapreciable, porque la mayor parte de su horario estaba dedicada a evaluar, sentado en una oficina, las lesiones y secuelas de accidentes de tráfico o laborales para determinar las indemnizaciones que debían pagar las compañías de seguros.

El teniente se acercó y observó la forzada postura del cadáver. Imaginó la rotura interior de vísceras y glándulas, los destrozos en huesos y articulaciones. Con aquel calor, pronto empezaría a oler mal: unas horas tan sólo entre la vida y la podredumbre. Luego miró hacia lo alto del edificio.

—Debió de caer desde la terraza. O lo tiraron —dijo esperando que el forense arriesgara una opinión.

—En cualquier caso, murió en el acto —se limitó a señalar los cordones de sangre negra que habían salido de su oído y de sus fosas nasales.

—¿Cuándo?

—Hará unas once horas. Sobre las nueve y media de la noche.

El teniente miró hacia atrás al oír el ruido del motor de un coche que se acercaba. Esperaba al juez, pero vio salir de él a una mujer de unos treinta y cinco años, que conducía, y a un hombre dos décadas más viejo.

Desde que llegaron, los albañiles estaban agrupados inmóviles junto a la entrada de la obra, sin hacer nada, desconcertados, respondiendo brevemente a las preguntas de algunos curiosos que se habían acercado atraídos por las sirenas y que se asomaban sobre las vallas estirando el cuello para ver el cadáver, calculando el aspecto que ofrecerían ellos mismos si un día caían o eran arrojados desde una altura de siete pisos. Eran de diferentes edades, pero todos de rostros duros, con demasiado hueso —pómulos afilados, barbillas oscuras y resistentes, frentes como piedras—, donde la carne enjuta se estiraba casi incapaz de cubrir todos los flancos. Iban vestidos con monos azules o con pantalones de pana que no habían abandonado desde su época de campesinos, convencidos de que si ese tejido había demostrado su dureza para resistir el indomable roce del terruño, tampoco tendría dificultades para resistir el del cemento. Algunos sostenían aún ante el vientre la bolsa con la comida y el casco de seguridad como se sostienen los sombreros en los entierros. Pero otros no sabían qué hacer con sus manos, tan anchas y macizas que parecían no caber en sus bolsillos, de dedos curvos, mostrando incluso inmóviles su afinidad con cualquier herramienta de hierro y mango de madera. Sus gestos expresaban alarma y confusión, pero en algunos había también desamparo o tal vez miedo, como en un tipo gordo que destacaba entre tanta gente delgada, vestido con un pantalón muy caído manchado de pintura y con la mirada inconfundible del retraso y la inocencia.

Varios se habían sentado y ahora, al ver llegar a la mujer y al hombre, se levantaron con respeto.

—Teniente Gallardo —se presentó él mismo avanzando hacia la entrada.

—Miranda Paraíso —dijo la mujer. Y luego, señalando al hombre—. Santiago Muriel.

Ambos miraron hacia el cuerpo aplastado contra los escombros que el forense ya comenzaba a tapar con una brillante lona de aspecto metálico, casi futurista. Miranda, sin mover el torso, giró la cabeza hacia un lado con un gesto de horror. Sacó un pañuelo del bolso y se limpió el temblor de una lágrima.

—Han llamado a la oficina para decírnoslo. No podíamos creerlo. Hemos venido enseguida —dijo.

—¿Están seguros de que se trata de él? —preguntó Muriel.

—Lo han identificado varios de sus empleados —el teniente señaló hacia el grupo de albañiles—. ¿No tenía familia?

—No tenía familia directa —contestó la mujer—. Sus padres están muertos y él vivía solo.

Eso explicaba que nadie lo hubiera echado de menos y que hasta la mañana no se hubiera encontrado su cadáver.

Muriel miró hacia lo alto del edificio en construcción y, por un movimiento reflejo, todos lo imitaron. En la terraza vieron, tras el pretil, dos cabezas tocadas con el gorro de la Guardia Civil que parecían medir algo.

—¿Un accidente? —preguntó Miranda con ese tono que espera una respuesta afirmativa.

—Aún no lo sabemos. Pero parece poco probable viendo la altura del antepecho —contestó el teniente, contraviniendo uno de sus principios, el de no manifestar opiniones sin tener datos fehacientes y contrastados de lo ocurrido.

—¿Quiere decir que él mismo...? —intervino Muriel.

—No quiero decir nada —cortó—. Hasta que no se haga la autopsia y sepamos más datos todo serán especulaciones. De momento, quiero que ustedes dos reconozcan oficialmente el cadáver.

Lo siguieron unos pasos y levantó la tela metalizada hasta descubrir el rostro. Tenía los ojos abiertos y un atroz gesto de pánico. El teniente pensó con alivio que allí terminaba aquel capítulo, que al menos esta vez no tendría que pasar por el desagradable trámite de buscar a la familia para darle al mismo tiempo la noticia y el pésame. Pasaban los años y su elocuencia seguía siendo nula. Sólo conocía la fórmula oficial, aunque era consciente de que para distintas muertes y distintas víctimas —un accidente de tráfico o un homicidio, un anciano o un niño, una mujer o un hombre— eran necesarias distintas palabras.

—Es él —susurró Miranda.

—Martín —dijo Muriel.

Gallardo volvió a cubrirlo y le hizo un gesto al forense. Desde la ambulancia, dos empleados acercaron una camilla.

—Durante unos días, hasta que les avisemos, no podrán trabajar ni mover nada de aquí. Tampoco debe entrar nadie.

—Claro que no —dijo Miranda—. Además, no podríamos. Cuando ocurre un percance así, el ministerio paraliza la obra hasta hacer una investigación. Sigue habiendo demasiados accidentes mortales en este oficio.

El teniente no respondió a lo que parecía una insinuación.

Ha muerto.

Ha muerto y yo no soy el responsable de su muerte, aunque sé que hay al menos una persona que pensará lo contrario. Estoy asustado. De alguna forma es como si ese primer precepto del sistema judicial del que tanto presumimos desapareciera para mí. Había aceptado un pacto que me convertía en culpable, pero nadie sabe que no lo he cumplido, con lo que, si la mujer esgrimiera sus cláusulas, me vería obligado a demostrar mi inocencia.

Lo terrible es que no podría hacerlo, porque yo estuve allí, en el edificio en obras, unos minutos antes del momento en que, según la prensa, debió de producirse la muerte.

Si el hombre a quien yo debía matar no se arrojó voluntariamente al vacío, alguien debió empujarlo. Conozco bien el sitio. Había estado ya dos veces allí, a esa misma hora, al atardecer, buscando el mejor lugar y el mejor momento para hacerlo, el hueco adecuado donde esconderme y la herramienta con que golpear. Conozco bien la terraza y su altura y yo mismo había pensado en ella como un lugar factible. Sé que el muro que la separa del vacío es demasiado alto para que caiga por él alguien que no quiere caer. Todos los que suban allí podrán comprobarlo y desde el primer momento sabrán que no ha sido un accidente. O se arrojó él voluntariamente –una posibilidad que no cree nadie de quienes lo conocían– o lo arrojó alguien contra los escombros. Ahora ha muerto y yo no lo he matado.

Leo las dos páginas que la prensa regional dedica al suceso, en las que todos los entrevistados hablan bien de él, honran su memoria. En ese sentido, su historia es la historia de todos los hombres: calumnia en vida, en la muerte alabanzas. Y, sin embargo, debía de estar rodeado de enemigos. Al menos dos con el suficiente odio dentro para atreverse a actuar: la mujer que me pagó –y que acaso ya está esperando a que vaya a recoger el resto del dinero– y quien en realidad lo hizo.

En verdad, no me resulta extraño tanto encono. Durante esos quince días en que lo seguí, en que estudié sus costumbres y sus movimientos, en que lo observé cuando él creía que nadie lo observaba, caminando por la calle o conduciendo, tomando un café o amonestando a un empleado, llegué a conocerlo bien, creo que tan bien como quienes lo rodeaban. A los pocos días podía anticiparme a sus reacciones; adivinaba por un gesto de su boca cuándo estaba triste, preocupado o expectante, cuándo había dormido mal, a quién estimaba u odiaba. Ahora sé que alguien que nos espía puede llegar a saberlo todo de nosotros. Lo he visto y sé de lo que hablo. Martín Ordiales era uno de esos hombres que nadie quisiera tener por enemigo. Enérgico, fuerte, hábil, exigente, orgulloso y duro de trato. El tipo de hombre que un país enviaría como embajador a otro país con el que de un momento a otro puede entrar en guerra. Miraba a los ojos de aquel a quien estrechaba la mano. Mi mano, una mano fuerte que ha ido llenando la ciudad de pequeños cadáveres, estrechó en una ocasión la suya y de aquel breve contacto deduje que no sería fácil asustarlo.

Fue hace una semana. Ya lo sabía casi todo sobre su horario y sus costumbres. Lo había meditado bien y llegué a la conclusión de que no importaba nada que me viera. Aún no había decidido cómo lo haría, e incluso podría ser una ventaja que me conociera para luego acercarme a él más fácilmente.

Esperé a que las oficinas de Construcciones Paraíso quedaran vacías de empleados para visitarlo cuando estuviera solo. A tenor de las horas que dedicaba a la empresa, se diría que era su impulso, su vocación y su alma. Estaba observando unos planos y, al llamar a la puerta entreabierta, en lugar de decirme que ya era tarde y que volviera otro día, me hizo pasar y me pidió que me sentara. Me fingí un comprador interesado en alguna de las viviendas del edificio donde ahora ha muerto y, en lugar de remitirme al encargado de las ventas, él mismo me dio una completa información sobre su precio y los plazos de entrega, sobre luces y metros cuadrados, sobre opciones y calidades. Me respondía a lo que yo iba a preguntar un segundo antes de que lo hubiera preguntado y demostraba un exhaustivo control sobre la materia que tenía entre las manos. Salí de allí pensando que si me decidía a comprar una casa con el dinero que su socia pagaba para que muriera, compraría algo de lo que esa tarde él mismo me había mostrado.

Ahora que ha muerto imagino que algunos se habrán alegrado. Yo no. Al contrario. Estoy asustado. No sé si perdí algo al huir tan deprisa, si dejé las huellas de mis dedos o mis manos en algún sitio donde él puso luego las suyas, si alguien más me vio correr como sin duda él me vio. No sé qué debo hacer. Permanecer inmóvil o ir a la casa de la mujer que me estará esperando con un buen puñado de billetes en la mano para pagarme un trabajo que no he hecho.

No sé qué debo hacer.

Coger ese dinero es como firmar una declaración de culpabilidad. Dejarlo es tirar al viento un hermoso regalo que tanto necesito. Me siento como un oscuro peón de ajedrez que, a punto de recorrer toda la hilera para convertirse en reina, duda en hacerlo, porque sabe que entonces atraerá de nuevo sobre él toda la agresividad del adversario.

No sé qué debo hacer y, mientras llega la luz, callo y espero.

Reviso la maleta donde guardo un saco de arpillera, cuerda y alambre, desinfectantes y tiritas, un bote de éter y mis guantes, y salgo a la calle a cumplir un nuevo encargo. A quien me vea, puedo parecerle un viajante de comercio algo cansado, o un médico sin demasiado éxito ni fe en los medicamentos y utensilios que lleva en su maleta. Pero sólo voy a matar a otro animal, a seguir con mi actividad habitual para que nadie advierta ninguna variación en mis costumbres. Las señas indicadas son las de un piso y el hombre que me abre la puerta y me hace pasar tendrá unos cincuenta años y pesa más de cien kilos. Es de ese tipo de gordos con dificultad para atarse los cordones de los zapatos. Lo reconozco de otro encargo anterior, pero aún no sé su nombre, acaso nunca me lo ha dicho. La primera vez me llamó para deshacerse de un cocker que, según él, al crecer había desarrollado una desagradable agresividad. Todavía recuerdo a aquel animal que parecía haber copiado la obesidad y tristeza de su dueño. Cuando me acerqué a él me observó sin ladrarme, sin odio ni temor, como si supiera a qué había venido y, sin embargo, estuviera decidido a no oponer resistencia alguna. Por un momento me recordó a esos perros que, en los carteles contra el abandono de animales, miran un coche que se aleja por una carretera solitaria, bajo un eslogan que dice algo así como «Él nunca lo haría».

Ahora tiene un pájaro y aún no sé la causa por la que quiere matarlo.

Me guía hasta el salón y me señala la jaula con un loro que nos mira con impertinencia.

—Es él —me dice en voz baja, dándole la espalda, como si temiera que el pájaro pudiera comprender sus palabras.

—¿Está enfermo? —le pregunto, consciente de que ésa es la coartada que todos mis clientes están esperando que les facilite, la compasión de la eutanasia, cuando en realidad quieren deshacerse de ellos por capricho o cansancio o simplemente hastío.

—¿Enfermo? No. Simplemente habla demasiado. Todo el día. Sólo se queda callado cuando estoy aquí con él, en el salón. Si salgo a la cocina, o al dormitorio, o al baño, comienza a llamarme a gritos como un niño que tuviera miedo a quedarse solo. De modo que tengo que arrastrar la jaula por todas las habitaciones y colocarla en un sitio desde donde me vea. Antes bastaba con taparla con la funda, pero ahora parece haber descubierto que el sonido es una cosa distinta de la luz y atraviesa la tela. Es insoportable no tener un minuto para estar solo y en paz en tu propia casa.

Comprendo lo que dice, claro que lo comprendo. Yo, que amo la música, sé qué necesario es el silencio e imagino cuánto puede añorarse la soledad si alguien nos persigue y nos impone su presencia las veinticuatro horas del día. Este hombre obeso que tengo junto a mí compró ese pájaro con una suave ilusión de compañía, lo alimentó, lo cuidó y usó toda su seducción y su paciencia para enseñarle las primeras palabras. Y ahora, sin que acaso sepa bien cómo ha podido llegar al otro extremo, está harto y le resulta insoportable su atosigante presencia, hasta el punto de pagar por deshacerse de él. Claro que lo comprendo, aunque sé que muchos considerarán su decisión como un capricho extraño y cruel. ¿Pero no hacemos lo mismo nosotros, los monos superdotados que nos hacemos llamar humanos? ¿No hacemos lo mismo? Un día comenzamos a rogar y a seducir a la mujer que nos ha deslumbrado y a quien a toda costa queremos tener cerca para sentirnos menos solos. Hasta que de pronto una mañana descubrimos que ese ser que respira y duerme y canta a nuestro lado nos estorba y nos decepciona por no ser la perfección que unos años antes habíamos soñado. A veces, entonces, abandonamos a quien habíamos buscado e inventamos coartadas para el abandono que los demás nos aceptan sin apenas reparos. En cualquier caso, con menos reparos que si abandonáramos a un perro, como si sintieran más compasión por un animal que por alguien como ellos.

—No se preocupe —le digo—. No volverá a molestarlo.
Mientras me pongo los guantes sé que el hombre, a mis
espaldas, me ha dejado solo, porque el loro comienza su
parloteo en el que de vez en cuando distingo con nitidez
una palabra como un grito de auxilio al que nadie responde:
—*¡Corona! ¡Corona! ¡Corona!*

Tabiques

–Bernardo y Lázaro, vosotros comenzáis con los tabiques dobles de las terrazas. Arriba tenéis ya todo lo necesario, excepto el aislante, que acaban de traerlo. Que os ayude Santos a subirlo –dijo Pavón, el capataz, señalando la raya trazada con cal donde debían levantar el tabique. Luego se dirigió a otros dos hombres. Su voz salía áspera y dura, como si tuviera granos de cemento incrustados entre las cuerdas vocales–: Vosotros os ponéis con las escayolas. También tenéis el material ahí detrás.

Pavón era el segundo motor de la empresa. Un hombre de baja estatura, moreno, con un pelo tan seco y duro que daba la impresión de que comenzaría a crujir en cuanto lo apretase con el casco que siempre llevaba colgando en la cintura y nunca se ponía, como si jamás se lo hubiera lavado y hubiera ido adquiriendo la textura del hierro o del cemento, lo mismo que las pestañas –duras, rectas, exactas, metálicas– que, más que proteger los ojos de agresiones de fuera, en ocasiones parecían enjaularlos y proteger a los de fuera de su dureza o agresividad o peligro. Nervioso y enérgico, resolvía cualquier problema que se planteara en una obra, fuera por algún error del arquitecto o por una mala previsión en la cantidad de material necesario. Podía pasarse una noche entera conduciendo un camión para ir a cargar a trescientos kilómetros un pedido de cables, maderas o azulejos y al regresar a la mañana siguiente, sin haber dormido, detenerse a explicarle a un peón cómo y dónde y con qué inclinación tenía que colocar el solado. Se decía de él que, cuando le encargaban la ejecución de una obra, llegaba a tenerla en la cabeza con más precisión que el aparejador y el arquitecto.

Cuando, al mediodía, los albañiles paraban para el almuerzo, sentados en los ladrillos o en las planchas de poliestireno, Pavón comía con ellos –la navaja cortando el pan o el jamón hasta que el filo tocaba la dura yema del pulgar, los tendones de las mandíbulas marcándose al masticar–, pero un poco aparte, sin participar de la conversación. Era callado y no opinaba nunca de los demás, de sus creencias, de sus gustos o ideas, como si los demás no le interesaran. Se mantenía al margen de cotilleos y calumnias, de las bromas a las que las cuadrillas eran tan proclives en los momentos de asueto. Le interesaban más las cosas que las personas. Así, si hablaba con un herrero, no dudaba en preguntarle por la dureza de diferentes aleaciones, por las ventajas e inconvenientes del aluminio o el PVC. Nunca le hubiera preguntado por su situación familiar o laboral, por sus proyectos o ambiciones. No conocía nada de las vidas de sus subordinados y, por no conocerlas, no aceptaba fácilmente sus razones o excusas si un día llegaban tarde o faltaban al trabajo. El alma humana le resultaba indiferente. En cambio, si veía un material, una herramienta o una máquina nueva, no paraba hasta aprender su utilidad y sus funciones.

Por eso era tan apreciado por la empresa, porque aplicaba a los empleados los mismos criterios de producción que aplicaba a las herramientas, utilizándolos en función de su máxima rentabilidad, sin parar mientes en su desgaste o sufrimiento. Representaba la unión perfecta de las cualidades del técnico con las del matón.

Le pagaban muy bien, porque sabían que varias firmas de la competencia querían tenerlo a su servicio. Peseta a peseta antes y ahora euro a euro, había logrado reunir una pequeña fortuna con ese tesón de la hormiga que acarrea, menos atenta a la cantidad que transporta en cada viaje que a la constancia de su acarreo. Pero además del dinero había otra razón por la que el encargado no se planteaba abandonar la empresa: la memoria y el sentimiento de fidelidad hacia el difunto Paraíso, que, intuyendo su valía, lo había alzado hasta allí desde el más bajo peldaño de peón. Sentía —y ése era el único sentimiento que parecía permitirse— que debía permanecer junto a la hija de quien tanto le había ayudado, con esa obtusa lealtad con la que a menudo los antiguos criados se dedicaban a proteger a los hijos de sus patronos cuando éstos morían.

Nadie se atrevía a hablar mal de la empresa delante de él. De modo que hasta que no vieron que —allí abajo, frente al montón de escombros con restos de sangre de donde la Guardia Civil había retirado por fin el día anterior las cintas amarillas prohibiendo el paso— arrancaba el coche en el que Pavón iba a controlar el trabajo en otra obra o a buscar algún material al almacén, Bernardo, el albañil que había comenzado a colocar los primeros ladrillos, no dejó la paleta en el suelo, sacó un paquete de cigarrillos y, sin ofrecer a nadie, se sentó a fumar.

—El muy cabrón. Sabe que no soporto la altura y no deja de ponerme en el borde.

—Bueno, supongo que ahora ya se lo puedes decir —replicó uno de los escayolistas, sentándose también a fumar.

—¿Ahora?

—Ahora que ya no está Ordiales para despedir al primero que se queje del trabajo o muestre sus preferencias.

—Chico, déjalo ya —se dirigió al peón que mezclaba el cemento, sin replicar a lo que el otro había dicho—. Descansa un poco. Nadie va a pagarte más por no parar unos minutos.

El muchacho obedeció y se sentó cerca del anillo de hombres, escuchando. Se llamaba Lázaro. Aparentaba unos veintiuno o veintidós años y, si no llevara casco y mono azul y no estuviera manchado de cemento, nadie pensaría que trabajaba en una obra.

—¿Tú crees que porque ya no esté van a cambiar los métodos? —dijo volviendo a la conversación.

—Yo creo que sí. ¿Por qué estamos ahora aquí sentados, sin hacer nada, si no es porque él no está vigilando y porque sabemos que no vendrá al terminar el día para comprobar, sin necesidad de contar las colillas del suelo ni las filas de ladrillos, si de verdad hemos estado descansando en mitad de la mañana?

—No vigilaba mucho cuando dejó que lo tiraran desde ahí arriba —dijo señalando con un gesto.

—Nadie vio que lo tiraran. Y nadie de por aquí es tan hijo de puta como para merecer que lo tiren desde un séptimo piso contra un montón de escombros.

Bernardo se quedó en silencio un largo minuto, fumando hasta que la colilla sin filtro fue tan diminuta que le hubiera quemado los dedos si no estuvieran encofrados en cemento. Entonces dijo:

—Martín Ordiales era tan hijo de puta que bien hubiera merecido que lo tiraran siete veces desde un séptimo piso.

Ninguno de los escayolistas se atrevió a replicarle. Todos adivinaron que en ese momento estaba pensando en un andamio colgado muy alto y en la ausencia de una red de seguridad que debía haber estado puesta y no estaba.

Lo vieron levantarse del montón de ladrillos y le oyeron comentar algo así como «Tampoco es para estar sentado todo el día» mientras se dirigía hacia la rampa de las escaleras y bajaba por ella como si no la viera bien, aferrándose a los tablones laterales de protección.

—¿Por qué se ha puesto así? —preguntó por primera vez Lázaro.

Los dos escayolistas se miraron un instante, dudando de que hubiera alguien que no conociera lo que había ocurrido.

—¿Cuánto tiempo llevas trabajando aquí?

—Tres meses.

—¿Y nadie te lo ha contado todavía?

—No.

—No te hubiera gustado verlo —dijo el más viejo—. ¿Llegaste a ver a Ordiales caído?

—Sí. Entramos antes de que lo taparan.

—Aquí trabajaban dos amigos de Bernardo: Tineo y su hermano pequeño. Formaban cuadrilla. Los tres estaban juntos cuando, una tarde, el muchacho cayó desde lo alto. Casi ocurrió delante de nuestros ojos. El chico quedó mirando al cielo y tardó unos minutos en morir mientras Tineo y Bernardo y todos los que estábamos cerca lo mirábamos preguntándonos qué podíamos hacer por él en un momento en que ya todo era inútil. Tineo le cogió la mano y le acarició suavemente la cara que de cuando en cuando se estremecía como si tuviera un tic, mientras Pavón llamaba con el móvil para que viniera rápidamente una ambulancia. El chico no tenía más edad que tú. Se lo había traído el hermano mayor a trabajar aquí desde esa aldea perdida de donde procedían tanto Ordiales como ellos dos.

—Silencio —dijo el otro albañil.

—Silencio. Un nombre extraño —añadió mirando hacia el lejano paisaje por el hueco de la terraza, como si desde allí pudiera ver la aldea situada cuarenta kilómetros al sur de Breda—. ¿Qué tipo de gente puede salir de un sitio así?

—Gente como Ordiales y Tineo —respondió el otro hombre.

—Bernardo estaba trabajando al lado de los dos hermanos, en el mismo tajo. Nunca lo ha olvidado. ¿Te deja acercarte alguna vez a algún sitio alto donde no haya red?

—No.

—Claro que no. No la había cuando el muchacho se cayó.

—¿Y Tineo no protestó? ¿Y los sindicatos?

—¿Los sindicatos? La época de los sindicatos ya pasó. Además, ¿tú has visto que algún constructor vaya a parar a la cárcel o sea condenado por no cumplir las normas de seguridad? Hablo de condena, no de multas.

—No.

—¿Y no crees que alguno lo merece?

—Sí. Creo que a algunos les vendría bien una temporada allí dentro —se atrevió a decir.

—Entonces, ¿por qué con Ordiales iban a ser más duros que con los demás? —miró hacia las escaleras para comprobar que no aparecía nadie, y añadió—: Hay quien dice que hubo una conversación entre ellos, un pacto, al fin y al cabo ambos procedían de un mismo sitio, esa aldea a la que nadie que no sea de allí parece haber ido nunca. Se cuenta que Ordiales le dijo: «Ya sé que no puedo evitar tu dolor, pero me gustaría ofrecerte algún modo de paliarlo. Aquí, ahora, hay dos caminos: o bien me abren un expediente y pago una multa, con lo que nadie saldrá ganando, o bien todos juramos que había red y te doy a ti el dinero de la multa y además una compensación por evitar el expediente».

—¿Y qué ocurrió?

—Precisamente eso. Que no ocurrió nada. Tineo aceptó y recibió a cambio el dinero suficiente para convertirse en propietario de un buen trozo de tierra, con lo que ya no tenía que volver a subir a ningún andamio ni soportar la presencia de Ordiales ni de Pavón dándole órdenes.

—¿Y Bernardo?

—Eran amigos, ¿no? Si también recibió algún regalo, es algo que se lo podrás preguntar a él —dijo el otro hombre escuchando los pasos que subían por la escalera.

Unos instantes después aparecieron él y Santos. Entre ambos traían un gran fardo de planchas de aislante. Como era su costumbre, Santos llevaba muy caídos los pantalones dejando ver al agacharse una banda de carne bronceada. Sonrió a algunas bromas con una inocencia que le hacía ver simpatía donde sólo había burla.

Bernardo sacó una navaja del bolsillo y cortó las cintas

que sujetaban el fardo de las planchas. Colocó una de ellas en el hueco que quedaba entre los dos tabiques. Lázaro se levantó a ayudarlo y, al observar el escaso grosor, se atrevió a preguntar:

—¿Pero no va en estas paredes aislante de tres centímetros?

—Sí.

—¿Entonces?

—¿Quién se va a enterar cuando esté puesto? ¿Crees que alguien va a picar la pared para comprobarlo?

Lázaro pensó que sí, que Alicia podría llegar en cualquier momento y sorprenderlos haciendo una trampa con la que ellos no ganaban otra cosa que un poco de comodidad en el trabajo. No pensó en Pavón, que acaso estaba al corriente del engaño. Pensó en la aparejadora y agachó el rostro para que los demás no vieran el rubor que lo inundaba.

—No hay huellas específicas. Ni una sola marca de un zapato o una fibra de ropa o un objeto que sea extraño en una obra —dijo el teniente.

Estaba sentado en su despacho frente a Andrea y Ortega. A pesar de su desconfianza inicial, ahora sabía que había acertado al hacerles trabajar juntos. Usando una comparación que le gustaba mucho, apropiada a su oficio, una vez le había dicho al capitán de zona que los visitaba:

—Se complementan bien en las investigaciones. El carácter de Andrea es el del revólver; el de Ortega, el de la bala. Ella lanza una pregunta y se queda quieta, esperando sus efectos; Ortega va con la pregunta a estrellarse contra el cuerpo del interrogado.

En efecto, de él no esperaba mucho más que la fortaleza de su presencia, que, incluso inmóvil, no perdía una cierta capacidad de amedrentar, lo que resultaba muy útil en determinadas circunstancias. Cuando se quedaba mirando a algún implicado en algo sucio o delictivo, parecía estar pensando por qué lado de su cara comenzar a golpear. De ella, en cambio, esperaba una contribución más decisiva: la perspicacia para leer los detalles, para comprender desde el punto de vista femenino lo que él no se sentía capaz de captar, lo que en ocasiones ni siquiera sabía el propio autor del delito. Pero también quería tenerla cerca de él por algo que nunca le hubiera confesado a nadie: porque Andrea lo obligaba a ser más tenaz, a agudizar sus reflexiones, a perseverar en la idea de que, existan o no las pruebas para aclarar un crimen, siempre hay que buscarlas. A todas esas cosas, en fin, que hacen los hombres para atraer sobre ellos las miradas de las mujeres que de algún modo aman o desean.

—Ahora estamos seguros de que no se mató. Tenía en el bolsillo un recibo para recoger dos días más tarde un pedido de doscientas tarjetas de visita con su nombre, Martín Ordiales. Lo había encargado dos horas antes. No parece probable que se ocupe de encargar tarjetas de visita alguien que ha decidido arrojarse desde un séptimo piso.

—Claro que no —dijo Ortega.

—La prensa ya conocía lo de las tarjetas —añadió el teniente mostrándoles una página del periódico regional—. ¿Alguno de vosotros lo ha contado por ahí?

—No —contestó Ortega—. Tal vez los de análisis.

—No creo —dijo Andrea—. Debieron de ser los propios familiares de la imprenta. No sería la primera vez que comprobáramos lo difícil que resulta guardar algo en secreto en esta ciudad. ¡Y con una prensa tan ávida de ese tipo de detalles!

—¡La prensa! —el teniente torció una sonrisa—. Vibran de entusiasmo cuando aparecen conflictos de sangre, se les afilan los dientes y hasta se diría que en esas crónicas sus artículos tienen ingenio. Nunca mueven el culo tan rápido como cuando van detrás de una sirena, de ambulancia o nuestra, tanto da, pero mejor nuestra, porque significa que además de sangre ha habido algún tipo de violencia. Esta vez acertaron, pero ya los despistaremos. Como otras veces. Cuanto más alejados de la verdad los mantengamos, más cerca de ella podremos trabajar nosotros. No será difícil engañarlos. Cuatro periodistas provincianos que no tuvieron el talento ni el coraje suficientes para ganarse un sitio en algún periódico de Madrid. Fracasados. Aburridos. Algunos intentando disimular con excentricidad su falta de imaginación.

Los dos guardias escucharon en silencio la diatriba del

teniente contra un gremio que nunca había soportado. Conocían los rumores de la intervención de la prensa en la apertura de un expediente contra él, habían oído algo de un ascenso frustrado, pero nadie les había dado nunca detalles.

—Volviendo a lo nuestro, el forense ha confirmado que no había bebido ni tomado nada que pudiera confundir su percepción y haber hecho que cayera. Estaba vivo cuando se estrelló contra el montón de escombros. Una muerte instantánea. Traumatismo craneoencefálico múltiple y... —hojeó el informe— y un montón de roturas. Además, no padecía ninguna enfermedad incurable ni estaba bajo ningún tratamiento contra la depresión o algo parecido. Nada extraño. Sólo iba a rehabilitación de una epicondilitis en el codo derecho.

—¿Epicondilitis? —preguntó Andrea.

—Una inflamación de los tendones por una sobrecarga. Lo que se llama «codo de tenista» —informó Ortega.

—Tenemos, además, su agenda de trabajo, en la que aparece un centenar de nombres. Empresas de suministros o contratas, técnicos, posibles compradores. Habrá que revisarlos a ver si surge algo interesante.

El teniente extrajo del cajón de su mesa una bolsa de plástico transparente en la que se veía un pañuelo de mujer, con un suave estampado de tonos marrones, amarillos y verdosos.

—Y, por último, aún encontramos esto. Lo llevaba en un bolsillo de la chaqueta.

Andrea cogió la bolsa y la abrió ligeramente para aspirar el perfume.

—Chanel. De quienquiera que sea, puede decirse que tiene buen gusto y que se preocupa de su aspecto.

—Pues ya tenemos trabajo. Vamos a comenzar buscando a la dueña del pañuelo. En cuanto aparezca, detenéis las preguntas y me avisáis. Quiero interrogarla personalmente. Tendrá que explicarnos por qué Ordiales lo llevaba en el bolsillo. Al mismo tiempo, vais haciendo un informe de dónde estaban aquel atardecer todos los que lo conocían o tenían alguna relación con él. Sacamos todos los datos y luego comprobamos si son ciertos. Comenzad con las primeras mil preguntas habituales, extendiendo las manos y agarrando todo lo que toquéis. Tal vez después de todo eso podamos ver un poco de luz.

Los dos guardias se levantaron de sus sillas, Andrea con toda la documentación que le había dado el teniente; Ortega, sin nada, abriéndole la puerta mientras hacía aquel movimiento nervioso de los hombros con que se encajaba la camisa reglamentaria que siempre parecía quedarle pequeña.

Los propios médicos no sabían si se había caído y se había roto el fémur o si el fémur se había roto y por eso se había caído. En cualquier caso, ya no importaba mucho. Sólo importaba que ahora su madre no se sintiera sola, que supiera que él estaba cerca y que podía contar con su ayuda para todo lo necesario. Ricardo Cupido no podía decir que había tenido buenos maestros, nadie le había enseñado lo más importante de lo que sabía y, por supuesto, nadie le había enseñado a ser detective privado. Ése era un oficio que no se aprendía en los mejores libros ni con los mejores maestros, al que se llegaba sólo después de haber fracasado en la búsqueda de cualquier otro. Un oficio apto para una criatura menos frágil y menos pesimista y más resistente que el hombre y carente de su capacidad de compasión. De modo que si ahora era algo, se lo debía a sus padres. Cuando pensaba en ellos, procuraba evitar cualquier sentimentalismo, pero a menudo terminaba cayendo en él. No encontraba otras palabras que las viejas palabras de siempre —bondad, cariño, agradecimiento y ternura— para referirse a ellos.

Ahora la miró —apenas cuarenta o cuarenta y cinco kilos de piel, vísceras cansadas, un poco de carne y un puñado de huesos esponjosos y frágiles— y pensó en lo que nunca le diría en voz alta: «Soy el segundo de tus hijos. El primero murió. Pero yo estoy aquí y, aunque me ordenes lo contrario, voy a seguir contigo».

Como si lo hubiera oído, abrió los ojos y sonrió al mirarlo.

—¿Pero todavía no te has ido?

—No.

—Ya te he dicho que estoy bien, que puedo apañarme sola, que no te quiero ver aquí todo el tiempo.

Había estado dos semanas en el hospital y ya llevaba dos días en la casa, adonde Cupido se había trasladado, abandonando su apartamento. Ya caminaba más o menos bien con ayuda de un bastón, al menos lo bastante bien como para recorrer toda la casa e ir al baño y sostenerse unos minutos frente a la cocina y hervir un poco de pescado.

—No tengo nada que hacer —replicó.

—Seguro que sí. Seguro que hay mucha gente en esta ciudad buscándote desesperada para que les soluciones algún problema. Y yo ya puedo caminar perfectamente con el bastón.

—Claro que puedes caminar. Y en una o dos semanas ni siquiera lo necesitarás —dijo con énfasis.

Pero sabía que tampoco ella lo creía —que volvería a andar como antes—, y que adivinaba su mentira como todas las mujeres que han sido madres desde el principio del mundo saben cuándo sus hijos están mintiendo, aunque asientan y simulen creer la mentira. Pero era necesario animarla a moverse, porque había visto a ancianos con percances así que comenzaban por no salir a la calle y terminaban por no levantarse de la cama.

—Pues si no tienes nada pendiente, hay algo que me gustaría que hicieras esta mañana.

—¿Qué?

—Algo todavía demasiado complicado para mí —dijo buscando sus ojos—. Hace mucho tiempo que no voy a limpiar las tumbas de tu padre y tu hermano. Me gustaría que fueras tú a hacerlo.

Cupido asintió, pensando que quizá tenía que haberse anticipado y proponérselo él. Cada cierto tiempo, su madre se acercaba a retirar las flores mustias, a pasar un pañuelo por el cristal que protegía las fotografías, a decirles simplemente que no los había olvidado y que pronto estaría con ellos dondequiera que estuviesen.

—No te preocupes. Puedo ir ahora mismo.

—Llévales unas flores. Tu padre siempre decía que no le gustaba ese tipo de cosas, pero yo sé bien que era mentira.

—Claro. Un buen ramo.

Se acercó a ella, le dio un beso en la frente y dejó que le apretara muy fuerte la mano que había apoyado en su hombro, con una intensidad que no había vuelto a mostrar desde el día en que lo llamaron desde el hospital y apenas tuvo tiempo de abrazarla antes de que entrara en el quirófano. Cuando levantó la cabeza, su madre, a quien no había visto llorar desde hacía muchos años, tenía los ojos húmedos. Aquello y el encargo que le había hecho eran dos señales evidentes, y, apenas dos horas más tarde, Cupido se preguntaría cómo pudo pasar por encima de ellas sin saber interpretarlas.

Salió a la calle, encargó un ramo de flores y, mientras se lo preparaban, se acercó a su apartamento. Recogió algunas cartas del buzón y comprobó los mensajes del contestador. Había varias llamadas, hechas desde el mismo número, que no dejaron voz, y sólo en la última un hombre decía que volvería a llamar más tarde y que se trataba de un asunto urgente. No había dicho su nombre.

De vuelta a la calle, recogió las flores y fue al cementerio. Hacía mucho tiempo que no pisaba por allí, y todo le pareció demasiado grande –porque no era sólo que Breda siguiera acatando el viejo precepto de que todos los cuerpos de los muertos se pudran bajo tierra, era también que se oponía frontalmente a su derogación– y renovado, un recinto tan amplio que empequeñecía la sombra de los cipreses y las estatuas de los ángeles. Avanzó por las calles, de vez en cuando leyendo aquellos juramentos de recuerdo y desconsuelo, pero también votos de esperanza, de paz y de fe en un Dios en el que él, tanto tiempo atrás, había dejado de creer sin que nada viniera a llenar el vacío de esa creencia. Desorientado, tuvo que preguntar a un empleado que lo guió hasta el sitio exacto.

Sobre los nichos de su padre y del hermano a quien no recordaba había otros dos huecos esperando, como dos heridas abiertas sobre los de abajo, ya cicatrizados. Uno era para su madre. «Llegará un día y ella morirá, y la enterraré en ese nicho, y yo estaré más solo», susurró, embargado por una trémula melancolía con la que, si bien ya se había topado algunas veces antes, nunca con la suficiente frecuencia como para familiarizarse con ella y aprender a hacerle frente. El otro hueco estaba reservado para él. El detective colocó las flores en un gancho clavado entre ambos y pasó el pañuelo por los cristales. No sentía dolor al contemplar sus rostros en las pequeñas fotos grises; hacía demasiado tiempo que habían muerto. Tampoco sabía rezar: no creía en Dios, pero a la mínima sugerencia de su madre iría corriendo a la iglesia a pedir una ceremonia para que toda la gente que los había querido pudiera rezarles una oración.

De pronto, sin motivo aparente, pensó en sí mismo enterrado en aquel hueco encima de su hermano mayor y, sin embargo, muerto tan pequeño, antes de cumplir cinco años. Posiblemente, cuando él muriera, su madre ya lo habría hecho un tiempo antes, y en toda la ciudad no quedaría nadie cercano que supiera algo suyo más que las fechas de nacimiento y defunción, cuando él, en cambio, por su trabajo, sabía de la vida oculta de la ciudad más que todos sus cronistas. Imaginó una aproximación a su epitafio: «Aquí yace el recuerdo de Ricardo Cupido, detective. Amó a algunas mujeres y ayudó a algunos hombres, viajó a algunos países y se bañó en las aguas de todos los ríos que cruzó. Deja, para quien quiera recogerlo, una pistola que no usó nunca, una casa deshabitada y un archivo vacío para decepción de los curiosos. Nunca terminó de ser feliz en el lugar donde nació. No tuvo hijos y con él se extinguió su apellido».

Se apartó de allí y comenzó a caminar de regreso, preguntándose si aquella tendencia, frecuente en los últimos días, a pensar demasiado en el futuro no era un signo evidente de que se iba haciendo viejo. Estaba nervioso por todos los detalles de aquella mañana, captaba una tensión cuya última forma de manifestarse ignoraba.

Al llegar a casa vio que en la entrada no estaban ni el bastón ni la silla de ruedas y de inmediato pensó en una nueva caída y en un accidente más grave. Avanzó por el pasillo hasta llegar al salón. Junto al teléfono había una hoja con un mensaje manuscrito con aquella inconfundible letra redonda y aplicada, apenas modificada desde la infancia:

«Hijo, espera a mañana para venir a verme. Entonces los dos estaremos mejor y más calmados. Lo tenía todo dispuesto desde que estuve en el hospital. Ya había reservado una plaza en La Misericordia y nada va a cambiar, aunque te opongas. Un día me llevaron a verla y pude hablar con los internos. Allí estaré muy bien, es una residencia limpia y agradable, y saben cuidar a ancianas como yo mejor de lo que tú sabrías hacerlo. No con más cariño, sólo con más comodidad. No podría soportar que un día tuvieras que verme desnuda y llena de miseria. Sé lo que nos conviene a ambos. Sé también que estando aquí no hubieras permitido que me fuera y he tenido que alejarte. Tu padre y tu hermano estarían de acuerdo con lo que he decidido hacer y nadie puede cambiar.

»Te abrazo con toda mi alma».

Había también una dirección y un número de teléfono. Descolgó para llamar, pero tuvo que dejarlo porque se le nublaban los ojos y sabía que apenas podría hablar con nadie. Se tumbó en el sofá sin hacer nada, sin oponerse a la tristeza, sólo recordando las palabras de la carta.

Luego, al fin, se levantó y marcó el número escrito en el papel. Preguntó por su madre y una voz femenina consultó algo y le dijo que en ese momento no podían avisarla, porque era la hora de la comida, que tal vez luego, durante la tarde, en algún periodo de descanso entre los chequeos y los análisis de la revisión médica que era normativo cumplir al llegar.

Su ingreso era, pues, definitivo, y Cupido supo que no podría hacer que desistiera de la decisión tomada. Aunque no tenía hambre, picó algo de lo que ella le había dejado preparado en la cocina, sintiendo que los lejanos sabores familiares revivían en su boca con una intensidad fosforescente. «Quizás uno deja de ser un niño cuando comienza a amar las cosas que amaban sus padres: el sabor de una comida, la afición a un paisaje, la exactitud de un refrán», pensó de pronto, con una intuición de orfandad definitiva.

Cuando regresó a su apartamento había un nuevo mensaje en el contestador donde el mismo hombre dejaba ahora un número de teléfono para que el detective lo llamara. Iba a hacerlo, intrigado por tanta urgencia, cuando se le anticiparon desde el otro lado de la línea.

—¿Ricardo Cupido? —era la misma voz.

—Sí.

—He intentado localizarlo...

—No estaba en casa. Pero ya he oído sus mensajes —lo interrumpió—. Creo que podríamos hablar ahora mismo.

Quince minutos más tarde le abrió la puerta a un hombre cuyo rostro le resultó conocido, aunque no sabía de qué. No era robusto, y sin embargo lo sorprendió la fortaleza de sus dedos al saludarse, la energía que parecía brotar de sus manos de forma natural, sin que él hiciera nada por ostentarla, del mismo modo que un torniquete de hierro no necesita alardes para demostrar hasta dónde podría apretar o hacer daño.

—Supongo que habrá oído hablar estos días de la muerte de Martín Ordiales.

—Sí. Pero no conozco todos los detalles. He estado muy ocupado.

A pesar de la dedicación a su madre, Cupido no había podido evitar sentir interés por la muerte del constructor y por aquel detalle de las tarjetas de visita que sugería que había sido un homicidio. Qué estaba pasando en el mundo, se preguntaba, para que en una villa provinciana de cuarenta mil habitantes se hubieran producido tres casos criminales en el corto plazo de seis años. ¿Qué genes o moléculas o ácidos seguían operando en el corazón del hombre para que nunca pudiera dejar definitivamente atrás su condición de mílite, de caín o de sicario? ¿Qué tipo de violencia era esa que surgía cuando todo alrededor estaba en calma, en un país sin apenas crisis internas que la justificaran y cuya última guerra había sucedido casi setenta años atrás?

—¡Los detalles! Supongo que los detalles exactos sólo los conoce quien lo arrojó desde la terraza. He venido a contratarlo para que usted los averigüe. Y estoy dispuesto a pagarle todo lo que a mí me pagaron para que lo matara.

—¿Para que lo matara?

—Para que matara a Martín Ordiales.

—¿Por qué no me lo cuenta todo desde el principio? —Cupido repitió la pregunta que tantas veces necesitaba hacer para que aquella gente aturdida o enfurecida o simplemente aterrorizada que llegaba a su despacho relatara con un poco de orden el caos en que se hallaban sumidos.

—Supongo que si nunca hubiera matado a un animal, aquella mujer nunca me habría propuesto que matara a un hombre. Pero también ella debía de pensar que no hay tanta diferencia entre ahogar a un perro lleno de colmillos y ahogar a un hombre, casi siempre más inofensivo si no va armado. Y sin embargo, ¡es tan distinto! Quiero decir que he matado a muchos animales, pero a ninguno cuya muerte no la hubiera solicitado su propio dueño. En una ocasión, un hombre me buscó para que acabara con el perro de un vecino que había mordido a su hijo. Me pagaba bien, pero no quise hacerlo. Quiero decir que, aunque con la mujer acepté al principio, nunca hubiera podido matar a Ordiales.

El hombre siguió respondiendo a cada una de las preguntas que Cupido le hacía: el modo de contacto, el anticipo recibido de la mujer que también era dueña de Construcciones Paraíso, el seguimiento que había hecho de las costumbres de Ordiales, las dudas hasta la última tarde.

—Entré en la obra sin que nadie me viera, hacia las ocho y media. La valla estaba cerrada y allí no quedaba nadie. Sabía que él no tardaría en llegar y que muchas veces bajaba del coche y se detenía a comprobar el trabajo realizado durante el día. Con una barra de hierro entre las manos, me senté a esperar bajo las escaleras de la entrada. Por un hueco entre los ladrillos podía controlar su llegada. Todo era irreal. El atardecer, la ciudad a la espalda y el campo al fondo, con aquellos solares llenos de hierbajos, basura y escombros. Seguía demasiado aturdido para advertir la gravedad de lo que iba a ocurrir. No sé cuánto tiempo transcurrió hasta que oí el ruido del coche. Fue entonces cuando comprendí que nunca podría hacerlo, que hay una distancia insalvable entre un perro y un hombre, aunque ese perro sea el animal más fiel e inofensivo y benéfico de cuantos tienen cuatro patas y ese hombre sea el tipo más dañino. Dejé la barra en el suelo, salí del escondite y huí corriendo por los solares vacíos. No me detuve hasta llegar a mi casa y encerrarme dentro, como si fuera él quien entonces pudiera venir a por mí. No sé si me vio al huir, tal vez sí, y por eso bajó del coche a ver qué ocurría y subió hasta ese último piso desde donde parece que lo arrojaron.

—¿Y no vio a nadie más en la obra, o llegando tras él?

—No. No miré atrás. ¿Cómo iba a imaginar que alguien más había planeado lo mismo?

—Y ahora, la mujer, ¿ha vuelto a llamarlo?

—No. Y yo tampoco iré a verla para reclamarle el resto del dinero. Es la única forma que tengo de demostrarle que yo no lo hice. Pero tampoco le devolveré lo que he cobrado. Es ella quien me ha metido en este pozo y quien debe pagar por sacarme de él. Ese dinero será suyo en cuanto demuestre que otro ejecutó lo que yo sólo había imaginado.

—¿Alguien sospecha de usted?

—Creo que no. Pero tengo miedo. No estoy seguro de que quien lo hizo no me haya visto siguiendo a Ordiales los días anteriores. Y mientras corría huyendo de la obra y salía a la carretera sé que pasaban algunos coches. Hay gente que me conoce en esta ciudad. No estoy absolutamente seguro de que alguien no pueda relacionarme con su muerte.

Cupido permaneció en silencio unos instantes, reflexionando sobre la extrañeza del trabajo que le proponía. El cliente pertenecía a esa clase de hombres que él nunca hubiera creído que acudirían a un detective para solucionar sus problemas. Parecía demasiado acostumbrado a resistir la desdicha como para asustarse tanto por un nuevo episodio. Además, las manos, las manos fuertes, los dedos como pequeños plátanos que apoyaba en la mesa, entre ambos, sugerían que no era alguien que se amedrentara fácilmente. La posibilidad de que estuviera mintiendo cruzó por su cabeza durante un segundo, pero la rechazó enseguida como algo imposible. Si era culpable, no tenía sentido que viniera a contratarlo sin que nadie lo hubiera implicado, puesto que con cualquier dato que Cupido averiguara, se arriesgaba a ser descubierto. Era absurdo pagar para crearse un enemigo. La única premisa que le parecía cierta era su inocencia.

—Trabajaré para usted —sacó un papel y un bolígrafo—. Ahora necesito que me dé todos los detalles de lo que averiguó sobre Ordiales cuando lo seguía: cuáles eran sus costumbres y con quién se veía, quién lo odiaba y quién se cruzó alguna vez con usted mientras caminaba tras sus pasos.

Cimientos

−Esta urbanización será el salto definitivo. A partir de ahora podremos decir que Construcciones Paraíso es una gran empresa.

Santiago Muriel asintió sin decir nada, la mirada absorta en la maqueta de la que habían retirado la casita adosada; en cambio, habían añadido un número a cada parcela. Pero también, como si alguien hubiera advertido que su austeridad anterior era igualmente una huella de Ordiales, habían colocado figuritas de árboles en las calles, coches por la calzada y peatones y perros para dar sensación de aire libre, de pulcritud, de una forma de vida ideal alejada de todo abigarramiento, ruidos, preocupación. En algunos sitios había trozos de fieltro verde y azul simulando césped y piscinas e incluso se habían preocupado de instalar una fuentecita con la ebullición de un pequeño surtidor.

−Es lo que siempre había soñado mi padre −continuó Miranda−. Pero también Martín estaría orgulloso de esto −pasó el dedo por el diminuto contorno de los árboles, de las piscinas−. Diseñar una urbanización como los romanos diseñaban sus poblados, decidiéndolo todo desde el principio, desde el perímetro y las puertas de las murallas a la orientación y el trazado de las calles. Levantar una ciudad desde la nada. No construir en un solar encajonado entre vecinos, sino distribuir tú mismo los solares.

−Claro que también él estaría orgulloso −remarcó Muriel, sin mencionar, como tampoco lo había hecho ella, los cambios que nunca hubiera permitido. Una vez más se preguntó qué tipo de poder era ése, cuál era su esencia y quién se lo confería a las mujeres para que siempre ellas terminaran ganando y decidiendo cómo debían ser en última instancia las cosas—. ¿Has llamado a sus parientes?

—Sí. Mañana, a las siete, vendrán a la oficina. No creo que haya ningún problema para que acepten vender.

—¿Lo han dicho así?

—¿Así?

—Con esas palabras: aceptar vender.

—Han dicho que no saben nada de constructoras y que no tienen ningún interés en saberlo. Martín no tenía hermanos. Todos ellos son primos y supongo que lo que desean es conseguir la mayor cantidad posible de dinero sin que se entere Hacienda y regresar a sus terruños a esconderlo bajo una piedra.

—¿Dijeron una cantidad?

—No. No podrían decirla porque no saben lo que hay. En cualquier caso, creo que podríamos pagarles una parte con algunos de nuestros pisos —sugirió.

—¿Lo aceptarían?

—¿Por qué no? Una vivienda en la ciudad —dijo Miranda—, ese sueño de todos los campesinos. En realidad, ¿qué otra cosa si no había pretendido siempre Martín?

Por la memoria de Muriel pasó una escena de quince años antes, cuando un jovencito con una chaqueta y una corbata recién compradas para ser lucidas en aquella entrevista se presentó en las oficinas de Construcciones Paraíso a ofrecer unos solares heredados a cambio no de dinero, sino de una participación en lo que en ellos se construyera. Aquél fue su primer paso para entrar en una empresa activa y bien considerada cuyo fundador lucía en su despacho los diplomas ganados en varios concursos de albañilería, pero al fin y al cabo una empresa pequeña en la que hasta entonces nadie sabía cómo funcionaba una grúa de rotación ni lo que era construir un edificio de más de tres plantas. Luego fue el viejo Paraíso quien advirtió que, si le daba un poco de autonomía, aquel joven que –a fuerza de ser el primero en llegar al tajo y el último en marcharse, de preguntar todo lo que no sabía y de permanecer, si no al acecho, sí al control de lo que hacía y cómo lo hacía cada albañil– a los tres meses ya era capaz de dominar el proceso completo de una obra, desde la elección del arquitecto hasta la venta del último garaje, podría engrandecer la firma con su decisión e iniciativas. Lo que nadie pudo prever es que su ambición no se conformaría con un puesto de segunda fila que hubiera hecho feliz a cualquier otro.

–Si recuperamos esas acciones, esta firma volverá a ser como era antes de que él apareciera –dijo.

Muriel inclinó la pequeña cabeza calva y abollada hacia unos papeles con listas de cifras, negándose a participar en la conversación que Miranda le proponía, desinteresado como si nunca hubiera oído el nombre de Martín, como si no hubiera desaparecido de golpe y con violencia alguien con quien durante quince años habían hablado, calculado, discutido, disfrutado en cada triunfo y preocupado en cada fracaso. Golpearon la puerta y Alicia avanzó dos pasos.

–Está aquí Juanito Velasco. Dice que quiere hablar con vosotros.

–¿Velasco? ¿Quién es? –preguntó Miranda al ver el gesto de fastidio de Muriel.

–¿No has oído hablar de un tipo a quien Martín terminó embargándole el chalet cuando ya había pagado una buena parte de su precio?

–Me lo contasteis entonces, pero no recuerdo los detalles.

Muriel permaneció unos instantes en silencio, como si ordenara en su cabeza los datos de la historia con el mismo rigor con que ordenaba las cuentas, los pagos o las deudas de cada cliente, las facturas de los proveedores o los salarios de cada uno de los cincuenta empleados.

—Hace dos años le vendimos uno de los chalets que estábamos construyendo junto al Europa. No sólo eligió uno de los más grandes. También quiso lo mejor en las calidades y fue pidiendo mejoras sobre lo que nosotros ofrecíamos: mármol de importación, maderas nobles, acero inoxidable, en el jardín árboles de quince años. Uno de esos inconscientes que primero compran y luego cuentan el dinero que tienen en la cartera. Aun así, tal vez si no se hubiera separado de su mujer cuando estábamos a punto de darle las llaves hubiera podido seguir pagando. Pero ella lo dejó cuando iban a estrenarlo. Se marchó con su hijo alegando algo de malos tratos y, según oí contar, cansada de soportar sus infidelidades. Alguien dijo que lo sorprendió en la cama con su última amante, una jovencita que parecía haber encontrado en la salida de algún instituto. Velasco no pudo llegar a cubrir todos los gastos y dejó de pagarnos. Martín estaba dispuesto a ser paciente con él, pero una tarde se presentó en la obra y discutieron. Estaban allí unos posibles compradores que se largaron asustados del ambiente. Y ya conocías a Martín: una ofensa así, en público, no se la perdonaba a nadie. Le dio un ultimátum de tres meses. Cuando pasó el plazo y Velasco no pagó, decidió que iniciáramos el proceso. Estamos esperando la resolución definitiva, pero todo parece muy claro. La sentencia caerá de nuestro lado.

—¿A qué viene entonces?

—¿No lo imaginas?

—Creo que sí.

—¿Qué le digo? —preguntó Alicia, que seguía esperando una respuesta.

—Dile que pase —ordenó Miranda.

Dejó la puerta abierta y poco después regresó seguida de un hombre alto y fuerte. Era curioso que lo llamaran Juanito Velasco, pero Miranda recordó algunos otros casos de personas de gran estatura que desde niños recibían un diminutivo del que ya nunca lograban desprenderse, aun cuando hubiera desaparecido la causa que lo provocó.

Velasco se acercó a Muriel y lo saludó brevemente, como si cumpliera un trámite, antes de dirigirse hacia quien de verdad parecía interesarle desde que entró en el despacho. Avanzó unos pasos y estrechó la mano de Miranda. Era de esos hombres que siempre encuentran un motivo, una excusa o un momento propicio para desviar los ojos del rostro de la mujer que enfrentan y mirar sus labios o sus pechos, ese tipo de hombres que siempre parecen estar poseídos por el deseo, aunque apenas haya transcurrido una hora desde que estuvieron en la cama con otra mujer, porque el deseo parece en ellos, más que una contingencia, lo que constituye su esencia y su móvil y no pueden borrarlo de su mirada mientras tengan los ojos abiertos.

—Claro que yo también siento la muerte de Martín —estaba ya diciendo—, aunque, por otro lado, no puedo ocultar que si él estuviera aquí nunca me habría decidido a venir.

Esperó una réplica, mirando sucesivamente a sus dos interlocutores, vestido con unas ropas adecuadas para alguien más joven que él.

—Ni yo le hubiera hecho una oferta ni él hubiera aceptado —añadió al fin, cuando comprendió que nadie iba a responderle.

—¿Una oferta? —preguntó Miranda.

—Los sistemas de seguridad de las trescientas viviendas que van a construir.

—¿Trescientas viviendas? —intervino Muriel—. ¿Quién le ha dicho eso?

—Toda Breda lo está diciendo. Incluso hablan ya de metros cuadrados y número de habitaciones, de calidades, de precios. Más de uno ya está contando sus ahorros y calculando, calculando, calculando, eso que saben hacer tan bien los habitantes de esta ciudad.

—¿Y usted? —preguntó Miranda.

—¿Yo?

—¿Usted también calcula?

Juanito Velasco sonrió y volvió a mirarla a algún lugar entre su pecho y su barbilla.

—Claro que calculo. Por eso he venido aquí.

—¿Y cuál es en concreto su oferta?

—Quiero recuperar el chalet. Quiero que retiren la denuncia y el proceso de embargo que inició Martín.

—¿Y a cambio?

—A cambio les instalaré los sistemas de alarma y seguridad en las viviendas que me digan, sin cobrar otra cosa que el material empleado, hasta compensar toda la deuda. No pido su anulación. Quiero pagar de otra forma, con trabajo y tecnología —dijo en un tono firme y convincente, procurando ignorar la barrera que en aquel despacho los separaba en dos estados no sólo de economía o bienestar (la riqueza y la ruina), sino sobre todo en dos estados morales: el orgulloso frente a quien ha sido humillado—. Por lo que se dice, serán viviendas de lujo. Me atrevo a sugerir que ofrecer como un servicio más la preinstalación de un sistema de seguridad aumentará la calidad y el precio de venta.

Los dos socios se miraron unos instantes, también ellos calculando el riesgo y el beneficio.

—Tendríamos que hacer algunos números y pensarlo. Pero estudiaremos con atención su oferta —dijo Miranda.

—Gracias. Estoy seguro de que los convencerá —respondió sonriendo, acaso un poco sorprendido de la pronta aceptación, de la amabilidad de quienes no tenían ninguna razón especial para ser amables con él. Y quizás hubiera seguido sonriendo y hablando de detectores y decibelios si en ese momento la aparejadora no hubiera llamado de nuevo a la puerta.

—Perdón —dijo—. Hay un hombre que insiste en hablar con los dueños sobre... —no quiso añadir nada más delante de Velasco.

—¿Sobre qué? —inquirió Muriel.

—Sobre Martín.

—¿Otro trato? —preguntó Miranda con ironía.

—No. Dice que es detective privado.

—¿Detective privado? ¿En Breda? —se extrañó—. Dile que pase.

Mientras Alicia iba a buscarlo, Velasco intentó concretar el acuerdo:

—Entonces, les haré un proyecto escrito con los tipos de sistemas de alarmas, número de detectores y conexión a una central, para que elijan una opción. Sobre ella, podríamos acordar tiempos de instalación y presupuestos.

—De acuerdo —aceptó Miranda—. Un proyecto. Pero no se vaya todavía. Podemos seguir con esto en cuanto hablemos con ese detective. No creo que tardemos mucho. Además, usted también conocía a Martín.

—Sí.

—¿Ha tratado alguna vez con un detective privado?

—Nunca.

—¿Y no siente curiosidad?

—Puede ser una experiencia.

—Quédese entonces. Si ese hombre quiere hablar con todos cuantos conocíamos a Martín, con esta visita habrá hecho usted dos trabajos.

—¿Sí?

Cupido empujó la puerta y entró en el despacho donde se había producido aquel silencio con que a menudo lo recibían, hecho menos de curiosidad o expectación que de una instintiva desconfianza y alerta, algo así como el paso atrás de los que esperan en un andén ante la llegada de la locomotora. Creía que iba a encontrar a los dos socios de Ordiales, pero no se sorprendió en exceso al ver a otro hombre, sólo se preguntó quién era, porque su cazadora de cuero, sus zapatos anchos y duros y la barba muy recortada —ese aspecto de quien desea aparentar menos edad de la

97

que realmente tiene– lo hacían incongruente con el despacho.

Percibió cierta ironía en el tono con que la mujer respondía «Adelante», como si estuviera esperando de él que contara algo divertido. Por eso no preguntó nada en los segundos iniciales, se limitó a escuchar las presentaciones y a estrechar las manos –la mano débil, casi retráctil al contacto, de Muriel; la mano de dedos abiertos y un poco inclinada hacia el dorso al saludar, mostrando energía, de Velasco; la mano suave de Miranda– mientras observaba, sólo observaba. La mujer tenía uno de esos rostros que siempre hacen pensar que el bisturí no es ajeno a su aspecto. Era, por decirlo de algún modo, exuberante, aunque sin llegar a esa especie de tumefacto embotamiento que adquieren las caras cuando pasan una segunda o una tercera vez por el quirófano: los labios un poco más gruesos de lo que hubiera sido natural y la nariz demasiado perfecta, con las aletas en exceso pequeñas y cercanas al tabique para alguien que lleva respirando no menos de treinta y cinco años. Un rostro muy *acabado*, en contraste con la tibia normalidad del resto del cuerpo. Sus formas no destacaban entre los pliegues de la chaqueta del traje claro, y sus rodillas, bajo una falda muy corta, no tenían apenas contorno, se unían casi sin transición al resto de la pierna.

–Creo que podemos tomar algo –dijo dándoles la espalda y acercándose a un mueble de donde extrajo vasos, hielo, una botella de whisky y otra de un licor de almendras.

Cupido vio que, al caminar, sus riñones comenzaban a moverse antes que sus piernas, con ese arqueo femenino que a él tanto le gustaba en las mujeres en las que surgía de un modo espontáneo. El otro socio, Muriel, esperaba en silencio, reservado y tranquilo, y el detective se preguntó si en él se cumpliría aquella afirmación de Horacio de que ningún daño se puede temer de un hombre que ya ha cumplido diez lustros.

Aceptó un whisky mientras escuchaba la primera pregunta de la mujer antes de que él hubiera podido hacer ninguna.

—¿Quién le paga por este trabajo?

Cupido rechazó la tentación de decirle que en realidad era ella, que era su dinero el que se estaba ganando al interrogarla.

—Digamos que quien me paga también lo hace para mantener su nombre en secreto.

—¿Y espera que contestemos a sus preguntas? —intervino de forma un tanto abrupta el hombre alto a quien le habían presentado como Juanito Velasco, con ese diminutivo.

—¿Por qué no? ¿Qué podrían perder? Yo no voy a preguntarles dónde estaban a la hora en que murió Ordiales.

—¿Qué quiere saber? —intervino de pronto Muriel, incómodo en aquel juego de réplicas. Se hubiera dicho que Miranda y Velasco eran los socios, que aquel hombre pequeño y gris que hasta entonces se había mantenido al margen era un comprador aplastado por la hipoteca que hubiera venido a pedir una prórroga.

Cupido giró el rostro hacia él.

—Quiero saber por qué murió Ordiales. No quién lo mató, porque ésa es una pregunta inútil. Si alguno de ustedes lo supiera, ya se lo habría dicho al teniente. ¿Por qué murió Ordiales?

Ésa era siempre la cuestión fundamental para él, que no tenía potestad real para interrogar a nadie sobre su horario, sus movimientos y sus testigos. Para verificar esas cuestiones secundarias de las coartadas estaba el teniente Gallardo. Podría decirse que el trabajo de Cupido empezaba donde terminaba la ley, a partir del momento en que todos los implicados tenían una coartada perfecta. Sólo entonces hablaba él, y con los datos que obtenía en las conversaciones comenzaba a avanzar a golpes de remo en medio de una laguna de aguas turbias, aunque, como los remeros, avanzara de espaldas, sin saber al principio adónde lo iban llevando sus esfuerzos. Por eso tanta importancia tenían después para él sus monólogos, cuando se detenía en mitad de las aguas a reflexionar sobre lo oído, como el marino que bajo un cielo cerrado de nubes, privado del sol y las estrellas, buscara otras señales —oscuras corrientes abisales, el vuelo de un pájaro, la dirección de un banco de peces— para orientarse. Su oficio lo obligaba a los diálogos, sí, pero era en el monólogo donde se sentía cómodo, dejándose arrastrar por los vaivenes de su pensamiento, por las digresiones, por quiebros que a menudo lo llevaban a hallazgos sorprendentes. Ahora había hecho su primera pregunta y esperó la respuesta de cualquiera de los tres que quisiera hablar, dispuesto a escuchar sin necesidad de creer lo que oiría. Una investigación era siempre algo así como enfrentarse a un trilero que engaña los sentidos para simular que la bolita se halla oculta bajo el cubilete del centro, pero su experiencia le advertía que no era cierto, y él tenía que demostrar la supremacía de su reflexión sobre los espejismos de la realidad.

—Nadie puede saberlo —fue Miranda la primera en hablar, ya sin el mínimo rastro de ironía en su voz ni en su rostro, acaso un poco desconcertada porque no era aquélla la pregunta que había esperado oír de alguien que, en una pequeña ciudad provinciana de interior, se hacía llamar detective—. Pero me atrevo a decir que Martín murió por ir muy deprisa.

—Deprisa —repitió Cupido, incitándola a continuar. Hubiera preferido encontrarse con ellos uno a uno, pero también sabía que en aquellos interrogatorios colectivos surgía a menudo una especie de ósmosis si tenía la habilidad o la suerte de acertar con el más propicio a hablar, puesto que, luego, todos los demás se inclinaban a aportar su propia versión de los hechos. Tras la declaración del primero, los otros sentían el impulso de corregir o completar, y las palabras comenzaban a resbalar por el tobogán de sus lenguas y salta-

100

ban desde los labios al aire, donde él escuchaba y recordaba, sin creer todavía a ninguno. Porque ya era lo suficientemente viejo para saber que pretende lo mismo el que habla que el que calla: desviar la atención, ahuyentar las sospechas.

—Sí. Y no me gustaría que malinterpretara mis palabras. Quiero decir que a mí nunca me ha molestado el exceso de velocidad. Martín había llegado a esta empresa hacía quince años y ya estaba en lo más alto. Se había puesto al frente de toda la actividad, de todos los conflictos con empleados que no rendían lo que se esperaba de ellos, o con clientes con problemas para pagar. Y no me refiero a usted, que ha venido a exponer claramente sus dificultades —dijo dirigiéndose a Velasco—. Me refiero a intentos de engaños o a amenazas. A Martín todos le agradecíamos que estuviera al frente para parar los golpes, nos resultaba muy cómodo tenerlo ahí y era lo que mejor sabía hacer, porque no era un técnico ni un gestor, aunque él creyera que era ambas cosas. Y al final ya ve lo que ha pasado. No se llega tan pronto tan arriba sin ir pisando a adversarios, y alguien pudo revolverse desde el suelo y agarrarlo de los pies para tumbarlo.

—¿Qué tipo de alguien?

—No me atrevería a darle nombres, si es eso lo que está esperando, porque sería hacer acusaciones demasiado graves. Pero yo misma puedo ponerme como ejemplo. Todo el mundo lo sabe. No me llevaba bien con Martín, no coincidíamos en los criterios con que debía funcionar esta empresa. Pero yo no lo maté. Y como yo habrá otros muchos, desde antiguos empleados despedidos hasta clientes que se considerarán engañados porque les haya salido una grieta en un tabique del dormitorio, una gotera en el techo, o porque no les funcione una cisterna. La lista sería interminable. Hay personas que parecen destinadas a tener enemigos como otras lo están a ser queridas y admiradas y felices. Martín no era de estos últimos.

—Y él, ¿era consciente de tanta animadversión? —suavizó la palabra.

—No podía ignorarlo. Puede que uno no se dé cuenta de la gente que te quiere, pero es imposible no advertir a la gente que te odia.

—¿Qué tipo de conflictos tenía usted con él? —le preguntó el detective a Velasco.

—Deudas. Por entonces yo no atravesaba un buen momento, pero lo único que necesitaba era un poco de tiempo. Ordiales no quiso concedérmelo. Discutimos muy fuerte y creo que el hecho de que ocurriera delante de sus albañiles, el hecho de que todos ellos vieran que también a él, con todo su poder y su rigidez laboral, se le podía gritar e insultar fue lo que lo empujó a iniciar el embargo. No soportaba que lo callaran en público. Luego, bueno, me quitó la casa. Ahora estoy aquí para recuperarla, porque con él nunca hubiera venido. Pero eso no quiere decir que tenga nada que ver con su muerte. Hay una gran diferencia entre soñar que muere alguien a quien consideramos dañino y matarlo uno mismo. Martín Ordiales era un adversario duro y difícil, pero en cualquier caso menos duro que tener enfrente a la ley y a una ciudad entera que respeta esa ley. No aceptaré la mínima sugerencia de relacionar mi nombre con su muerte. El negocio al que me dedico me lo impide. No podría llevar con éxito una empresa de sistemas de seguridad contra pequeños delitos si fuera sospechoso de uno mucho más grave —concluyó en un tono que no permitía precisar dónde terminaba la información y dónde comenzaba la amenaza.

Cupido había escuchado en silencio todos sus comentarios. Luego dijo:

—Pero no ha contestado a mi pregunta.

—Su pregunta. Por qué murió Ordiales —recordó—. No lo sé. He visto algunos delitos y he conocido a algunos delincuentes y creo que siempre influye el azar en todo lo que ocurre. Tal vez alguien que estaba robando en la obra y a quien él sorprendió, tal vez alguien cuyos motivos no imaginamos, porque él mismo tampoco había imaginado matarlo cuando apareció allí en ese momento. Yo no sé quién le paga, pero hay mil formas mejores de gastarse ese dinero que contratando a un detective privado para averiguar algo que el teniente podrá averiguar en menos tiempo y con menos esfuerzo.

Con aquel discurso, advirtió Cupido, de nuevo había desviado la dirección de su pregunta. Pero no estaba dispuesto a insistir más ni a entrar en aquella dialéctica un tanto provocadora que Miranda Paraíso escuchaba casi divertida, con esa complacida actitud con que algunas mujeres gustan de presenciar las disputas de los hombres, tan parecida a la del cazador de jabalíes que al ir a comprar un perro pide que enfrenten entre sí a los ejemplares en venta, para observar su valentía, su fortaleza, su resistencia y capacidad de sacrificio.

También Velasco parecía consciente de esa observación y de haber tomado alguna ventaja, como si hubiera dado una dentellada más profunda y estuviera a la espera de que ella le pasara la mano por el lomo. Vestido con aquellas ropas demasiado juveniles para él, sin una alianza en los dedos, daba la sensación de ser uno de esos hombres, no viejos ni jóvenes, que van rodando por el presente sin apenas ataduras, ruidosos, emancipados tanto de la nostalgia como de la esperanza, porque ni en el pasado fueron felices ni aguardan con ilusión el porvenir.

Muriel, en cambio, permanecía callado y serio, quizá temeroso de que le llegara el turno. Cupido lo miró y acaso no hubiera respondido si Miranda y Velasco no lo hubieran imitado, como si estuvieran tan interesados como el detective en conocer su respuesta.

—Ya sé que todo indica que a Martín lo mataron —dijo con una voz casi tan gris y apagada como su aspecto—. Pero yo me niego a admitirlo. ¿Por qué nos resistimos a creer que él se tirara por la terraza y, en cambio, aceptamos que alguien lo empujó, cuando no hay pruebas de la presencia de nadie allí con él? ¿Por qué tiene que parecer más verosímil un asesinato que un suicidio cuando son más frecuentes y numerosos los suicidios que los asesinatos?

—Había encargado unas tarjetas de visita un rato antes.

—Ya sé todo eso. Creemos que conocíamos a Martín, pero no es cierto. Nadie lo conocía bien. Que encargara esas tarjetas no demuestra que dos o tres horas después no se preguntara para qué las había encargado —miró a Cupido y añadió—: No puedo contestar mejor a su pregunta porque no creo que lo matara nadie. Además, siempre cabe una tercera posibilidad: la de un accidente absurdo.

—¿Absurdo?

—Como suelen ser la mayoría de los accidentes.

—¿Con aquel antepecho?

—En esta empresa ya hemos tenido percances de ese tipo —evocó—. Campesinos que dejan la superficie de la tierra donde se sienten seguros al pisar, para subir en algo artificial, construido por el hombre, hasta una altura a la que nunca antes habían subido. Allí arriba se les va la cabeza. Al fin y al cabo, qué otra cosa era Martín sino un campesino.

Había hablado sin dureza, más bien compasivo al pronunciar unas palabras que Cupido hubiera esperado en los labios de Miranda.

—Creo que es usted la única persona en toda Breda que defiende esa teoría.

—No es extraño. A esta ciudad siempre le han atraído las crónicas del mal y la opinión de que lo más fácil y común en la convivencia es hacer daño a los que están cerca. Aquí siempre hemos creído cualquier maldad que un día se le ocurre inventar a alguien aburrido. En cambio, nos resistimos a aceptar que en toda la ciudad haya más de diez personas bondadosas.

Se había levantado de la silla mientras hablaba, como si sintiera pudor de que le vieran el rostro mientras decía aquello, y se había acercado hasta la ventana desde la que podía contemplar la plaza y las calles de Breda. Cupido comprendió que ninguno de los tres le diría mucho más. No había obtenido de ellos mucha información objetiva sobre Martín Ordiales, pero sí la había obtenido sobre su carácter, y eso era tan importante en su trabajo como la comprobación de las coartadas.

Fachada

—¿Has ido?

—Sí.

—¿Con quién hablaste?

—Con todos. Tal como me dijiste, me hice pasar por un posible comprador. Primero con la aparejadora. Una chica bonita. Pero enseguida llegó el otro socio, Santiago Muriel, que me habló de metros, número de habitaciones, calidades y fechas de entrega. No quiso entrar en detalles ni entretenerse mucho conmigo, como si no creyera que yo pudiera tener el dinero suficiente para comprar uno de esos chalets que van a construir en Maltravieso. Así que no puedo decirte mucho de él. Un hombre tan discreto y gris que pasa desapercibido. Aunque de algún modo es inquietante.

—¿Inquietante?

—Llegó a la oficina mientras yo esperaba y nadie estaba seguro de que hubiera llegado. Es de esas gentes que, al saludar, miran la mano que aprietan antes que a los ojos. Muriel me envió a la mujer, Miranda, que quizá tampoco creyera en mis ahorros, pero al menos debió de pensar que los bancos también prestan a tipos como yo. Incluso me ofreció una copa: uno de esos licores dulzones que son más aptos para saborear que para beber —dijo con un gesto de desprecio—. No ahorró palabras para describirme el chalet, para nombrar materiales que yo no sabía que existieran ni que, mucho menos, fueran necesarios para levantar una casa. Aunque, desde luego, evitó en todo momento hablar de dinero, como si su posesión fuera algo que una mujer como ella siempre debe dar por supuesto en el hombre con quien trata. Si yo fuera menos viejo, tal vez me hubiera convencido. Pero ya tengo demasiados años para comprar una casa sin mirar bien sus cimientos. A ella, en cambio, parece preocuparle más el diseño que la solidez de los muros, más el color de la pintura que la impermeabilización del tejado. De algún modo, me recordó a los malos médicos: más interesados por el microbio que por el enfermo.

–Ése parece ser uno de los riesgos de los arquitectos más modernos –dijo Cupido–. Preocuparse más de la casa que de su inquilino.

–¿Arquitecto? ¿Ella es arquitecto?

–Dicen que tardó algunos años de más en conseguirlo, pero tiene el título con su nombre colgado en el despacho.

–Puedo citar a mujeres doctoras, abogadas, presidentas de gobierno, pero no en este oficio. ¿Tú sabes de alguna otra mujer arquitecto?

Cupido pensó unos instantes.

–Alguna.

–No deja de ser curiosa esa contradicción: que apenas conozcamos a mujeres firmando proyectos cuando todas las mujeres que conocemos parecen sentir un interés indomable y permanente por hacer obras y reformas dentro de sus casas, como si no pudieran quedarse quietas en el sitio donde viven sin cambiarle cada dos años el aspecto.

–Y sobre Ordiales, ¿qué oíste? –preguntó Cupido, que no quería que se alejara del tema para irse a divagar sobre alguna de sus exóticas teorías de filósofo rural.

El Alkalino esperó a que el camarero le sirviera la copa de coñac, y no porque la necesitara para seguir hablando –para hablar nada le era necesario–, sino por su costumbre de que todo acuerdo y todo dato importante revelado debían tener por testigo una bebida nunca con menos de diez grados de alcohol. Agarró la copa por el tronco, la arrancó del mostrador, la movió en círculos y olió su aroma. Ya no bebía tanto. No porque un médico le hubiera descrito con crudeza el color de su hígado, sino porque una mañana, al mirarse al espejo, vio que también sus ojos tenían el color del coñac, la pequeña pupila negra flotando en un dorado charco de alcohol.

—Ya en la oficina saqué una primera conclusión: allí dentro, entre los ordenadores encendidos y los impresos publicitarios de las obras, a Ordiales no se le echaba de menos. Si antes había sido necesario, ahora daba la impresión de que lo habían sustituido sin problemas, de que ninguno de los dos socios lo añoraba: ni la mujer casi demasiado vivaz y acicalada para ser de fiar, ni el hombre ya maduro, pero sin ningún síntoma aún de debilidad. En cambio —añadió—, al visitar el bloque en construcción la sensación era muy distinta.

—¿Por qué?

—Pregunté en la obra las mismas cosas que había preguntado en la oficina y nadie supo responderme. Sólo el capataz, un tipo llamado Pavón, me aclaró algunos datos. Era el único que imponía orden entre obreros que iban y venían sin que parecieran saber siempre adónde y para qué. Pero hasta el propio capataz se vio perdido cuando tuvo que consultar algo en unos planos que no lograba interpretar con exactitud.

—¿Desde cuándo en las obras hacen caso de los planos?

—Eso es lo que quiero decir. Pavón parecía tener miedo a equivocarse con el proyecto y que algún técnico se lo reprochara luego. Ordiales no lo hubiera tenido. Ahora, incluso los capataces se hacen llamar constructores, pero siguen siendo simples albañiles. Y un albañil nunca mandará sobre un aparejador o un arquitecto. Un constructor sí.

Alzó la copa y bebió un breve sorbo. Si había moderado la cantidad de alcohol, no el respeto y la solemnidad con que lo ingería.

—Siempre había creído que es más fácil hablar con los

obreros que con los patronos –continuó, con el tono irónico que empleaba para evocar sus lejanos tiempos de militancia comunista–. Pero tampoco de ellos obtuve demasiada información.

–¿Qué te dijeron?

–Detalles sin importancia, alguna anécdota, alguna frase de Ordiales, nada que fuera demasiado revelador, pero lo suficiente para sacar una imagen de su carácter. Digamos que estos albañiles y peones, casi todos oriundos del campo, no son muy habladores –dijo, pensativo como si recordara algo muy lejano en el tiempo–. Son gentes que parecen tener un único color, el gris del cemento, que no han abandonado la pana y que deben de sentir cierta nostalgia del terruño, aunque en voz alta renieguen de él. Los ves manejando la paleta y la plomada y parecen estar pensando en el arado y el hacha; los ves mezclando arena y cemento y parecen estar cavando la tierra; los ves observando un ladrillo y parecen estar soñando con una semilla; los ves calculando la altura de un tabique y parece como si buscaran pájaros en las copas de los árboles. Cuando les miras la piel endurecida de las manos, algunas mutiladas, piensas que serían necesarios un buen martillo y una punta de acero para poder atravesarla. Parece que a Ordiales le gustaba contratar a obreros de esa procedencia rural. Pero no sólo porque creyera que, si hasta entonces habían desempeñado un trabajo duro peleando con el terruño, del mismo modo podrían hacerlo peleando con el ladrillo y el cemento, al fin y al cabo materiales de la misma especie –la arcilla y la pizarra–, solamente un punto más triturados y cocidos, sino sobre todo por la paciencia. Ahora que todo se construye tan deprisa, y dura poco, ellos lo harían un poco más despacio, pero más sólido y duradero, puesto que estaban acostumbrados a esperar en su anterior oficio. Dicen que los comprendía muy bien, sabía cómo tratarlos, con qué premiarlos o amenazarlos para sacarles el máximo rendimiento laboral. Según lo que me contaron, sentían por él una extraña relación de amor y odio, de envidia y respeto. Al fin y al cabo, Ordiales no era sino uno de ellos, uno más que por un golpe de azar en las herencias y un plus de astucia y tenacidad se había elevado hasta otro rango. Se adelantó a todos ellos, ya estaba allí cuando comenzó todo el *boom* de la construcción, y por eso tuvo más oportunidades. Fue el primero en comprender que también en esta tierra la gente abandonaría el campo para irse a vivir a la ciudad. Que los hijos de los agricultores todo lo más serían jardineros, nunca otra generación de agricultores. Y se dedicó a venderles parcelado un trozo diminuto de jardín donde calmar los cada vez más lejanos reclamos del terruño, donde esconder su mala conciencia o su nostalgia plantando unas lechugas y un cerezo.

—¿Todo eso te contaron? —preguntó Cupido con ironía.

—Sí, aunque no con tantas palabras. Ya te he dicho que hablan poco. Pero también he preguntado por Ordiales en otros sitios.

—¿En otros sitios?

—En la calle. Entre otros empresarios. Aquí —señaló el Casino, los grupos de jubilados, las mesas de alabastro en las que restallaban las fichas de dominó—, entre estos viejos que ya no tienen otra cosa que hacer que escuchar lo que se habla a su lado como si fueran sordos y que luego recuerdan cosas que muchos quieren que se olviden.

—¿Y?

—Martín Ordiales no se quedó en ese salto cuantitativo que otros constructores también dieron. Él añadió un cambio en los modos y en el lugar donde construir.

Se mojó de nuevo la boca, saboreando el coñac antes de tragarlo, dejando que el alcohol le calentara la lengua, las encías en las que ya faltaban algunas piezas. Los anillos de su tráquea se movieron arriba y abajo al abrirle paso en su garganta. Luego se concedió un segundo para apreciar su sacudida al llegar al estómago.

–Era uno de esos hombres que saben captar el pulso de una ciudad antes de que lo haga el edil más avisado. Intuyen su ruina o su crecimiento y, en este caso, por qué terrenos se extenderá. Me acuerdo bien de cuando Breda sólo era un poblachón con la forma de una paloma con las alas aplastadas contra el suelo. Ordiales adivinó antes que nadie que enseguida –primero con la nuclear y luego con El Paternóster, esos dos polos de peligro y ocio que tan bien definen nuestro carácter, como si una tierra siempre terminara teniendo aquellos frutos de la civilización que en justicia merece– levantaría el vuelo y la dirección que tomaría. Esta ciudad, como el resto del país, se volvió loca hace diez años con la fiebre por construir. De repente no cabía en sus límites, se ahogaba en sus contornos. De la noche a la mañana apareció un desfile permanente de camiones, excavadoras y hormigoneras. Los cielos se llenaron de grúas, y el aire, de los ruidos de martillos neumáticos y golpes de tablones. Ordiales vendió todo lo que había heredado de sus padres en esa aldea de la que procedía, Silencio, y compró en Breda todo lo que estuviera en venta por la parte noroeste y que aún no fuera urbanizable en el diseño municipal. Había comprendido que las ciudades, incluso las pequeñas como Breda, habían iniciado un extraño proceso que no tenía precedentes en siglos anteriores: ¡se estaban despoblando por el centro! El futuro estaba, por tanto, en la periferia. Antes, nadie quería vivir allí, en los arrabales; ahora nadie quiere vivir en el centro. Primero fueron los viejos corralones y establos y los solares vacíos. Pero luego también hubo que cambiar los planes municipales de urbanismo para poder expandirse. Para entonces, Ordiales ya tenía algo que dar a cambio y el viejo Paraíso lo admitió como socio. Convirtieron una pequeña empresa familiar en lo que es ahora.

–¿Era honrado?

–¿Ordiales?

—Sí.

—¿Honrado? Para ser un detective privado de provincias, a ti te gustan demasiado las palabras trascendentes. No sé si puede calificarse así. Vivimos tiempos en que los constructores son tan tramposos que acaso se pueda llamar honrado a uno a quien no se le rajen las paredes ni se le llenen los techos de goteras. En todo caso, no creo que él engañara más que cualquier otro.

—Eso no me da ninguna pista.

—¿Te han hablado de Juanito Velasco?

—He hablado personalmente con él.

—Entonces, no tengo nada que añadir. Únicamente que todo el mundo lo pone como ejemplo de comprador víctima de Ordiales. Se pelearon, quiero decir que se gritaron y casi llegaron a las manos. Todos se enteraron de aquello. Pero yo no creo que tengas que buscar entre los deudores —añadió con aquel atrevimiento con que siempre le decía a Cupido hacia dónde tenía que dirigir sus investigaciones—. Porque aunque alguno de ellos lo matara, su deuda con la empresa no prescribiría. Y ya se encargarían Muriel o Miranda de reclamarla.

—¿Por dónde, entonces? —preguntó siguiéndole el juego.

—Por lo que deduzco, Ordiales era como esos padres de familia amables y encantadores con el resto del mundo, pero que en su casa se convierten en tiranos con su mujer y sus hijos. Al verdadero enemigo, a quien lo tiró por aquella terraza, tienes que buscarlo a su alrededor. Como en las buenas tragedias griegas, que decía Aristóteles: las de crímenes en la familia.

—¿Los dos socios?

—¿Por qué no? Es cierto que ninguno de los dos parece lo suficientemente fuerte ni atrevido para que los imaginemos empujándolo desde allí arriba. Más bien recuerdan a las aves de carroña: aunque ellos no lo hayan matado, no tardarán en devorar su cadáver. Pero yo no los descartaría.

—¿Los otros empleados?

—Puede ser. Alguien que no estuviera demasiado cansado. Los albañiles se levantan y se acuestan muy pronto. Las nueve de la noche para ellos es como para ti la madrugada. De las chicas empleadas en la oficina no me ha llegado ninguna información de relevancia. ¿Te han hablado de Tineo?

—No.

El Alkalino sacó del bolsillo un trozo de papel y se lo entregó a Cupido.

—Vive en Silencio, la misma aldeúcha de Ordiales. Ése es su número de teléfono. Si entre los enemigos de fuera de la empresa citan a Velasco, de los de dentro todo el mundo nombra a Tineo.

—¿Le hizo algo Ordiales?

—A él nada. A su hermano pequeño. Tineo se lo había traído a trabajar con él en Construcciones Paraíso y, de algún modo, debe de sentirse responsable de su muerte. El chico cayó de un andamio donde tenía que haber redes de seguridad y no las había. Tineo ya no trabaja. Nadie se atreve a decir una cantidad concreta, pero todos los que fueron sus compañeros en las obras hablan de mucho dinero. Ordiales, o su seguro, pagó mucho por esa muerte y por evitar una denuncia y una investigación laboral.

Cupido miró el papel con el número de teléfono.

—¿Vas a llamarlo? —preguntó el Alkalino.

—No. Voy a ir hasta allí a hablar con él.

—¿Cuándo?

—Esta misma tarde. En bicicleta. ¿Te vienes?

—¿Yo a hacer deporte? ¡Estás loco! A la primera pedalada se me saldrían los huesos de sitio. No sé qué placer encontráis en machacaros el cuerpo.

Cogió la copa que aún tenía mediada, le dio la espalda y se dirigió hacia una de las mesas donde charlaba un grupo de jubilados.

Andamios

Su bicicleta se deslizaba sobre el asfalto con el mismo sigilo que las bicicletas de Pekín, movida por la pedalada firme y amistosa que había ido adquiriendo con el paso de los años y con algunos miles de kilómetros sobre el sillín. Esa tarde añadiría ochenta más, pero era el inicio del verano y se encontraba bien, con la respiración adecuada y la adecuada velocidad de la sangre. Cuando lograba ese buen estado de forma, sentía a veces que las piernas le crecían mientras le disminuía el resto del cuerpo, por lo que no tenía dificultad alguna para desplazarlo.

A pesar de la relativa cercanía, nunca había estado en Silencio, porque había que desviarse tres kilómetros de la carretera de Gala para llegar allí por una vecinal estrecha y áspera que moría en la plaza de la aldea. Cupido había conocido algunos lugares cuyo topónimo se adecuaba a su paisaje, pero al llegar pensó que ninguno encajaba con tanta exactitud como aquél. Parecía abandonado, con esa soledad rural que resulta amenazadora cuando no es apacible. En la pequeña plaza sólo se oía el ruido del chorro de una fuente antigua en la que se refrescó, se lavó un poco y bebió un agua dura que sabía a hierro y a lagartos.

Durante unos minutos descansó apoyado en el pilón, esperando que se cerraran los últimos poros del sudor mientras recordaba las palabras del Alkalino sobre los campesinos que abandonaban el campo para convertirse en albañiles. No vio a nadie, como si todos sus habitantes estuvieran trabajando en la ciudad o en el campo, lejos de allí. Luego, al fin, cruzó la plazuela una anciana que le indicó cómo llegar hasta la casa de Tineo.

La identificó enseguida: una de esas feas construcciones recientes tan a menudo levantadas por los albañiles para vivienda propia en las que acaso han puesto los mejores aislantes y los materiales más sólidos, pero que están hechas sin ningún gusto, a base de mezclar elementos de aluvión y colores serviciales que han visto en otros sitios y les han gustado, pero que al unirse sin lógica ni estética carecen de identidad y vienen a demostrar que siempre hay gente que puede estar trabajando treinta años en una misma profesión —no importa que sea de albañil o abogado, de jardinero o escritor— y al cabo de su vida no haber aprendido nada.

Llamó al timbre de la cancela y escuchó un lejano repiqueteo. Por el pasillo lateral entre la verja y la casa apareció un niño de diez o doce años. Cupido le preguntó por su padre. El niño volvió sobre sus pasos y, después de un minuto, apareció un hombre de unos cuarenta años. Vestía con un mono azul y se limpiaba en un trapo las manos y los antebrazos ensangrentados. Miró la indumentaria del detective —el culote y el maillot— y la bicicleta con esa mezcla de incomprensión y sarcasmo con que la gente del campo, obligada por su oficio a intensos esfuerzos físicos, contempla a quien hace iguales esfuerzos por ocio, sin obtener ningún beneficio contable. Luego sonrió un poco y el detective pensó que iba a preguntarle algo así como «¿No tiene un pantalón para ponerse?», pero sólo dijo:

—¿Sí?

Cupido le explicó quién era y a qué había ido hasta allí.

—¿Y ha venido montado en bici? —preguntó, en su rostro esa incredulidad campesina que no entiende que se dediquen mil veces más recursos, tiempo y dinero a cuidar media hectárea de césped de un terreno de juego que a un extenso campo de maíz, tabaco o alfalfa.

—Sí.

—En concreto, ¿qué quiere saber?

—Quiero que me hable de Ordiales. Usted lo conocía desde niño.

Tineo lo miró a los ojos con la misma curiosidad burlona con que había mirado su indumentaria, sorprendido de que no le hubiera preguntado dónde estaba y con quién y en qué ocupaba el tiempo mientras Ordiales caía hacia el vacío, como si estuviera seguro de que todos habían pensado en él al ver la similitud entre las dos muertes.

—Ahora estoy ocupado. Pero, si quiere, pase y hablamos.

Cupido lo siguió rodeando la casa. Tras ella había un gran patio con el suelo de cemento y parterres junto a la verja. Uno de esos patios que los campesinos de la zona han ido reservando desde hace quinientos años en la parte trasera de sus casas, dándoles la misma categoría que a la cocina o a la alcoba, como si supieran que allí detrás siempre podrían saciar la sed de cielo frente a una civilización que intentaría forzarlos a vivir bajo techo las veinticuatro horas del día. Bajo un emparrado, un anciano sentado en una silla miraba a dos niños de tres o cuatro años que jugaban con palos y piedras en la arena de un rincón, controlados por el niño mayor que antes le había abierto. En la sombra había también un carrito con un bebé dormido. A los pies del viejo, un perro sin raza, tan viejo y cansado como él, dormitaba con la cabeza apoyada en las patas delanteras, ignorando un plato con trozos de carne cruda que le habían puesto delante. Al fondo, el patio se cerraba con una tosca construcción de bloques de cemento cuya ancha puerta, de doble hoja, estaba abierta para dar luz a la tarea en que Tineo y una mujer que presentó como su esposa estaban ocupados.

Como en las carnicerías, la mitad de un animal colgaba de una viga del techo. Lo que quedaba de la otra mitad estaba siendo despiezado sobre una de esas viejas, negras y enormes mesas de tres patas en las que, siendo niño, tantas

117

veces había visto hacer la matanza del cerdo. Por el suelo había, además, varias artesas donde se habían separado las vísceras, los huesos y distintos tipos de carne. Tineo cogió un gran cuchillo y comenzó a distribuir una pieza en filetes mientras la mujer los repartía en raciones y las introducía en bolsas de congelar escribiendo su contenido en la etiqueta. Luego las guardaba en un gran arcón congelador que había al fondo.

—¿Una ternera? —preguntó Cupido, buscando la cabeza o los huesos de la columna en alguna de las artesas.

—Sí.

—¿Pero no está prohibido? —insistió, sin ningún afán de control, sólo con curiosidad después de todos los conflictos con ese tipo de carne.

—No. Está sacrificada en el matadero comarcal, con todos los análisis reglamentarios de Sanidad. Pero eran innecesarios, nosotros ya sabíamos que no habría ningún problema. En esta casa sólo comemos animales que durante varias generaciones se han alimentado únicamente de los frutos de la tierra. Ésta —señaló la carne roja, tierna, abundante— no probó otra cosa que hierba y heno. No supo lo que es el pienso artificial.

Cupido escuchó con atención, sorprendido de aquella vuelta a los orígenes cuando todo alrededor, en el campo, era abandono y exilio.

—Ahora ya tiene todo el tiempo para dedicarse a esto. Ahora ya no trabaja para Ordiales.

Tineo levantó un segundo la mirada de la carne que troceaba para mirar al detective sin temor ni desafío, sólo sereno y duro e impasible. Luego cogió la piedra de afilar y la pasó con rápidos movimientos profesionales por el filo del cuchillo, casi sin mirar, ancestralmente familiarizado con esos utensilios dañinos —hoces, hachas, podones, guadañas— que con tanto recelo miran las gentes de ciudad.

—No. Ya no trabajo para él.

—¿Por qué lo dejó?

—Si ha venido hasta aquí, supongo que ya le habrán dado una versión.

—Una versión —repitió Cupido.

—Le habrán hablado de mi hermano pequeño. Que yo lo arrastré a aquel oficio cuando él no quería irse de aquí y que, en parte, me siento responsable de su muerte.

—Sí.

—Le habrán dicho que cayó de un andamio y que murió porque no estaba puesta la red de seguridad que es obligatorio poner.

—Más o menos todo eso. Pero también añadieron que usted aceptó una buena cantidad para no hablar más de su muerte y para olvidar que esa red no estaba colocada.

Tineo sonrió antes de volver a inclinarse sobre la mesa.

—No le mintieron. El dinero de Ordiales me ayudó a comprar unos terrenos que siempre habíamos deseado tener. Esto que ve —señaló con el cuchillo toda la carne— procede de allí.

—Usted aceptó a pesar de la muerte del chico.

—Bueno, nadie puede pelear indefinidamente a patadas contra un caballo. Habría ido a un juicio con abogados y procuradores y todos esos tipos que hablan por ti y a ti te dicen que te calles. Seguramente Ordiales habría sido castigado con una fuerte multa. Pero no creo que hubiera llegado a ir a la cárcel. Ningún constructor va por una negligencia en seguridad laboral. La única diferencia era que el dinero me viniera a mí en lugar de ir a esos abogados y a Hacienda. Sé que mi hermano hubiera estado de acuerdo.

—Todo el mundo ganaba.

—Todo el mundo ganaba —repitió. Levantó el cuchillo y señaló al viejo que descansaba afuera, bajo la sombra de la parra—. Mírelo. A él y al perro. Yo no sé quién de los dos tiene más artrosis. Ya ha pasado un año y todavía no le hemos dicho que su hijo pequeño murió al caer de un andamio. Le contamos que está trabajando fuera del país, y algunas veces le leemos algunas cartas que yo mismo escribo. No resistiría la verdad. Y con un juicio hubiera sido más difícil ocultárselo.

Cupido miró al anciano y vio que su estado físico no era mejor que el de su madre. Sin embargo, no lo habían llevado a una residencia ni habrían permitido que él se fuera. Parecía feliz allí, en la sombra, dormitando junto al perro y escuchando los gritos de los nietos, convencido de que las circunstancias de su muerte no serán muy distintas de aquellas en las que vivía. Cupido no pudo evitar pensar en su madre y sintió una intensa punzada de remordimiento.

–Pero no se equivoque. Yo no he olvidado. Después de pagar (y pagó Construcciones Paraíso, no él), Ordiales seguía mereciendo un castigo personal, se había librado por un precio demasiado bajo. Algo que le doliera. Hacerle daño a la empresa no era suficiente; hacerle daño a él sí lo era. Por eso me alegro de que alguien lo haya tirado desde allí arriba. Y aunque sé que, por su forma de morir, todos, incluido el teniente de la Guardia Civil, piensan inmediatamente en mí, no tengo nada que ver. A esas horas estaba terminando de trabajar. Si me veo obligado a buscar a algún testigo, seguro que hay alguien que me vio conduciendo el tractor. El campo parece abandonado, pero siempre hay alguien que mira. No me sería difícil encontrarlo.

–Usted conocía a Ordiales desde niño.

–Sí. Jugamos juntos y nos peleamos muchas veces.

–¿Cómo era?

–¿De niño?

–De niño y de mayor.

–Siempre quería ganar. Y aunque no le gustaban las trampas, podía recurrir a ellas si a pesar de su esfuerzo no conseguía dejarnos atrás. Desde niño había entendido que para cualquier actividad en que se empeñara, en la escuela o jugando en la calle, no valía otro final que la victoria.

Había terminado de limpiar de carne un hueso largo y blanco. Soltó el cuchillo, cogió una pequeña hacha y, con un gesto bíblico, sin levantarla demasiado para coger impulso, como si el hueso fuera un escorpión o una serpiente u otro animal venenoso, dio varios golpes secos que lo trocearon sin producir astillas. La mujer se levantó a guardar más bolsas en el arcón congelador y Cupido observó ahora su duro aspecto campesino, la fortaleza de sus brazos desnudos, la ancha espalda que ya había comenzado a redondearse, en la cabeza los pelos como si no se peinara nunca.

–Su problema es que debió encontrar a alguien que tampoco sabía perder –añadió.

–Tengo hambre –el niño mayor había aparecido en la puerta y parecía hablar en nombre de los dos pequeños que lo seguían, sin mirar a Cupido, atentos sólo a las piezas de carne, a las artesas con huesos y vísceras.

La mujer abrió una pequeña tinaja, extrajo de ella un queso chorreando aceite y cortó varias porciones que colocó en un plato, expandiendo un intenso olor. Eligió un trozo, lo limpió con el mismo paño con el que Tineo se había limpiado antes las manos y se lo entregó al niño:

–Primero, llévaselo a tu abuelo.

El detective comprendió que la entrevista había terminado. Se despidió y salió del cobertizo. El perro apenas levantó un segundo los párpados para verlo pasar, el bebé seguía durmiendo en el carrito y el viejo masticaba el queso muy despacio, ensalivándolo con movimientos laterales parecidos a los de los rumiantes.

No se había formado una opinión clara sobre Tineo. Si, por una parte, le parecía un padre de familia capaz de cualquier cosa –también de hacer daño– para proteger a su clan, por otra sentía que el grupo que dejaba atrás rebosaba una dignidad antigua y sólida que había logrado proteger del siglo y del mundo unas cuantas leyes elementales: no abandonar a los viejos, no violentar las leyes de la naturaleza, ocupar cada uno su sitio. Si, por un lado, pertenecía a esas gentes campesinas y astutas que ocultan el valor y la producción de sus tierras, que siembran cosechas de plantas que nunca antes habían visto ni ellos ni sus antepasados con el único objeto de recibir subvenciones estatales y tras cobrarlas dejar morir lo sembrado, que esconden reses y declaran un número inferior al que en realidad tienen, que miran con ironía y tolerancia los caprichos de la gente de ciudad, que visten como mendigos aunque guarden en viejos baúles puñados de oro de las joyas antiguas y que, aunque apenas sepan leer, han aprendido a hacer declaraciones de renta siempre a su favor, por otro, se agachan a cavar sin pereza el huerto de la casa y en los surcos que cavan aún suceden los milagros, y sus manos son tiernas con la azada en primavera, pero también con el podón en otoño, porque siempre están llenas de cariño con las plantas que sangran por sus flores o frutos, y entierran con enorme respeto la placenta de la res que ha parido, y donde vive uno de ellos siempre crece un árbol del pan, y son incapaces de traicionar o hacer daño a nadie en nombre de una raza o una idea, y no rompen los lazos de lealtad o parentesco, y nunca antes de tiempo preguntan los hijos por la edad de sus padres. Seres llenos de astucia, terquedad y desconfianza, seres intermedios entre el hombre, el mulo y el lagarto, y capaces, por tanto, de su misma bondad, su misma capacidad de sacrificio y su misma resistencia a las mutilaciones. Cupido los había visto enviando conejos aterrados, empapados de gasolina y ardiendo el rabo, a quemar rastrojos que la Guardia Civil impedía quemar, pero también había visto a otros levantar del suelo a una abeja aterida y colocarla en la palma de su mano y echarle el aliento templado hasta comprobar que podía salir volando a refugiarse en su colmena. Sabía que del mismo modo que podían buscar el corazón de un cerdo o de un cordero con la punta de un cuchillo, sin temblarles el pulso, así también la mayoría de ellos no entendía que alguien montara por diversión o espectáculo encima de un animal y le hiciera sudar y sufrir. Una gente, en fin, con una fuerza y una dureza que no residían en su estatura ni en sus músculos –no solían ser ni altos ni robustos–, sino en la firme convicción en cada una de sus ideas y de sus actos, en la memoria de quiénes eran y cómo se llamaban sus antepasados y qué casa o qué predio había levantado cada uno de ellos.

Montó en la bici y pedaleó suavemente de regreso hacia Breda, observando el paisaje de lomas suaves hasta cuyas cimas peregrinaban lentamente los olivos, la tierra dura y pobre de la aldea donde únicamente parecían crecer, mordiendo el suelo, árboles de frutos pequeños: el alcornoque, el almendro, algunas parras cuyas hojas recogían el calor del sol para encerrarlo en las uvas, la encina tan dura que en su tronco afilan los jabalíes sus colmillos. Cada cierto tiempo, rapaces de alas puntiagudas sobrevolaban la carretera, lentas y tenaces, esperando el botín fácil de erizos y serpientes y conejos atropellados por los coches.

Llegó al puente del Lebrón cuando ya las depredadoras cerraban sus echarpes y daban paso a los pájaros del atardecer, a los vencejos y golondrinas que sienten vértigo al alejarse del suelo. El crepúsculo exhausto por el largo día de junio se entregaba a la llegada de la noche entre un concierto de grillos y chicharras limándose las uñas, punteados por los crujidos de las cortezas de los árboles recalentadas por el sol. No había brisa y nada se movía en las orillas donde los álamos alineados como párpados del río, con las raíces llenas de peces y serpientes, tenían un fulgor verde y feliz. Por encima de sus copas, y más allá de Breda, al norte, se extendía la reserva de El Paternóster, impenetrable como si los troncos de los árboles se doblaran anudándose. Aún más allá, se elevaban las cimas del Yunque y del Volcán bajo una luna prematura, a punto de henchirse, ovalada como un huevo de plata que acabara de surgir del propio cráter de la montaña.

No era él quien se tambaleaba. Era el mundo el que giraba enloquecido a su alrededor: la casa que había construido con sus propias manos se inclinaba, las paredes oscilaban como olas alejándose y acercándose, el suelo se removía como empujado por terremotos. Era como si tuviera un péndulo dentro de la cabeza que, de cuando en cuando, sin que supiera bien bajo qué estímulos se activaba, golpeaba el interior de sus oídos. ¿En qué podía apoyarse, entonces, si todo a su alrededor se movía, en qué andamio trabajar sin pánico si ninguno era firme?

Soltó el enorme cuchillo, temeroso de cortarse un dedo y convertirse en uno más de tantos mutilados, y se apoyó con las dos manos en la mesa negra y sólida donde durante decenas de años tantos animales habían sido sacrificados. Sentía la sangre vagabundeando por su cabeza, buscando desesperadamente su equilibrio.

—¿Otra vez? —le preguntó ella.

—Otra vez.

—¿Quieres un poco de agua?

—No. Voy dentro, a tumbarme.

Se lavó las manos bajo el grifo, deprisa, porque el vértigo avanzaba y los huesos del oído comenzaban a organizar su espiral salvaje. Atravesó el patio donde su padre seguía masticando el pedazo de queso y se dejó caer en el sofá de la sala en penumbra. En esa posición podía resistirlo. Allí tumbado, el suelo estaba más cerca y remitía el miedo a caer y la intensidad del balanceo.

Nunca hubiera creído que aquello pudiera pasarle a él,

una enfermedad que no se manifestaba con otra señal ni otro síntoma que con un vértigo salvaje, parecido al mareo que sentía tras una borrachera brutal de alcoholes duros. En realidad, ni siquiera parecía enfermedad, porque no se detectaba con análisis de sangre ni con radiografías o escáneres ni con una exploración táctil u ocular. Sabía bien que, por esa indeterminación, los demás se resistían a admitir su gravedad y tendían a creer que no era más que un simple malestar con el que se podía convivir sin que impidiera ningún acto de la vida cotidiana.

Por eso lo ocultaba a los ojos ajenos. Sólo lo sabían su mujer y un par de médicos a los que acudió antes de comprender que ninguno de ellos tenía la solución para su caso. No encontraban ningún órgano roto o defectuoso y cada especialista achacaba su dolencia a otro campo, como si, incapaces de curarlo, quisieran quitárselo de encima. Le habían recetado varios tipos de pastillas, pero al mismo tiempo le habían prevenido contra su uso a largo plazo, porque podían terminar provocando Parkinson. De modo que había llegado a aceptar que contra el vértigo no había otros remedios que la resignación y el paso del tiempo.

También se lo había ocultado al detective. No tenía por qué ampliarle sus motivos para odiar a Ordiales. La muerte de su hermano ya era suficiente para que todos, al verlo aplastado contra los escombros, pensaran en él antes de pensar en ningún otro nombre. Los vértigos habían aparecido después de enterrar a su hermano, en aquellas semanas en que aún estuvo trabajando hasta aceptar la oferta. Desde entonces no soportaba ninguna altura. Aun con redes y casco y cinturón de seguridad, el vacío se abría bajo él como una boca terrible dispuesto a engullirlo mientras todo giraba enloquecido a su alrededor. En lo alto se le atrofiaban los sistemas de prevención y alerta que a todos los demás se les agudizaban. El suelo era un imán allí abajo y él no tenía una nube donde poder asirse. No lograba permanecer de pie y debía sentarse o tumbarse con los ojos cerrados para tener las mismas capacidades que cualquier otro hombre y no ser un inválido. Claro que no podía trabajar en esas condiciones. Si Ordiales le había pagado parte del dolor ocasionado por la muerte de su hermano, lo que de ningún modo había pagado era aquella minusvalía. Y él no había tenido nada palpable con que ir a reclamarle. De modo que, si ahora estaba muerto, sólo se había hecho un poco de justicia.

Dormitorio

Estaba con la mirada absorta en la máquina excavadora que había comenzado a allanar el suelo de las parcelas, cuyo poderoso movimiento siempre tenía la capacidad de serenarlo. Podía pasarse horas viéndola mover las palas y las uñas que hurgaban en la tierra con una precisión imposible, o trazar las líneas rectas de los cimientos con tanta exactitud como las líneas de una tumba. Había algo humano en sus pistones y brazos, algo que copiaba el funcionamiento de los músculos, los huesos y las articulaciones. Con la ventaja, pensó, de que la máquina no habla, no se distrae, no humilla ni es humillada, no se queja y no exige otra cosa que unos chorros de aceite y combustible. Si alguna vez se le rompe algo, se trae un repuesto, se le cambia y ya es otra vez una máquina nueva.

A menudo sentía deseos de hacer bajar al conductor y ocupar él su sitio. No tenía carnet para manejarlas, pero algunas veces se había sentado ante las palancas y, cinco minutos después, las movía con tanta facilidad como el más experto. De hecho, sabía bien que no existía una máquina, una herramienta, un artilugio mecánico que no pudiera dominar a los diez minutos de conocerlos.

Pero ahora ya no debía hacerlo. Sabía que, cuando vivía Ordiales, él sólo era un empleado. Y si bien tenía capacidad para tomar pequeñas decisiones, nunca lo hacía sin pensar en lo que el patrono pensaría. Cierto que todos en la empresa le repetían que confiaban en su criterio, pero en el fondo él jamás había asumido que podía trabajar con independencia. Siempre se había sentido vigilado. Sólo ahora, muerto Ordiales, era de verdad un capataz, y un capataz dirige y manda, no se sube a conducir una máquina excavadora mientras el conductor mira. Sólo ahora comenzaba a sentirse un jefe y, como tal, daba cada vez pasos más largos hacia la cabeza de la empresa, intuyendo que con cada paso con que se fortalece el capataz, al mismo tiempo se debilita el patrono. Ya estaba seguro de que en determinados momentos incluso podría manipular o engañar –o cualquiera que fuese la palabra con la que se dice que un asalariado salta sobre el amo que le paga– a Muriel o a aquella mujer que tenía por jefa y que siempre caminaba ondulándose como si fuera esquivando golpes.

Le dio la espalda y se dirigió hacia los tres hombres –un oficial y dos peones– a quienes les había ordenado cavar en el perímetro los agujeros para los postes de la valla provisional que rodearía toda la urbanización. Un trabajo duro que había que hacer a mano, porque aún no había un punto de luz donde poder conectar el martillo neumático y porque los hoyos debían ser pequeños y no podía utilizarse la excavadora. No era fácil picar en la tierra endurecida por el calor, pero aun así los tres estaban tomándoselo con demasiada calma.

–¿Qué ocurre? No avanzáis nada.

–Está dura la tierra –dijo el más viejo.

–Claro que sí. Pero seguro que en el campo donde trabajabais antes los terrones eran aún más duros –replicó.

Le gustaba hablar así con ellos, rozando el límite de la burla y el sarcasmo. Le parecía que a la simple jerarquía laboral le añadía una especie de jerarquía moral que le resultaba mucho más satisfactoria a su orgullo.

No contestó a la leve protesta que todavía hacía uno de ellos, porque en ese momento oyó los motores de dos coches que se acercaban por el camino de tierra como si vi-

128

nieran juntos. El primero era el todoterreno de la empresa que solía usar la aparejadora para ir a las obras y para llevar y traer gente o materiales ligeros. Pero no conocía el segundo.

Desde donde estaba vio salir de él a un hombre alto que se acercaba a Alicia, la saludaba y parecía preguntarle algo. La aparejadora señaló hacia él y ambos comenzaron a acercarse. «Es por Ordiales», se dijo, «está muerto y sin embargo se resiste a desaparecer. Quiere seguir destacando. No se resigna a que ya no puede dar órdenes.»

Esperó a que llegaran hasta él, sin dar un solo paso para ir a su encuentro. Alicia le presentó al hombre alto como un detective privado que estaba investigando la muerte de Ordiales.

—Yo no sé nada de eso —replicó—. Eso debe preguntarlo en la oficina.

—Ya he hablado con ellos —dijo Cupido—. Con Miranda y con Muriel.

Como si aquello le concediera una especie de permiso, el capataz aceptó.

—¿Qué quiere saber?

—Su opinión de por qué mataron a Ordiales —dijo, introduciendo un leve cambio de palabras que ante el capataz le pareció pertinente—. La de los dos —añadió mirando a la aparejadora.

—No es una pregunta fácil de responder —dijo Pavón. Las palabras parecían salir de su boca con alguna dificultad, como pequeñas piedras que chocaran entre los dientes. Dudando, se rascó el pelo duro y luego se miró las uñas como si temiera encontrar en ellas sangre de parásitos—. Por qué mataron a Ordiales. A alguien fuerte, decidido y enérgico que mandaba sobre todos nosotros. No sé responder a esa pregunta —cortó.

—¿Por qué había ido Ordiales esa tarde a la obra? ¿Había ocurrido allí algo especial?

—No. Lo hacía a menudo. Le gustaba controlarlo todo.

—¿Pero por qué subió hasta el último piso? —insistió—. ¿Es que no se fiaba de sus albañiles?

—No fiarse de ellos hubiera sido no fiarse de nosotros dos —respondió señalando también a Alicia—. Éramos los intermediarios entre él y el último peón. Pero no creo que fuera por eso.

—Martín subió allí arriba por la misma razón por la que la gente contempla atardeceres, o viaja durante una semana para ver un paisaje, o sube hasta ocho mil metros para mirar por encima de las nubes. Por esas razones que no son sólo económicas. También Martín era humano.

Había dicho todo aquello de un tirón, como si lo hubiera pensado muchas veces antes. El detective la miró sorprendido, porque sus palabras reflejaban una complejidad emocional de la que nadie le había hablado ni él mismo había intuido, cuando su trabajo consistía precisamente en detectar ese tipo de conexiones. «Una chica guapa», había dicho de ella el Alkalino, pero tampoco él parecía haber sospechado otra dimensión en la aparejadora de Construcciones Paraíso, un cargo sobre el que —como sobre la mayoría de los cargos intermedios— se pasaba por encima, sin prestar mucha atención, aunque a menudo eran la piedra angular de la empresa. Iba vestida con un pantalón vaquero y una camiseta sin mangas, de anchos tirantes, y Cupido se sorprendió admirándola de pronto, porque allí, en el exterior, parecía haber estallado como esas flores que sólo se abren con la luz del sol.

Viendo el brazo desnudo de una mujer, Cupido podía imaginar con nitidez sus muslos. Observaba la carne que va del codo al hombro —su contorno, su textura, el color de la piel, su flacidez o su dureza— y ya sabía cómo era la carne que va de la rodilla a la cadera. Y sólo ahora, ayudado por el sol casi vertical y por la natural adaptación de los pantalones y la camiseta a su figura, se daba cuenta de que aquel tibio calificativo con el que el Alkalino la había definido quedaba tan lejos de la realidad como una margarita lo está de una orquídea que a primera vista, en la sombra, no deja ver que es orquídea.

El detective pensó que no había nada que impidiera que un hombre soltero que pasaba varias horas al día cerca de ella no hubiera visto lo mismo que él veía ahora —la floración sorprendente, indisimulable— y no hubiera hecho en todo ese tiempo algún movimiento para inclinarse hacia ella, para olerla o acariciar sus pétalos.

—Quiere decir que subió para contemplar el paisaje —dijo.

—No el paisaje neutro del límite de la ciudad, sino *su* paisaje, el que él había creado desde aquella altura con la construcción del edificio.

Eso es, pensó Cupido. Ella tenía un conocimiento de Ordiales lo suficientemente lúcido para decir con una frase lo que él y el Alkalino, hablando con veinte testigos que lo habían conocido, no habían sido capaces de concretar. Y ahora se preguntó si tanto conocimiento podía provenir de una simple relación laboral.

—Usted lo conocía bien —arriesgó.

—Era mi jefe —se limitó a responder, cauta, firme y distante. Luego, como si de repente hubiera recordado para qué estaba allí, se dirigió al capataz—: Pero yo he venido a otra cosa. Necesito a alguien que me ayude a cargar en el coche unas cajas de gresite que urgen en el bloque. Puedo llevarme a Lázaro.

Pavón miró hacia los tres hombres que de cuando en cuando detenían su trabajo para escuchar la conversación.

—¿Lázaro? Está ocupado.

—Ya lo veo. Pero es urgente llevar el material al bloque. Lo están esperando. Yo sola no puedo cargarlo.

—Claro que no. Pero seguro que hay alguien allí donde se carga y otro alguien con no menos fuerza allí donde se descarga. No puedo dejarte a Lázaro porque no puedo parar con la valla. Si no está cerrado el terreno y alguien cae en una de las zanjas, ya sabes lo que ocurrirá.

—No voy a tardar más de dos horas —insistió.

Cupido había quedado al margen y asistía a aquella disputa con la impresión de que en ella había algún componente más que ignoraba. No podía surgir tanta tensión entre el capataz —nervioso y áspero, con aquella especie de estropajo o aluminio que tenía por pelo y que daba la impresión de que comenzaría a crujir si alguien lo apretaba, de esa clase de hombres activos que siempre dan la impresión de oler a sudor— y la aparejadora por dos horas de trabajo de un peón. Miró al que habían señalado: un muchacho joven, de veintiuno o veintidós años, el único que cavaba ahora en la tierra, como avergonzado de ser la causa de la disputa, el pico levantándose sobre su cabeza a intervalos regulares y su acero centelleando al sol, un momento inmóvil, antes de volver a hundirse en la tierra.

—No va a irse —repitió Pavón.

Cupido sabía que ya no iba a ceder, que la mujer no lograría convencerlo. Durante unos instantes se miraron con desprecio, envueltos en olores —sudor contra perfume— y ropas —el limpio atuendo informal contra el mono encofrado en polvo y cemento— y actitudes —la arrogancia del matón contra el ruego femenino— tan opuestos que parecían un hombre y una mujer de épocas y continentes distintos.

El detective la vio caminar deprisa hacia el coche sin despedirse, con la cabeza agachada, como si ocultara las lágrimas. Sólo se permitió una mirada intensa y breve sobre el muchacho que se había erguido y apretaba el pico entre las manos con tanta fuerza que incluso desde donde él estaba podía ver los nudillos blanquecinos.

De modo que había sido él quien se llevó el pañuelo, guardado en un bolsillo de su chaqueta, seguramente como recuerdo de quien ya no iba a darle nada más, pero acaso también para olerlo cuando estuviera solo, con la misma ansia con que a veces la había olido a ella, hundiendo la nariz y los labios en su pelo o en su cuello y también entre sus piernas. ¿Cuándo se lo había cogido, en qué momento del día? ¿Y cómo? El teniente Gallardo y la agente que lo acompañaba no se lo habían dicho, quizá tampoco lo sabían. Ella lo había echado de menos al llegar a casa por la tarde, pero ignoraba dónde lo había olvidado o perdido. Le gustaba tenerlo a mano incluso en los días de calor —para evitar el polvo en el pelo cuando tenía que estar midiendo en una excavación, para protegerse la garganta de la brisa del amanecer—, pero no adivinaba cuándo ni de dónde se lo había cogido Martín. A pesar de su sorpresa, aquellas preguntas habían sido fáciles de contestar, porque bastaba con decir la verdad y repetirla una y otra vez si ellos repetían la pregunta. Lo difícil fue cuando el teniente dijo «¿Por qué?», mientras la miraba como ellos deben mirar a un detenido, impasibles y duros, envueltos en esos uniformes que —incluso a la agente— parecían endurecerlos aún más. Y no pudo negarlo. Tuvo que decírselo mientras ellos escuchaban pacientes y cautos, el teniente haciéndose repetir algún detalle dos veces, la mujer apuntando su declaración en una libreta. El pudor había desaparecido a los pocos minutos y se lo contó todo como se lo contaría a un médico, extrañada de que fuera tan fácil expresar el hecho de que una mujer se siga entregando a un hombre de quien ya no está enamorada cuando a ella misma le había costado tanto comprenderlo. Usó palabras que nunca había usado en voz alta para hablar de aquello, de aquel periodo, de la negativa a continuar fingiendo, de la resistencia de Martín a aceptarlo y del dolor que sabía que le estaba causando. Un hombre abandonado que roba el pañuelo de la mujer que ama para conservar algo suyo, para intentar en vano retener

133

su olor: ésa era la imagen que a la postre les había dado de Martín, tan distinta de la que sin duda tenían de él, como todos en Breda. Pero de nada podían acusarla.

—¿La había... presionado o amenazado de algún modo para que continuara con él? —le había preguntado el teniente.

—¿Amenazado? —repitió, como si fuera una palabra que viniera de muy lejos.

—Bueno, Ordiales era su jefe —había intervenido entonces la agente.

Lo negó rotundamente. ¿Qué amenaza podría ejercer Martín contra ella en la que él mismo no se viera perjudicado? ¿Despedirla de Construcciones Paraíso? ¡Sería tan fácil entonces convertirse en víctima y hacerle aparecer ante todos como un verdugo obsceno y rijoso y vengativo! La amenaza no era contra ella, pero eso era lo único que les había ocultado. La amenaza había sido contra Lázaro cuando al fin le confesó que él era la causa de la ruptura. Cierto que Martín no podía causarle mucho daño, no era tan poderoso, y Lázaro terminaría encontrando otro trabajo. Pero ya llevaría encima todo aquello en una ciudad que no olvida ningún estigma. Era demasiado limpio e inocente para que ella lo mezclara en nada sucio, en nada que oliera a venganza o escándalo. Además, si lo echaba, ella ya no lo vería cada mañana, no lo tendría allí cerca para pedirle que la ayudara a cargar algo en el coche o para encomendarle trabajos menos duros que aquellos que Pavón siempre le encomendaba.

Ahora, mientras esperaba dentro del coche a que llegara a la esquina de la plaza donde los otros albañiles lo dejaban, camino de la pensión donde vivía en Breda, se sentía orgullosa y satisfecha de haber sabido protegerlo manteniéndolo al margen de las astutas miradas de la mujer y del teniente. Y ni siquiera consideraba que su silencio fuera una mentira: sólo era un secreto que lo unía un poco más a él.

Ya estaba bajando del coche y, aún sin verla, caminaba hacia donde estaba ella.

—Lázaro —lo llamó desde la ventanilla abierta.

El muchacho la miró sorprendido y, por un momento, un apenas perceptible rubor le tiñó el rostro. «¡Qué bien le sienta la vergüenza!», pensó. Y luego: «¿Qué puedo hacer por ti para que seas feliz?».

—Hola —se acercó, agachándose un poco hacia la ventanilla.

—Te estaba esperando —le dijo, sin explicar por qué—. Te invito a un helado.

—¿Un helado? —sonrió.

—Bueno, una cerveza.

Salió del coche y se sentaron en una terraza de la plaza, con la sombra de los plátanos derramando un poco de frescor sobre ellos.

—¿Encontraste a alguien que te ayudara?

—Sí. Siempre hay alguien que puede hacerlo. Pero yo quería llevarte a ti. Sé lo duro que es cavar esos agujeros para las vallas. Con este calor.

Lázaro se miró las manos como si esperara ver sangre en ellas. Luego, se las frotó lentamente.

—No sé por qué lo hace —dijo.

—¿Quién?

—Pavón. Por qué siempre me elige a mí para esas tareas.

—No lo sé. No lo sé —repitió, incómoda, porque el capataz quizás había observado su preferencia por él, aunque estaba convencida de que nadie adivinaba la intensidad de sus sentimientos, del mismo modo que nadie había llegado a saber nada de su relación con Ordiales. Quería creer que la inquina de Pavón sólo provenía de esa tendencia a la rigidez y a la humillación que siente el hombre endurecido ante el frágil, el sargento necio ante el recluta inerme, el bruto dormido ante el despierto.

Lo vio apurar el resto de la cerveza.

—Estás sediento —le dijo, buscando con la mirada al camarero.

—Y hambriento.

—Si quieres, vamos a mi casa y te preparo algo —propuso entonces.

—¡No! Estoy sucio —señaló sus manos, su ropa de trabajo, la pequeña mochila donde llevaba la comida del mediodía.

—Bueno, en mi casa también tengo cuarto de baño —bromeó.

—Tendría que llamar a la pensión.

Sacó el teléfono móvil del bolso y se lo puso en la mano.

—Llama.

Mientras conducía hacia su casa recordó la primera vez que lo había llevado con ella en el coche de la empresa, tímido y callado, mirando hacia atrás, hacia la obra donde quedaban sus compañeros trabajando, como si sintiera vergüenza por haberlos abandonado para hacer una tarea más liviana. Casi acurrucado junto a la puerta, parecía que tuviera miedo de manchar de barro las alfombrillas, o de tocarla casualmente y ensuciarla, ella oliendo a aquel perfume que se intensificaba dentro del coche y él apretando sus brazos cruzados como si quisiera ocultar su propio olor.

Subieron al piso, una vivienda pequeña de dos dormitorios, el suyo y el que ocupaba su padre algunas temporadas, cuando venía a vivir con ella, y Lázaro observó atentamente la decoración, los colores, los muebles, los cuadros.

—¿Es tuyo?

—Sí.

—¿También se lo compraste a Ordiales?

—¿Hay alguien trabajando en Construcciones Paraíso que no haya comprado su casa a la empresa? —preguntó intentando que su nombre no viniera ahora a instalarse entre ellos—. Los empleados somos siempre sus primeros clientes.

—Yo no. Aún no tengo casa.

—Tú aún eres demasiado joven para tenerla.

No dejó que la ayudara mientras servía un poco de vino y preparaba comida como si fueran a cenar tres, aunque ella apenas cenara, pero lo empujó al baño para ducharse antes de sentarse a la mesa.

Comió un poco, pero sobre todo lo vio comer con un apetito natural que iba dejando vacíos los platos y las copas de vino, porque el día siguiente era sábado y no se trabajaba.

Al terminar, él ya no miraba con extrañeza la casa, se movía con naturalidad al ir a la cocina o al baño y parecía haber perdido la timidez al sentarse junto a ella en el sofá del salón adonde habían ido a fumar un cigarrillo. Estaba un poco bebida, había provocado conscientemente ese estado, y mientras lo veía recostar su cabeza hacia atrás y cerrar los ojos unos segundos, tan cansado que no parecía necesitar una cama para quedarse dormido, sintió un deseo irresistible de besarle los labios, dos pedazos de carne rosa y húmeda, casi sin piel, que contrastaban con el atezado del rostro. Lo vio de nuevo mirarse las manos al apagar el cigarrillo y frotárselas como si le ardieran. No se resistió al deseo de cogerlas.

—¿Te duelen? —le preguntó observando las pequeñas hinchazones rojas de las ampollas, una de ellas reventada.

—Un poco. Todavía no estoy acostumbrado. Necesito algún tiempo más para que se endurezcan.

—Espera.

Se levantó, fue al cuarto de baño y volvió con un pequeño botiquín doméstico. Limpió la herida con algodón y desinfectante mientras sentía una ternura invicta a pesar de todo lo que había vivido en años anteriores y en los últimos meses junto a Ordiales, como si un cuchillo estuviera cortando su memoria y apartara a un lado todo aquello que conservara algún rastro de los lobos.

Eso ocurría muy pronto, cuando aún quedaban en el cielo restos de luz del largo día de verano y los gorriones se desgañitaban en las copas de los árboles proclamando su bienestar. Luego, un poco más tarde, ya de noche en la casa en penumbra, estaban abrazados, besándose. Alrededor, todo estaba tranquilo y sólo ellos se agitaban despacio, entre caricias, tan enardecida la piel que a veces no distinguían por dónde avanzaban los labios.

Luego, todavía un poco más tarde, ya calmados, vino lo que le faltaba a la noche para ser definitiva, el silencio, y callaron las calles y se apagaron los motores de los coches y los pasos de los últimos viandantes. Lázaro dormía en la cama, boca abajo, un poco inclinado hacia el lado donde ella estaba unos minutos antes. Se sentó junto a él tras regresar del baño y se quedó contemplando por encima del embozo su espalda ancha y lisa, sin apenas carne ni grasa entre la piel y los huesos. No pudo resistirse a acariciarlo muy suavemente, con temor de despertarlo. Después de todo aquello, ahora sabía que ya no le serviría ningún otro hombre para hacer lo que sólo quería hacer con él. La palma de la mano que antes le había curado estaba boca arriba y una minúscula gota de sangre brillaba en una fisura de la ampolla abierta. Cualquier otra mujer se habría negado a dejarse acariciar por una mano así, pero ella se inclinó y la lamió con la punta de su lengua, pensando que a partir de ese momento tenía dentro de ella, llegando a su corazón y a su cabeza, algunos glóbulos rojos que antes habían cabalgado por el corazón y la cabeza de Lázaro. «Eres todo eso que yo no soy», susurró en silencio, «la inocencia y la ingenuidad y la generosidad y la confianza.» Sin embargo, ahora ya tenía la seguridad de que podría hacerlo feliz como nunca había hecho a ningún otro hombre.

Pianista

Para saber cómo es realmente un animal hay que observarlo panza arriba. No basta con verle la espalda, o la cabeza, o la boca, ni basta con mirarlo correr o alimentarse. Para saber con qué armas se defiende, con qué garras o dientes, cómo es su carácter y cuáles son sus puntos débiles, hay que tumbarlo, o jugar con él y convencerlo para que enseñe la tripa. Ésa es también la mejor manera de saber cómo matarlo.

Me han llamado para atender a un perro que se ha tragado varios trozos de gomaespuma de un cojín roto. Por los síntomas, parece que sufre una peritonitis. La vivienda es un piso amplio y el hombre que me abre la puerta es bajo, anodino, gris, calvo. Un hombre quizá con dificultades de trato con sus semejantes a quien, en cambio, le gustan los perros. Tendrá unos cincuenta y cinco años. Me muestra al animal, un teckel dulce y apacible, que respira entrecortadamente tumbado en su cama, en la terraza acristalada de la cocina. Se ve que está sufriendo y el hombre le acaricia con ternura el lomo y la cabeza, le limpia con su propio pañuelo el hilo de baba sanguinolenta que le sale de la boca. Huele mal.

Sé que está esperando que yo sea el primero en decir la palabra —morir o eutanasia—, pero sólo toco la barriga hinchada del animal mientras recuerdo las últimas palabras que, unas horas antes de expirar, Kafka escribió —ya no podía hablar— al médico que lo atendía: «Máteme usted; si no, será usted un asesino». Desde que las leí casualmente en un artículo de un periódico no he podido olvidarlas. Me parece que también Kafka justificaría mi oficio, y a menudo pienso que yo también desearía tener a alguien rápido y eficaz a mi lado si un día me encontrara en la misma situación del perro al que voy a matar.

Oigo ruido a mis espaldas. Miro y veo a una mujer y a dos chicas que parecen ser la esposa y las hijas del hombre. Ninguna de las tres debe de pesar menos de cien kilos y hay en ellas una especie de monstruosa salud, de brillo de colesterol y grasa en la piel tirante y sonrosada. Casi dan la impresión de que no tienen huesos. La mujer observa con indiferencia lo que hacemos, como podría observar a un fontanero o a un albañil que viene a arreglar una avería, pero las dos chicas —parecen siamesas, una parte del cuerpo de una siempre en contacto con la otra— apenas pueden contener una risa cruel e idiota.

El hombre también se vuelve, las mira como si ellas hubieran envenenado al teckel, y ordena con una voz poco propicia para ser obedecida:

—Salid de aquí.

Las dos muchachas no le hacen caso, es como si no lo hubieran oído, pero incluso la mujer entiende ahora que no pueden seguir allí y ella misma indica a sus hijas que salgan y las empuja fuera. Ya estamos solos.

—¿Cómo se llama? —le pregunto.

—*Job.*

—¿*Job*?

—¿Ha visto a mis hijas? Ningún otro nombre podría ser más adecuado para un perro que hasta el final ha soportado tanto.

—¿Quiere decir que ellas…? ¿La gomaespuma?

—Sí. Creo que sí.

Ahora soy yo quien acaricio al perro, la tripa que palpita, las orejas muy calientes. No me cuesta ningún esfuerzo imaginar una nueva versión de la crueldad entre las dos muchachas y el pequeño y dulce animal que se queda mirándome con ese triste asombro con que, en breves chispazos de lucidez, algunos animales que he matado me miran preguntándose por qué ellos no, por qué su especie no ha sabido evolucionar como nosotros y se han quedado en simples bestias. En esos instantes también ellos parecen tener lo que llamamos alma, y sólo eso es lo que convierte el instinto en consciencia.

–Ha vomitado varias veces, pero no arroja los trozos. Deben de haberse hinchado en el estómago.

Un nuevo esputo de baba teñida de rosa aparece en su boca, escurre por las comisuras y mancha la plaquita de identificación que lleva colgada al cuello, un triángulo de plástico azul con las esquinas redondeadas.

–¿Cuánto tiempo lleva así? –pregunto.

–Dos días.

–Está sufriendo mucho.

El hombre asiente con movimientos cortos de la cabeza calva y se diría que abollada, como si no pudiera moverla más.

–Para eso lo he llamado. Para que acabe con tanto dolor.

–¿Está seguro? –le pregunto aún. Me gusta el teckel, su mirada apacible y la suavidad de su pelaje oscuro; no es de esos perros, rotwailers, pitbulls, dogos, que ni siquiera los demás perros aprecian.

–¿Seguro?

–Un veterinario podría abrirlo y sacarle esos trozos. En unos días estaría como nuevo.

–No. Es muy viejo. Ya ha vivido demasiado tiempo. Creo que, si pudiera, él elegiría lo mismo.

–De acuerdo –digo, y abro el maletín–. Creo que es mejor que salga.

Me deja solo con el perro, que de nuevo me mira como si, en efecto, supiera lo que va a ocurrir y estuviera de acuerdo. Lo pongo de barriga y hago lo que tengo que hacer, lo más rápido posible, sin sangre y sin ladridos, hasta que deja de respirar. Entonces llamo al hombre, que enseguida entra en la terraza, como si hubiera estado esperando tras la puerta. Da la impresión de que intenta contener las lágrimas. Se inclina sobre el cadáver, lo acaricia y le cierra los ojos que habían quedado abiertos. No me pregunta cómo lo he hecho, ni si ha sufrido, ni durante cuánto tiempo.

—¿Quiere que me lo lleve? —le pregunto.

—Sí. Será lo mejor.

Le desabrocha la correa del cuello y le quita la chapa de identificación donde se lee el nombre, *Job*, y un número de teléfono al que llamar en caso de pérdida. La acaricia durante un momento y la guarda en su bolsillo.

Entonces cobro, introduzco el cadáver en la bolsa, me deshago de él en el Lebrón y vuelvo a casa. Es la mitad de la mañana y ya he ganado el dinero suficiente para ese día y algún día más. Me apetece tocar durante unas horas y olvidarme del sufrimiento del teckel, de las dos muchachas capaces de hacerle tragar los trozos de gomaespuma y de la tristeza de su dueño. Lavo a fondo mis manos y voy a sentarme ante el piano. Es un Petrof que pronto cumplirá cien años: mi posesión más valiosa, un instrumento sólido y elegante, de noble marfil, madera noble y noble acero. Me gusta mucho su sonido lleno, dúctil y antiguo, cada vez más difícil de oír ahora que todos tocan con Steinways. Abro la partitura del adagio de la sonata n.º 5 de Beethoven, una pieza que nunca me dejarían tocar en la orquesta. Procuro concentrarme en sus acentos e intento imaginar cómo lo interpretaría su creador. Pienso en sus manos, cuadradas y muy peludas, con los dedos anchos como espátulas en las yemas, de tanto tocar; de ellas no caería fácilmente la moneda. Pienso en las manos del gran Schubert, casi pequeñas, de dedos gruesos y cortos, soportando agudos dolores al tensarlas en las octavas. Pienso en Béla Bartók, sufriendo también por el esfuerzo muscular, y en Schumann, causándose él mismo una lesión irreversible de tanto forzar el anular para dotarlo de potencia, y a él lo entiendo mejor que a todos los otros, porque yo mismo me haría daño si creyera que con ello pudiera convertirme en un virtuoso. Pienso en la autónoma y ágil mano izquierda de Paul Wittgenstein, en su única mano tras perder la derecha en la batalla, tocando lo que Strauss y Prokofiev compusieron expresamente para él, un mutilado, mientras su hermano escucha y vislumbra los límites donde ya no sirven las palabras. Pienso en ellas y envidio las manos de Rachmaninov, capaces de abarcar duodécimas sin perder flexibilidad, las manos gordas y fuertes de Albéniz, las manos enormes e incansables de Liszt o Rubinstein. Todos ellos tenían manos fuertes, la única forma de dominar el piano, que, a pesar de todo, no es sino un instrumento de percusión en el que un macillo, con un movimiento de ataque, golpea una cuerda de acero. Incluso Chopin, que en sus épocas de mejor salud nunca llegó a pesar cincuenta kilos, o Ravel, que apenas medía metro y medio, tenían unas manos muscularmente bien desarrolladas.

También mis manos son fuertes y ágiles para llegar a tiempo a cualquier nota, y si fuera por esta categoría física, yo también sería un gran pianista. Pero el talento es una categoría estética de la que yo carezco. Todos ellos tenían algo que yo no tengo: todos ellos sabían en qué momento preciso poner en marcha o detener la enorme fuerza encerrada en sus dedos para lograr unos acordes con que calmar el griterío del mundo y hacernos un poco menos desdichados. Todos ellos eran, además, grandes intérpretes de obras ajenas, porque al tocar cualquier pieza llegaban a creer que ellos mismos la habían compuesto. Yo casi nunca tengo la certidumbre de estar reviviendo la emoción primitiva de su creador. Nunca puedo evitar la sensación de que estoy usurpando lo que otro, más creativo que yo, inventó antes. Sé bien que todo Mozart tiene su Salieri: sé bien cuál es mi papel.

Estoy dando los primeros acordes cuando llaman al timbre de la puerta con la misma inoportunidad de un oyente que llegara tarde a un concierto y tropezara en la alfombra.

En el rellano, esperando a que lo invite a entrar, el teniente que lleva la investigación por la muerte de Ordiales parece más joven que en las fotos de la prensa, porque la calvicie que avanza por su cabeza se compensa con su apostura y con la firmeza de sus movimientos. Viene acompañado de una agente y, después de comprobar mi identificación, esperan a estar dentro para hacerme la pregunta.

—¿Conocía usted a Martín Ordiales?

—¿Martín Ordiales? —intento torpemente ganar tiempo, preguntándome de qué modo o por medio de quién están relacionándome ahora con él. Sin saber eso, no puedo negar que lo conociera.

—El constructor.

—No lo conocía. Quiero decir que sólo fui una vez a sus oficinas a interesarme por unas viviendas que vendían.

—¿Este piso es suyo? —el teniente mira alrededor, tranquilo y astuto. Parece preguntar sin malicia ni deliberación, como preguntan los niños algo que ignoran o no entienden bien.

—No. Vivo alquilado.

—Decía que fue a interesarse por una vivienda.

—Sí. Había visto en la prensa un anuncio.

—Pues Ordiales no debió creerlo.

—¿No debió creerme?

—Tenía escrito su nombre.

«Mi nombre», pienso. Y recuerdo que al principio una empleada me lo preguntó para enviarme más información de otras promociones si aquélla no me interesaba. Y que, sin

144

pensarlo, había sido tan torpe de dárselo. De darle mi nombre verdadero.

—En una agenda de posibles compradores.

—Sí —acepto, consciente de la lentitud con que va soltando la información y de haber perdido en el interrogatorio cualquier iniciativa, si puedo llamarlo así.

—Pero Ordiales no debió creerlo, porque al lado de su nombre había escrito con su propia letra —consulta un cuaderno que le da la agente—: «No quiere comprar una vivienda. ¿Qué quiere entonces?»

—¿Eso escribió de mí?

—Sí.

—Pues estaba equivocado. El único problema que encontré fue que los pisos que ofrecían en ese momento eran demasiado grandes. No necesito más que un apartamento y tampoco podría pagar otra cosa. Aún sigo buscando algo apropiado. Pero no tengo prisa.

—¿Han vuelto a llamarlo desde la constructora?

—No. Incluso había olvidado que les di mi nombre.

—Y a Ordiales, ¿volvió a verlo?

—Nunca. Supe por la prensa lo que le había ocurrido. ¿Es cierto que alguien lo empujó? —me atrevo a preguntar, porque ahora comprendo que en realidad no tienen nada contra mí.

—Eso es lo que estamos intentando aclarar.

Se han ido, pero no puedo afirmar que haya logrado eludirlos. No puede ser tan fácil. Estas gentes de uniforme, acostumbradas a que todos les mintamos para eludir un castigo o para sacar ventaja de un conflicto, nunca creerán algo que ellos mismos no puedan demostrar con otras pruebas. Quizá saben más cosas, quizá las palabras que Ordiales escribió al lado de mi nombre —«No quiere comprar una vivienda. ¿Qué quiere entonces?»— no son las únicas palabras escritas. Con su visita han logrado asustarme.

Regreso al piano, froto mis dedos y entonces llega la

llamada. En el silencio de la casa, el teléfono suena como si fuera a estallar.

—Han vuelto las palomas —me dice.

Media hora después estoy ante la puerta de su casa. Efectivamente, las palomas —pájaros sin memoria, ajenos a la amenaza y al peligro— han vuelto a posarse en las barandillas de los balcones y a mancharlos de plumas y excrementos.

De nuevo abre ella la puerta y la sigo al interior de la casona, demasiado grande para una mujer que vive sola. Va vestida con una blusa holgada y con una falda de un tejido tan liviano que, al cruzar delante de mí, frente a la luz de las ventanas, deja transparentar la silueta de sus piernas, de rodillas feas, poco torneadas, unidas sin apenas transición a las pantorrillas y a los muslos. Pienso que esa prenda la cubre menos que el maquillaje que lleva: el tinte claro del cabello, el rímel y la ligera sombra de los ojos, el intenso carmín color ladrillo de los labios. Ahora me da la sensación de que utiliza todo eso más para disimular sus defectos que para resaltar los confusos rasgos de su belleza.

—Es usted extraño.

—¿Extraño?

—Hace un trabajo tras el cual todo el mundo correría a pedir la recompensa y usted ni siquiera se preocupa de cobrarla. He tenido que llamarlo yo.

Me ofrece un cigarrillo, niego y ella enciende el suyo. Se ve que quiere aparentar serenidad y dominio, pero su rapidez al hablar, su forma de mirarme, escrutadora y cautelosa, y su sonrisa que no llega a todo el rostro, que no alcanza sus ojos apagados, como si hubiera dormido poco, indican que es ella quien está nerviosa al preguntarse los motivos de mi silencio.

—No fui yo quien lo hizo.

—¿Cómo?

—Ese trabajo del que oficialmente nunca hemos hablado. No fui yo quien lo hizo.

146

–Está bromeando –dice, tensa, con el cuello erguido como algunos animales cuando ven que me acerco a ellos y saben que no es para hacerles una caricia.

–No, no es una broma. Pero tampoco crea que la engañé al aceptar. Estaba convencido de que lo haría. Pero no pude.

–¿No pudo? ¿Por qué?

–Escrúpulos. O miedo –intento explicar–. Llámelo como quiera. Todavía hay alguna diferencia entre matar un pájaro y...

–¿Entonces? –me interrumpe.

–No sé quién lo hizo. Estuve siguiéndolo hasta el último día, pero no sé quién lo hizo. En todo caso, nadie sabe nada de lo que hablamos aquí aquella tarde, no tema. Nadie va a venir a pedirle por mí ese dinero.

–¡El dinero! –hace un gesto displicente con la mano que no fuma. Luego, como si de pronto recordara algo, añade, de nuevo alerta y burlona–: Entonces, aquel adelanto, ¿ha venido a devolvérmelo?

–No –digo–. No hay devolución.

–No ha cumplido el encargo, pero tampoco quiere devolver el dinero que recibió por él.

–No puedo devolverlo. Lo necesitaré para defenderme si ocurre algo.

–¿Defenderse? ¿De quién? No de mí.

–No de usted.

–¿Lo sabe alguien más? –pregunta, calculadora y apremiante. Ha alzado la cabeza como si alguien le tirara del pelo hacia atrás. De nuevo, no logra ocultar la inquietud y el desconcierto que mi declaración le está causando.

–Nadie.

–Me equivoqué con usted –dice. Y me mira como si no me reconociera.

–No, no se equivocó. En aquel momento yo estaba dispuesto a hacerlo. Soñé muchas veces con matar a Ordiales y cobrar todo el dinero, es una lástima que los sueños no

147

sirvan de testigo. La debilidad sólo vino después. Y, en todo caso, es mejor así.

—¿Mejor?

—Mejor. Él está muerto y usted se ha ahorrado su dinero y muchas complicaciones si algo hubiera ido mal. Aunque jurara que nunca me había visto.

—Contésteme a una pregunta —dice. Se levanta y va hacia el balcón sucio de plumas y excrementos. Se queda un momento mirando hacia fuera, hacia las dos palomas posadas en la barandilla, al otro lado del cristal. Veo otra vez su silueta a contraluz, entre aquellas ropas livianas e informales que, sin embargo, revelan tanto dinero, con la sensación de que una simple ráfaga de viento podría dejarla completamente desnuda.

—Sí.

—¿Por qué no me ha mentido? ¿Por qué no callarse que no lo había hecho usted y cobrar así el dinero? Como ha dicho antes, nadie más iba a venir a reclamarlo.

—Hubiera sido como decir que yo lo había matado.

—¿Tanto miedo tiene? ¿Hay algo que salió mal? —insiste.

—Nada salió mal. Pero sí tengo mucho miedo.

No le digo nada de la visita del teniente, porque aún no sé qué trascendencia puede tener la nota que Ordiales había escrito sobre mí en su agenda. Nada le digo de la condición de sospechoso en que sus ocho palabras me han incluido.

La visita a la mujer ha sido satisfactoria por su lacónica sencillez, por el tácito acuerdo de no vernos más y porque no me he abandonado a mi frecuente tendencia a agradar a los demás aceptando sus decisiones. Con mi renuncia a cobrar el resto del dinero creo haber cerrado la puerta a una posible implicación. Tal vez queden abiertos más postigos, pero ya no soy yo quien puede candarlos. Para eso necesito la ayuda del detective. Para eso le pago.

En cuanto lo llamo me dice que me espera en su casa.

—¿Hay algo nuevo? —me pregunta, cuando soy yo quien tenía que haberlo hecho.

—Sí.

Se apoya hacia atrás en el sillón, dispuesto a escuchar, sin buscar un papel para tomar notas. Pero esa actitud, curiosamente, no sugiere en él ni displicencia ni pereza.

—Ha venido a verme el teniente de la Guardia Civil. Han encontrado mi nombre escrito en la agenda personal de Ordiales.

—¿Su nombre?

—Y unas palabras referidas a una ocasión en que fui a hablar con él para comprar una vivienda.

—¿Unas palabras? ¿Qué palabras?

—«No quiere comprar una vivienda. ¿Qué quiere entonces?»

—¿Sólo eso?

—Sólo eso.

—No me dijo que había ido a hablar con él.

—No creí necesario decirlo. No tenía importancia.

—En estos asuntos todos los detalles tienen importancia —replica, levemente contrariado.

Luego hay un momento de silencio, como si los dos fuéramos jugadores de algún juego de cartas duro y sucio y supiéramos que el primero que hable habrá comenzado a perder. Soy yo quien habla.

—Hay todavía algo más.

—¿Sí?

—Aquella tarde, en el edificio en construcción, no estaba yo solo.

—¿Quién más había? —se inclina hacia delante en la mesa.

—Un albañil. Un pintor —corrijo, recordando el gran bote de pintura y la mano mutilada a la que le faltaban dos dedos.

—¿Lo vio él a usted?

149

—No pudo verme. Roncaba y parecía profundamente dormido. El calor y, quizá, las emanaciones de la pintura.

—¿Por qué no me lo dijo antes?

Ésa es la pregunta que tanto he temido.

—No podía decírselo entonces. Temía que usted pensara que había renunciado a matar a Ordiales porque allí había alguien más, y no por decisión propia. Temía que, en ese caso, no aceptara el trabajo.

El detective se queda mirándome, en silencio, pensativo y calculador. Busco en vano en sus ojos un gesto de confianza.

—¿Cómo era ese hombre? El pintor.

—Muy gordo. Vestía un pantalón y una camiseta blanca, y entre ambas prendas dejaba ver un palmo de carne, como si no llegaran a taparlo. Le faltaban dos dedos de la mano izquierda.

—Dos dedos de la mano izquierda. Tendré que ir a hablar con él —concluye—. Quizá pudo ver algo.

Pasillos

Cupido estaba molesto con su cliente. Y no sólo porque al ocultarle una información importante lo obligara a replantear todo el trabajo, puesto que en una investigación cualquier nuevo dato modifica globalmente la perspectiva del análisis; también porque la ocultación revelaba desconfianza en su capacidad de discreción, y la desconfianza revelaba cierta dosis de desprecio hacia su tarea. Nunca le había gustado la actitud de su cliente y, también por eso, se encontraba desanimado, sin apenas ilusión por resolver el encargo de aquel hombre extraño.

Además, no lograba olvidar en ningún momento la situación de su madre. En el fondo, sabía que no había hecho todo lo necesario para retenerla, para cuidar de ella en su propia casa, y esa preocupación le impedía concentrarse, cualquier reflexión le exigía un doble esfuerzo. En los últimos días había advertido que cada año que pasaba se iba acentuando el contraste entre sus crecientes deseos de tranquilidad y las inquietudes que le generaba su oficio. Llevaba quince años trabajando en aquella profesión y, sin embargo, no se consideraba quince años más sabio, sólo estaba quince años más solo y más triste. A veces se sentía cansado de pasar una mitad de su vida escuchando las acusaciones o sospechas de sus clientes hacia el resto del mundo y la otra mitad escuchando las excusas o coartadas de ese resto del mundo respecto a las sospechas de sus clientes. Los casos resueltos que se acumulaban en su currículum se convertían, paradójicamente, en dosis de descreimiento y pesimismo que se acumulaban en su corazón.

Acaso la índole de los encargos que recibía no fuera cada vez más sórdida, pero a medida que transcurría el tiempo a él le incomodaba más el contacto con la maldad. Su último trabajo había sido de nuevo un asunto sucio y mezquino, muy fácil de resolver. Había venido a su despacho una mujer de unos cincuenta años que vivía sola y estaba recibiendo en su domicilio continuas llamadas telefónicas, sin fijeza de horas, con una organizada maldad, desde las laborales del día a las más intempestivas de la madrugada. Alguien había decidido ejercer sobre ella –casi siempre el mismo tipo de víctimas, débiles e intercambiables, sin fuerzas para replicar a un desafío– un acoso anónimo y sucio, consciente de la zozobra que podía provocar. Al otro lado de la línea, quien llamaba no decía nada, no respondía a la provocación ni al insulto, se limitaba a estar allí, respirando suavemente, correoso y paciente, en un silencio que resultaba más angustioso que los insultos o las obscenidades, porque no daba ningún indicio sobre el motivo de sus llamadas, sobre su identidad de hombre o mujer, de joven o viejo, sobre un móvil de odio o de placer.

La mujer lo había denunciado a la compañía telefónica, pero le habían replicado que estaban obligados a guardar el secreto y que para darle el número desde donde llamaban tenía que mediar una denuncia judicial cuyo proceso podía dilatarse varias semanas.

En un principio, Cupido, sin moverse de su casa, había desviado las llamadas hacia su teléfono para leer el número de origen, pero aquél era un recurso demasiado fácil cuya posibilidad también conocía la otra persona, porque siempre lo hacía desde cabinas o teléfonos de locales públicos. Pero esa misma circunstancia le facilitó la tarea y, por la ubicación de los lugares desde donde llamaba, no le fue difícil acotar la zona donde vivía y terminar averiguando quién era: otra mujer, familiar en segundo grado, movida por enconados rencores infantiles. Había ido intensificando las llamadas a medida que comprendía el daño que hacían. La solución fue rápida y simple, y su cliente no creyó necesario llegar más lejos. Bastó con que, en tres ocasiones, el propio teléfono de quien acosaba sonara en el silencio de su casa apenas regresaba de la calle y sólo escuchara una respiración tranquila y burlona.

Ahora eran las cinco de la tarde y se sentía lleno de pereza para ir bajo el asfixiante calor de julio a buscar al pintor gordo por edificios en obras, pero sabía que la jornada de trabajo terminaba a las seis y media y que más tarde le sería imposible encontrarlo. Además, luego quería ir a ver a su madre.

Nadie debía saber que estaba buscándolo para que nadie se preguntara por qué lo buscaba, de modo que pasó con el coche por el bloque donde había muerto Ordiales, muy despacio, buscando algún indicio de su presencia: materiales, olores o algún vehículo con señales de pertenecer a pintores. No encontró nada y se marchó a una casona en la parte vieja de Breda que, le indicó un peón, también estaba siendo rehabilitada por Construcciones Paraíso. Luego, desde allí, a los terrenos aún vacíos de la nueva urbanización. Todo fue en vano.

Perezoso y cansado, decidió continuar la búsqueda al día siguiente. Llamaría a las oficinas por teléfono preguntando por el pintor, fingiendo que quería contratarlo para una pequeña chapuza particular.

Aunque con alguna inquietud por no encontrarlo, aceleró hacia La Misericordia. Allí, guiado por una conserje, atravesó un salón donde dos docenas de ancianos miraban un televisor de enorme pantalla, o jugaban a las cartas, o leían periódicos y revistas, todo sin excesivo interés, ni cálculo, ni consternación. Llegaron al gimnasio. Ocho o diez internos hacían ejercicio: subían lentas cintas mecánicas de escaleras o rampas, movían cuerdas con pesas o poleas, se calentaban bajo lámparas de infrarrojos o apretaban entre las manos muelles o pelotas para rehabilitación.

Su madre caminaba despacio sobre una cinta, apoyándose en una barandilla. Al verlo, le sonrió y le hizo un gesto a un hombre muy alto y muy gordo que, en contraste con sus pacientes, tan delgados y frágiles, daba una exultante impresión de salud y fortaleza. El monitor paró la cinta y su madre recuperó el bastón y vino a besarlo. Pasó una mano por su brazo para salir a un amplio jardín invadido por un intenso olor a menta y a albahaca, con caminos de tierra que cruzaban el césped bajo los mismos castaños de indias a cuya sombra habían convalecido durante un siglo legiones de tuberculosos.

—¿Te cuidan bien?

—Muy bien. Ya sabía que lo harían, pero lo que no esperaba es que además fueran amables.

Se sentaron en un banco, con el atardecer enviando sus ráfagas de pájaros a dormir en los árboles, y Cupido vio alrededor a algunos ancianos que también descansaban o paseaban con quienes debían de ser sus hijos, y no todos al caminar miraban hacia el suelo ni todos hablaban de enfermedades o de insomnio o de muerte. Pensó que, a pesar de todo, muchos de aquellos visitantes también amaban a sus padres ancianos más de lo que los amaron siendo niños y mucho más de lo que nunca pensaron que podrían amarlos siendo adolescentes. Y él, al oír a su madre considerarse satisfecha, aunque intuyera que ya nunca volvería a vivir fuera, sentía mitigarse el remordimiento que había sufrido durante esos días.

Piscina

Era muy fácil conseguir de él que subiera cualquier carga pesada siete pisos, sudando, arrastrándose por las rampas, con sólo decirle:

—Si no lo llevas ahora, vas a tener que hacerlo subido en la grúa.

Entonces se imaginaba enganchado de nuevo en la pequeña plataforma y elevado hasta el cielo, oscilando en el vacío, como aquella vez que lo habían izado tan sólo unos metros y él berreaba como un choto, aterrorizado, y en ese momento, mientras todos se arrastraban de risa por el suelo observando la mancha que mojaba sus pantalones, llegó Ordiales y ordenó que lo bajaran inmediatamente y nadie volvió a reírse, al contrario, todavía seguían muy serios cuando se incorporaron al trabajo después de siete días de despido. Desde entonces, daba cualquier rodeo para no pasar por debajo de una grúa y esquivaba la sombra de su brazo alejándose de su órbita o protegiéndose bajo cualquier techo, porque el propio Ordiales había ordenado que nunca más nadie lo obligara a pasar miedo.

Y ahora que ya no estaba, Pavón lo había puesto a limpiar con vinagre y estropajo la fachada de ladrillo visto a la que se había ido adhiriendo la inevitable capa de polvo, escoria y pegotes propia de las obras. Cada cierto tiempo el largo brazo de la grúa pasaba por encima, allá en lo alto, y entonces se quedaba inmóvil, acurrucado contra la pared hasta que veía que la sombra se alejaba de su cabeza.

155

De modo que aceptó de inmediato cuando le propuso dejar aquella tarea para ir al chalet a pintar la valla que protegía la piscina del acceso libre de los niños, porque estaba casi terminado y sus dueños tenían mucha prisa en trasladarse. Los botes de pintura y disolvente, las brochas y las cintas adhesivas ya estaban allí, esperándolo. Y era mejor que fuera ya mismo, sin comentárselo a nadie, a nadie en absoluto, para que nadie se lo impidiera.

Apenas necesitó todos esos argumentos para aceptar, para huir de las aterradoras circunferencias que la grúa trazaba en lo alto, haciendo oscilar la carga de vigas o palés de ladrillos bajo el cable de acero mientras en el brazo corto vibraban las pesas de hormigón, y todos los que pasaban a su lado miraban un instante hacia arriba y le gritaban:

—¡Ten cuidado, Santos, que se te va a caer la grúa encima!

Una de las ventajas de no ser importante es que nadie lo echaba de menos. Había desaparecido del bloque una hora antes de terminar la jornada y sabía que ya no lo buscarían. Protegido por Ordiales, estaban acostumbrados a verlo haciendo recados de un sitio para otro, sin apenas control de horarios, y aceptaban que se quedara dormido en mitad de la jornada o que trabajara varias horas más, sin darse cuenta del paso del tiempo.

Se fue caminando hasta el chalet y abrió la puerta con la llave que le había dado. Junto a la valla de la piscina —cuya depuradora se oía funcionar— estaba todo el material, incluso había una plancha de corcho blanco donde tumbarse a pintar las partes junto al suelo.

Dio una vuelta a la casa con la curiosidad y admiración que siempre le producía ver una obra terminada. Le parecía un prodigio que sus compañeros fueran capaces de hacer todo aquello, viviendas donde convivían el cemento, el acero, el cristal y la madera en líneas rectas y equilibradas, donde al final encajaban de una manera mágica y limpia todos aquellos materiales que en su origen, unas horas antes, habían sido duros, bastos y difíciles de moldear. Nunca había llegado a comprender los mecanismos de su manejo. Le parecía milagroso que una burbuja de aire metida en un cordón de agua pudiera indicar el nivel, o que alguien lograra cortar limpiamente el cristal con un lápiz, o moldear el hierro con un fino chorro de fuego, o conducir el agua por el interior de las paredes hasta hacerla brotar mágicamente al abrir un grifo, o también ordenar con un pequeño mando a distancia que los finos brazos de las grúas levantaran aquellos enormes pesos.

Pero enseguida se olvidó de todo eso, atraído por los botes de pintura, por la independencia y soledad de que disponía para hacer el trabajo, por el césped fresco y húmedo y por la piscina con la depuradora en marcha.

Estaba solo, y todo, excepto el sedoso murmullo del agua, permanecía en silencio. La alta valla lo aislaba del resto del mundo. Acostumbrado al ruido intenso y al trasiego habitual de las obras, tanto aislamiento le produjo de pronto un escalofrío de inquietud, pero lo olvidó enseguida, en cuanto emprendió la tarea.

Se sentó en el suelo, abrió el bote de disolvente y aspiró durante unos segundos sus efluvios. Le encantaba hacerlo. Sentía que penetraba hasta su cerebro, rebotaba por allí y enseguida bajaba hasta su vientre y le proporcionaba una inmediata sensación de tranquilidad y bienestar que luego le permitía pintar con morosa paciencia la más tediosa o complicada rejería. Pero ahora agachó de nuevo la cabeza hasta apoyar la frente ancha como la de un choto en el borde del bote y aspiró otra vez, ruidosa y glotonamente, hasta que fue llegando a ese estado en que ya no sabía qué lado era más real: el de aquella perplejidad mansa y narcótica del disolvente, o el de la dura, incomprensible y cansada sobriedad. Se limpió con la manga la humedad de los ojos que le picaban, cogió con los tres dedos de la mano izquierda el bote de esmalte y hundió en él la brocha.

La pintura blanca se deslizaba suavemente por el hierro. Él se agachaba para llegar a las caras inferiores, hurgaba en los rincones de las soldaduras para tapar bien los poros y cambiaba la brocha de mano para rematar el interior. De vez en cuando empapaba el trapo en disolvente y limpiaba las manchas antes de que se secaran, casi tumbado sobre la plancha de corcho, lento y pacífico, con esa cualidad de los gordos para sentirse cómodos en cualquier suelo.

En uno de esos momentos vio brillar algo entre la hierba del césped. Se estiró a recogerlo y lo sostuvo entre sus dedos intentando recordar qué era y dónde lo había visto antes. Confusos atisbos de imágenes pugnaban por abrirse paso entre las nieblas de su memoria, pero los efectos del disolvente y su incapacidad para organizar su pensamiento —que tanto le hacía sufrir a veces, cuando llegaba a comprender que él no era como sus compañeros— le impedían acordarse. Lo guardó en un bolsillo, para entregarlo cuando recordara a quién pertenecía.

Como solía ocurrirle al despertar, no supo cuándo se había quedado dormido. En algún momento, mientras se agachaba junto al bote de disolvente o de pintura y sus emanaciones le dejaban tan suaves los pulmones y el corazón tan blanco, había cerrado los ojos y ya estaba allí el sueño. La piel había sudado al contacto con el corcho y ahora sentía mucho calor. Tenía algo en la boca. Al escupirlo vio que era una bolita blanca. Aún aturdido por el sueño, se irguió para sentarse y miró alrededor, intentando recordar dónde estaba y cómo había llegado hasta allí. El chalet y la reja que estaba pintando lo ubicaron en el sitio. Miró hacia atrás: el agua seguía a su lado, clara y limpia, el gresite azul del fondo y las paredes ponía una nota de lujo antiguo y fresco. Entonces, de pronto, la posibilidad de darse un baño se le ofreció con una intensidad irresistible. Le parecía que habían puesto en marcha la depuradora sólo para que él se bañara.

Le picaba todo el cuerpo, las astillas de un sudor rancio y reseco se le clavaban en las axilas y en las ingles. Estaba solo, nadie podía verlo y ya era poco probable que alguien viniera a revisar su trabajo. Era ese extraño instante del atardecer en que el mundo queda momentáneamente en silencio, como si una vez finalizados los ruidos del trabajo concediera una prórroga de paz antes de comenzar con los ruidos del ocio.

Se descalzó, se desnudó por completo y luego, de nuevo, se puso el pantalón a modo de bañador, con las perneras remangadas hasta las rodillas. Sentado en las escalerillas metálicas, mojó un pie sucio y sudado en el agua azul: su temperatura era muy agradable, aunque ya no diera el sol en ella. Fue bajando lentamente, hundiendo las rodillas, los muslos gordos a los que se pegaba la tela, el vientre, la banda bronceada del estómago y la espalda que no llegaban a cubrir la blusa ni los pantalones siempre caídos, el pecho ancho y abombado, con las tetillas tan grandes como las de muchas mujeres. Caminó en el agua algunos pasos, hasta que advirtió con los dedos de los pies el inicio de la rampa de profundidad. Entonces tomó aire y se lanzó a nadar con decisión en el único estilo que sabía, con la cabeza fuera, como nadan los perros.

La temperatura era maravillosa. Se tumbó de espaldas e hizo el muerto, con los ojos cerrados. Se estaba bien allí, acunado por el colchón del agua y la indolencia residual de los efluvios del disolvente, oyendo los chasquidos que producían en los rincones de la piscina las pequeñas olas que originaba al moverse. Sin cambiar de postura, dejó salir su orina.

El último sol parecía haberse derrumbado de pronto por el cielo en pendiente y el agua se había ido oscureciendo por el fondo, pero en la superficie aún brillaba un polvo de

159

luz. Se había hecho tarde incluso para él y debía irse. Sin embargo, ise encontraba tan a gusto, flotando sin esfuerzo, como si la abundante grasa de su cuerpo tuviera muy poca densidad y no necesitara ninguna tensión para seguir arriba! En cambio, la sombra que apareció de pronto junto a él caía hasta el fondo como si fuera de plomo. Por un segundo pensó que pertenecía al dueño del chalet y que lo había sorprendido casi desnudo donde nunca debía haber estado, pero sólo era la sombra de quien le había indicado aquel trabajo. Sonreía de un modo extraño, como si sintiera pena al sonreír, o quizá lo extraño fuera que traía en las manos una taladradora conectada a una alargadera, aunque ya era demasiado tarde para hacer ningún trabajo. Entonces vio que apretaba el gatillo, comprobando que funcionaba, pero no miraba a su alrededor, lo miraba a él como si fuera su cuerpo el lugar donde se disponía a hacer los taladros.

La inquietud y la confusión lo invadieron de pronto. También la vergüenza y la sensación de haber ultrajado algo ajeno y limpio hasta que él llegó. No, no debía estar allí, bañándose a placer, mientras el resto del mundo sudaba a su alrededor.

—Ya salgo —farfulló, acercándose al borde.

Le hubiera gustado añadir algo más, una explicación o una excusa, pero fue incapaz. Como le ocurría siempre, las palabras se le enredaban en la lengua y daban vueltas sobre ella en un balbuceo ininteligible.

La figura que estaba de pie, frente a él, también avanzó un paso, como si fuera a ayudarlo. Alzó la mirada y vio, al mismo tiempo, el rostro que ya no sonreía y la luna que de pronto había aparecido en el cielo aún claro. Entre las brumas de su memoria brotó un relámpago de luz y advirtió que era la misma hora en que mataron a Ordiales, que el calor y un edificio aislado y en obras y los efectos del disolvente eran idénticos. Entonces sintió el pavor alucinado de los idiotas y el instinto lo empujó a huir del agua, pero la escalerilla de acero inoxidable estaba demasiado lejos, justo al otro lado. Así que se agarró al borde con toda la fuerza de sus ocho dedos e intentó salir con un impulso. El cuerpo fofo y grande le pesaba demasiado, la ingravidez que sentía dentro del agua se convertía en una resistencia insuperable que, por alguno de aquellos misterios que nunca había comprendido, tiraba de él hacia el centro de la Tierra a medida que emergía. Por un segundo creyó que iba a lograrlo, pero después de un esfuerzo brutal, suspendido entre la salvación y la condena, sus brazos se doblaron y resbaló hacia el agua azul y oscura. Resopló como un caballo, reuniendo fuerzas, aterrorizado, y de nuevo tomó impulso para de nuevo resbalar, porque sus pies no encontraban ningún apoyo en la lisa pared de gresite. Todavía hizo un último intento y también fue en vano, y ya se quedó inmóvil, con la misma desesperada y desolada resignación con que esperan las focas el golpe del palo que les partirá el cráneo. Sabía que iba a ocurrir algo, temía que de un momento a otro la broca comenzara a taladrarle la nuca, pero lo que sintió fue la brusca picadura de un millón de abejas mientras de la piscina quemada surgía un intenso olor a ozono. Dos pequeños chorros de sangre le brotaron de la nariz y se abrieron en el agua como dos rosas rojas.

Pintura

Contra su costumbre, Cupido se levantó muy temprano a la mañana siguiente, de modo que pudo observar desde su coche la llegada de los trabajadores a la obra del bloque. Enseguida comenzaron los ruidos y el trajinar de hombres y máquinas en distintos niveles de altura o profundidad, como una colmena de pronto activada por la espuela del sol. Pero ni el hombre gordo ni ningún otro pintor había aparecido por allí una hora después de iniciado el trabajo.

Eran más de las nueve y ya iba a marcharse para llamar por teléfono a la oficina de Construcciones Paraíso cuando vio llegar precipitadamente en un todoterreno a Miranda y a Santiago Muriel.

Enseguida apareció Pavón. Vio cómo hablaban con él unos instantes, con gestos preocupados, y cómo el capataz negaba con la cabeza de pelo seco y duro, señalando hacia la obra y hacia el reloj que llevaba en la muñeca. Después llamó a dos albañiles y les ordenó algo que les hizo regresar al interior del bloque, mientras los tres esperaban abajo. El detective intuyó que también ellos estaban buscando al pintor, y el temor a una nueva violencia se le apareció de forma precisa. Por un momento tuvo la sospecha de que, a pesar de toda su discreción, alguien lo hubiera visto husmeando la tarde anterior alrededor de las obras y que su presencia hubiera provocado lo que ahora temía. Pero rechazó la idea hasta tener más datos de lo que estaba ocurriendo. Las preguntas se acercaban a su boca y ya iba a salir del coche para interesarse cuando vio que los dos socios y el capataz montaban en el todoterreno y arrancaban.

Los siguió discretamente, sin dejarse ver, hasta llegar a la casona del barrio viejo que la empresa estaba rehabilitando, donde volvió a repetirse la misma búsqueda nerviosa y expectante. Luego, otra vez montaron y se dirigieron hacia las nuevas urbanizaciones periféricas con que Breda había ido cambiando su antigua fisonomía de pájaro.

Allí los vio detenerse ante la alta verja de un chalet, abrir la puerta con una llave que traía Pavón y desaparecer en su interior. Al bajar del coche y acercarse, Cupido notó el olor a pintura y, sin ninguna cautela ya, se precipitó tras ellos. Estaban al otro lado de una valla metálica, pintada a medias de blanco, que separaba la piscina del resto del patio. Miranda se había dado la vuelta para no ver aquello que había estallado contra sus ojos inundándolos de horror, se había llevado las manos a la boca y miraba avanzar a Cupido como si no lo viera, con las pupilas enfocadas en el vacío. Muriel y Pavón estaban agachados sobre el borde de la piscina y hacían esfuerzos para sacar del agua el cuerpo gordo, grande, blanquecino y casi desnudo. Se inclinó a ayudarlos, tirando del brazo izquierdo. Entonces vio la mano en la que faltaban dos dedos, una más de aquellas mutilaciones y cicatrices que había visto desde su infancia, chirlos anchos y oscuros producidos por hoces, arados o podones que no fueron cosidos por ningún cirujano, cuyos dueños heridos simplemente cerraron los dientes al dolor y a la queja y esperaron a que secaran y cicatrizaran, confiados en que la pus haría una vez más de forma impecable su trabajo. La palma de la mano presentaba esa textura rugosa que aparece cuando se lleva mucho tiempo en el agua.

Al tenderlo sobre la plancha de corcho blanco, se inclinó su cabeza y de su boca salió un pequeño borbotón de agua levemente teñida de rojo, como una bocanada de flores marchitas. Estaba frío y los tres hombres en pie fueron conscientes de la inutilidad de intentar hacer algo. El color amoratado de la piel y la incipiente rigidez del cuerpo indicaban que hacía muchas horas que había muerto. Cupido miró alrededor, por encima de la alta valla, pero desde ningún sitio podían haber visto nada.

Todavía intentando serenar su respiración tras el esfuerzo, oyeron cómo Miranda marcaba un número corto en su teléfono móvil y preguntaba por el teniente de la Guardia Civil. También pedía que enviaran una ambulancia.

Todo era siempre lo mismo: las fotos y los feroces chispazos de los *flashes,* los primeros tests para averiguar la hora, la búsqueda de huellas, el análisis del cuerpo in situ para determinar qué había debajo o encima, el leve asco y el miedo y la rabia y las preguntas iniciales mientras los guardias en la puerta contenían la irresistible curiosidad pública, siempre en proporción directa a los metros de cinta de baliza y al número de sirenas que intervenían. Tampoco ahora iba a contar con la «brigada de los sabios» que enviaban desde Madrid cuando la víctima era alguien importante, o de edad adolescente o infantil, y su muerte podía producir alarma social. En esta ocasión lo habían dejado solo para resolver el crimen de Martín Ordiales y, ahora, el de Santos, porque habrían pensado que un constructor de provincias no era socialmente significativo. Lo prefería así: actuar solo, con la única ayuda de Andrea y Ortega y la imprescindible aportación de forenses, fotógrafos y demás técnicos provinciales.

—De modo que no podías faltar tampoco en esta ocasión —dijo llevándose aparte a Cupido antes de hablar con ninguno de los otros tres—. No podías haberte quedado quieto, sin mover el culo de ese despacho que parece la habitación de un estudiante, sino que también has tenido que meter las narices en esta historia.

—Es mi trabajo. Me pagan por hacerlo.

—¿Quién?

—Alguien que confía más en un solo detective privado que en todo el aparato de las fuerzas de la ley.

—No me toques los cojones, Cupido —dijo—. Tú no eres ni un cura ni un periodista ni un abogado para venirme otra vez con secretitos de alcoba.

—De acuerdo, de acuerdo, no soy nada de eso. Pero sabe que no le diré nada de mi cliente. Juraría mil veces en un juicio que estoy aquí por pura curiosidad profesional.

—Ya hablaremos tú y yo de esos clientes que tanto te buscan. Ahora me interesan cosas más importantes. Ven conmigo.

Pasaron junto al cuerpo que ya habían tapado con una brillante tela metálica y el teniente se detuvo un momento ante el cable eléctrico de la alargadera y se inclinó sobre el bordillo de la piscina para observar con una mirada astuta y pericial la taladradora en el fondo azul de gresite. Un agente buscaba huellas en el otro extremo del cable, enchufado en una toma de corriente junto a una puerta que daba al patio.

—¡Qué hijo de puta! —masculló caminando hacia la casa en cuyo interior vacío de muebles y aún polvoriento Miranda, Muriel y el capataz esperaban en pie y en silencio. Junto a ellos, Andrea observaba por la ventana las maniobras de sus compañeros en el patio. Al ver llegar al teniente, se sentó en un peldaño de la escalera y abrió un cuaderno para tomar notas.

—¿Por qué vinieron los tres juntos a buscarlo?

—En un principio estaba yo solo —dijo Muriel—. Esta mañana, apenas abrí la oficina, sonó el teléfono. Era la madre de Santos. Es una anciana y él su único hijo. Estaba muy preocupada porque no había ido a dormir en toda la noche.

—¿Había ocurrido eso más veces?

—Nunca una noche entera. Algunas veces se retrasaba o se perdía, aunque lo normal es que el retraso sólo durara unas pocas horas. Santos podía quedarse dormido en cualquier sitio sin que nadie lo advirtiera. Un edificio en obras es un lugar en el que es fácil perderse. Y como a menudo hacía recados de un sitio a otro, no siempre sabíamos dónde estaba. Martín lo mantenía en la empresa no por el trabajo que desempeñaba, sino por simpatía, o piedad, o algo así.

–La madre llamó entonces por teléfono –repitió el teniente.

–Sí. Enseguida llegó Miranda y decidimos ir los dos a ver si se encontraba en el bloque. El día anterior estaba trabajando allí.

–Yo le había encargado limpiar con vinagre y estropajo una fachada de ladrillo visto –intervino Pavón–. Y lo estuvo haciendo hasta que en algún momento desapareció sin que me diera cuenta.

–Como no lo encontramos, fuimos a una vieja casona que estamos rehabilitando. Luego vinimos aquí.

–¿Por qué aquí?

–Es otra obra nuestra. Y quedaba una valla por pintar.

–¿Pintar?

–Es el único trabajo que Santos hacía bien, aunque muy lentamente. Unos días antes habíamos colocado la valla. Si él oyó que era necesario pintarla, no es imposible que se anticipara a venir a hacerlo por su cuenta.

–¿Así? ¿Sin que se lo mandaran? –preguntó el teniente con un recelo que iba más allá de la extrañeza, pero que se detenía antes de ser incredulidad.

–No debe crearse una impresión falsa del funcionamiento de esta empresa –dijo Miranda–. Sabemos en cada momento lo que está haciendo cada empleado. Excepto con Santos. Era una debilidad de Martín, su única debilidad, diría yo. Se le permitía ir de acá para allá. Santos no era... normal. Recibíamos una ayuda de la Administración por tenerlo empleado.

–¿Por qué pintar? –insistió.

—Le gustaba mucho —dijo Muriel—. Todos sabíamos que de algún modo se... colocaba con las emanaciones de la pintura o del disolvente. Todos lo habíamos visto algunas veces en ese estado.

—¿Con el disolvente? ¿Y no es peligroso en una obra?

—¡Claro que sí! Pero en esas tareas sí lo controlábamos. Quiero decir que sólo pintaba de cuando en cuando, y siempre interiores, o verjas junto al suelo, o sótanos. Nunca donde hubiera la mínima posibilidad de un accidente. Martín había dicho muchas veces que lo dejáramos, que no hacía daño a nadie.

—Entonces, ¿nadie lo envió aquí?

Los tres se miraron mientras negaban con la cabeza. Cupido, que se había retirado hasta apoyarse en una pared, observó que, con sólo unos días transcurridos en tensión, de pronto parecían varios años más viejos y débiles, pero no lo suficiente para que con aquel interrogatorio colectivo el teniente sacara de alguno de ellos algo comprometedor. Aquel tipo de preguntas sobre horarios y movimientos casi nunca conducían a nada, puesto que eso era lo primero que organiza alguien que quiera mentir. Eran textos de poco valor en el sumario posterior, párrafos sin demasiado interés, a veces rutinarios, si bien el juez lector los exigiría si faltaran, porque, en un litigio donde se ignora quién es culpable o inocente, no podría afirmar que había sido justo y ecuánime si en la redacción completa del proceso no figurara ese tipo de páginas.

—¿Pudo mandarlo alguien más, aparte de ustedes tres?

—Sólo Alicia toma algunas veces pequeñas decisiones sobre la organización del trabajo. Pero no en este caso. Cuando esta mañana salíamos de la oficina llegaba ella. Le dijimos que Santos había desaparecido, que íbamos a buscarlo. No sabía nada.

—¿Quién había traído el material, la pintura y la taladradora?

—La pintura yo —dijo Pavón—. Hace dos días. El propio Santos vino conmigo a ayudarme.

El capataz sintió todas las miradas posadas sobre él durante unos segundos, pero su rostro no pareció afectado, los ojos resbalaban sobre él como el agua sobre la piedra.

—¿Y la taladradora?

—Estaba dentro de la casa, con otras pequeñas máquinas y clavos y algunas maderas —añadió Pavón—. Los carpinteros no habían terminado con los armarios empotrados y con algunas puertas del sótano que se habían hinchado con la humedad y no encajaban.

—Pero ayer tarde los carpinteros no estaban aquí.

—No. Así se trabaja en la construcción. Se mantienen varios frentes abiertos y se va de uno a otro, según la urgencia. Es la forma de sacar el mayor rendimiento a los empleados. Cobran demasiado para tenerlos desocupados —dijo Muriel.

—Una última pregunta. ¿Cómo consiguió las llaves?

—Siempre tenemos en la oficina un juego de todas las obras, pero Santos no pudo cogerlas de allí —dijo Miranda.

—Otra copia está en la caseta de herramientas del bloque, colgada en un panel. Cada llave con su etiqueta. Procuramos dejar siempre un juego a mano para cuando se necesita, sin tener que ir a la oficina ni esperar a que la abran. La tercera copia la guardo yo personalmente y con ella abrí esta mañana cuando vinimos —dijo Pavón.

—El juego de la caseta, ¿es éste? —preguntó el teniente sacando de su cartera un pequeño manojo metido en una bolsa de plástico transparente.

Pavón se acercó a él, leyó la etiqueta y confirmó:

—Sí, lo es.

—Estaba en un bolsillo de la ropa de Santos.

—Debió de cogerlo de la caseta en algún momento. Está abierta durante toda la jornada de trabajo. Yo me encargo de cerrarla al irnos, pero no miré si faltaban esas llaves.

El teniente se quedó en silencio, como si ya hubiera recogido toda la información preliminar necesaria y de momento no tuviera más preguntas que hacer.

De todos los presentes, el único que no había hablado era Cupido y el detective evaluó la posibilidad de que Gallardo le hubiera permitido estar allí no como un testigo de los que encontraron el cadáver, sino para permitirle acceder de un modo directo a una información necesaria para su trabajo y de la que obtener un mutuo beneficio. Si ésa era la causa, sabía que más pronto o más tarde vendría a exigirle su porcentaje en los frutos.

Gallardo miró a la agente que seguía completando sus notas sentada en la escalera y dijo:

—Ésta es la situación: un empleado de Construcciones Paraíso muere desnudo en una piscina cuya valla de protección estaba pintando sin que al parecer nadie responsable de la empresa lo supiera ni lo hubiera enviado aquí ni le hubiera entregado las llaves. A falta de la confirmación de la autopsia, todo indica que la causa de la muerte fue la electrocución provocada por una taladradora conectada a la red que alguien debió de arrojar al agua.

—¿No pudo caerse? ¿Por qué descarta tan pronto un accidente? —preguntó Miranda.

—¿Caerse? ¿Santos?

—La taladradora.

—¿Caerse la taladradora?

—Bueno, hemos visto que en la valla hay suelto algún tornillo de los que la anclan al suelo. Tal vez él también lo advirtió y trató de arreglarlo. Tal vez enchufó la máquina, pero al ver el agua decidió darse antes un baño y si la dejó allí, al lado del bordillo...

—No descartamos nada. ¿Pero no le parece todo eso demasiado complicado?

—Santos no era... como nosotros. Quiero decir mentalmente. No siempre se podía adivinar lo que pasaba por su cabeza —persistió Muriel, poniéndose al lado de Miranda frente al leve acoso de la ley.

—¿Caerse la taladradora? —repitió el teniente, sin ocultar la súbita irritación—. Voy a decirles lo que pensamos nosotros de todo esto. Ya estábamos seguros de que a Martín Ordiales alguien lo empujó desde allí arriba para que se estrellara contra los escombros. Pero si quedaba alguna duda, si podía quedar alguna duda, con la muerte de ese pobre hombre que está electrocutado ahí fuera sabemos definitivamente que no se trata de accidentes laborales. Claro que pueden llamar a sus abogados y negarse a hablar ahora, pero nos tranquilizaría mucho que antes de salir de aquí nos contaran dónde, cuándo y con quién estuvieron ayer desde la hora en que todos dejaron de ver a Santos —dijo irritado, señalando a la agente para que comenzara a interrogarlos. Luego se volvió hacia Cupido—: Venga conmigo. Quiero hablar con usted.

Salieron al patio y se apartaron un poco de los técnicos que seguían buscando huellas. Uno espolvoreaba un polvo amarillento sobre el borde de la piscina y luego lo fotografiaba, otro recogía un poco de agua en un tubo de análisis, otro más examinaba la cerradura de la puerta.

—¿Qué sabes de todo esto? —le preguntó, tuteándolo de nuevo ahora que estaban solos. Pero ya no hizo ninguna referencia a la identidad de su cliente.

—No mucho. Casi nada.

—¿Qué venías buscando aquí?

—Al pintor. A Santos.

—Lo imaginaba. ¿Para qué?

Cupido sabía que tendría que darle algo, que si bien había renunciado a conocer quién le pagaba, no se resignaría a salir con las manos completamente vacías.

—Creo que estaba en el bloque en el mismo momento en que mataron a Ordiales. Creo que a él lo mataron por eso, para que no pudiera decir qué o a quién vio aquel atardecer.

—Entonces... —dijo excitado.

—Entonces significa que, en efecto, la muerte de Ordiales tampoco la causó un accidente, ni el azar, ni un vagabundo o un psicópata anónimo que pasaba por allí. A ambos los ha matado la misma persona.

—Lo dices como si eso fuera una buena noticia.

—No es mala —replicó el detective. Siempre había temido esas investigaciones cuyo campo de trabajo se dilataba tanto que no podían ser dominadas—. Hay que limitarse a buscar en el entorno de Ordiales.

Rellano

—Pero ustedes habían firmado ya con nosotros.

—Lo sabemos y le pedimos disculpas. Sin embargo, no vamos a seguir adelante. No podemos comprar.

Miranda y Santiago Muriel entraron en las oficinas y escucharon aquellas últimas frases entre una de sus empleadas y una pareja joven que estaba frente a ella.

—¿Cuál es el motivo? Si es el tamaño, tenemos viviendas más pequeñas. O más grandes.

—Solamente motivos económicos. No podemos comprar. Habíamos hecho mal los cálculos —dijo la mujer sin esforzarse demasiado en simular que no mentía.

—Motivos económicos —repitió el hombre.

La empleada vio a los dos dueños junto a la puerta, escuchando, y aún insistió en su oferta.

—Podemos estudiar alguna fórmula de financiación.

—No, no pierda el tiempo. No vamos a comprar esa vivienda.

—Están dejando escapar una excelente oportunidad —dijo, sin apenas paciencia, sin intentar nada parecido a la convicción o al entusiasmo, como si también hasta aquella primera mesa hubiera llegado el desconcierto iniciado tres semanas antes allí al fondo, en torno a la maqueta de Maltravieso.

Miranda y Santiago Muriel caminaron por el pasillo hasta la sala de reuniones.

—Es el cuarto precontrato que nos anulan en una semana

—dijo el gerente señalando vagamente hacia atrás—. Y lo que es peor, no hemos firmado ninguno nuevo.

Miranda avanzó hacia la silla que solía ocupar, pero cambió bruscamente de dirección y se acercó a la ventana cerrada. En la plaza brillaba el sudor del sol estallando contra el asfalto. El aire acondicionado de la oficina acrecentaba el calor de fuera.

—Todo esto es una situación transitoria. Si yo me planteara comprar una vivienda, tampoco iría ahora a Construcciones Paraíso. Estas dos muertes nos dan una imagen de empresa frágil y conflictiva. Yo tampoco arriesgaría mi dinero en una firma inestable. Pero es una situación transitoria que pasará en cuanto todo se aclare. O se olvide —añadió.

—Sí, supongo que sí.

Permanecieron en silencio unos minutos, sin mirarse, sin atreverse a decir todo lo que pensaban. Luego, ella renunció y dijo:

—En el peor de los casos, ¿cuánto tiempo podríamos resistir así?

—¿Así?

—Sin vender. Sin ingresar nada.

—Depende. Es complicado. Si no comenzamos más obras y nos dedicamos a terminar lo que ya está contratado, un año. Tal vez un año y medio. Reducimos la plantilla a la mitad y volvemos a ser una empresa de encargos, que únicamente construye lo que le piden. Pero si queremos construir nosotros para vender luego, necesitaremos capital para invertir.

—En esta segunda opción, ¿cuánto resistiríamos?

—Siete, nueve meses. Si para entonces no ha llegado demanda, habría que renunciar al proyecto de Maltravieso —dijo la palabra que ella estaba esperando—. Acabamos de pagar a los herederos de Martín para comprarles su parte y hemos reducido parte de los fondos. Si quieres, te saco un extracto.

—Después.

—Sin aportaciones de los compradores, no podremos afrontar ni siquiera la primera fase completa.

Muriel vio cómo ella se giraba y le daba la espalda para mirar de nuevo hacia la plaza. Se preguntó si estaría intentando no llorar. La notaba tensa, demasiado inmóvil, en contraste con su habitual actitud de hacer muchas cosas y muy deprisa, fingiendo energía.

—Nunca renunciaré a Maltravieso.

La discusión que veinte días antes habían mantenido ella y Martín sobre la forma de construir pareció vibrar de nuevo entre las paredes. Si ya entonces él había apoyado los criterios de Ordiales, ahora la prudencia, los cálculos y el miedo a la bancarrota lo reafirmaban en las mismas tesis. Después de pagar a sus herederos no disponían de fondos para asumir los riesgos de una aventura. Sólo podrían enfrentarse a proyectos de resultados seguros. No a bonitas y costosas casas de diseño que aún tardarían algún tiempo en ser aceptadas en Breda, en dejar de ser consideradas lugares más propios para ser admirados que para vivir en ellos. Pero ahora, después de repartir proporcionalmente las nuevas acciones, Miranda era la socia mayoritaria y podía tomar las decisiones.

—Para llevarlo adelante necesitaríamos un tiempo durante el cual no podríamos resistir con la desbandada de clientes que estamos sufriendo —insistió.

—Sacaremos el tiempo necesario o el dinero necesario. No te preocupes.

—¿De dónde? —preguntó aún, aunque sabía que para ese tipo de preguntas ella nunca tendría respuestas. En cambio, Martín… Martín habría sido capaz de vender iglúes en el Sáhara.

—No te preocupes —repitió—. Lo sacaremos de algún sitio.

Pero aquella afirmación vaga y optimista no logró borrar

su desaliento. Miró su espalda, la figura que iba desde la melena rubia sabiamente desordenada hasta los zapatos de tacón. Los dos eran muy distintos y no tenían otro vínculo que el pasado común con el viejo Paraíso. Era Martín quien los había aglutinado con aquella energía y capacidad suya para ser el alma de la empresa, y no porque él hubiera conquistado a la fuerza su centro, sino porque la propia empresa parecía haberse movido para estructurarse por entero alrededor de su intenso polo de atracción. Desaparecido él, todo podría fragmentarse como los planetas de un sistema solar cuyo sol se hubiera esfumado de repente. Los cuerpos que giraban en sus órbitas simplemente se alejarían hacia otras estrellas, se apagarían sin su fuego protector, se hundirían en el terror del vacío o chocarían entre ellos al intentar ocupar el centro vacante. Sólo se podía especular sobre cuánto tiempo tardaría en producirse aquella desarticulación.

—Sé lo imprescindible que eres en esta empresa —dijo Miranda. Sus pensamientos parecían haber discurrido por caminos paralelos—. Y ahora más que nunca los dos tenemos que unir fuerzas para salir adelante. No podemos desconfiar uno del otro, y en esa desconfianza no me refiero a esas dos muertes. Sé que ambos somos incapaces de una brutalidad semejante. Me refiero a que debemos actuar de acuerdo en la estrategia comercial. Quiero seguir adelante con Maltravieso, pero cederé en los aspectos que me señales como económicamente inviables. No voy a permitir que Martín venga desde el otro mundo a enemistarnos. Ésa sería su mayor victoria.

Asintió con la cabeza, sin decir nada, esperando que ella se conformara con el gesto y no le exigiera más palabras. Pensó en lo que acababa de decir: «enemistarnos». Ahora lo trataba como si fueran amigos, cuando nunca había habido entre ellos ninguna amistad. Eran absolutamente distintos: la edad los separaba en veinte años; ella era elegante, culta, se preocupaba por su aspecto, cuando la apariencia más común en él era el desaliño; ella estaba soltera, vivía sola y más de una vez había oído noticias de esporádicas aventuras sexuales para las que no parecía tener demasiado pudor, y él, en cambio, vivía con... ¡no!, bajo una mujer que desde hacía varios años le negaba su contacto sin que él se sintiera en absoluto desairado, porque no sentía por ella y su obesidad ninguna atracción física. De hecho, ya no la sentía apenas por ninguna mujer, estaba muerto, sólo experimentaba débiles impulsos al cruzarse por la calle con alguna jovencita que pesara cuarenta kilos menos que su esposa.

Sus mundos eran muy diferentes. En realidad lo habían sido siempre, desde que Miranda era una niña tímida que a veces iba al pequeño despacho de su padre y se quedaba junto a él sin apenas contestar a los saludos o los halagos falsos y amables de los empleados, hasta ahora, en su papel de enérgica mujer directiva, pasando por la arisca adolescente o la jovencita estudiante que al visitar las nuevas oficinas miraba los planos y las maquetas de los proyectos sin disimular su displicencia, su ambición y las alusiones a que todo aquello mejoraría en cuanto ella acabara sus estudios y se hiciera cargo de los diseños.

De pronto pensó que sí había algo en lo que ambos eran iguales, una cualidad que compartían: los dos eran infelices. Si se lo preguntaran a él, no sabría decir desde cuándo: posiblemente lo había sido siempre. Pero su infelicidad había ido acrecentándose poco a poco con los años hasta llegar a aquel estado pasivo de desdicha cotidiana, atrapado entre un entorno familiar en el que a nadie parecía importarle y el intenso remordimiento que le sobrevenía tras cada una de sus recaídas en el juego. Sospechaba, sin embargo, que la infelicidad de ella era más reciente y que se debía a todo lo contrario: a la ausencia de intensas emociones sentimentales o afectivas, a eso que desde siempre se había llamado soledad.

—Sí —dijo—, terminaremos encontrando una solución.

Los había citado para las nueve, pero cinco minutos antes ya estaban allí, duros y jóvenes y disciplinados, esperándolo en la puerta de su despacho, vestidos de paisano, tal como les había indicado. Vista por alguien que no los conociera, Andrea podría pasar por una administrativa, o una funcionaria, o, también, por una atractiva ama de casa que trabaja en su hogar no por resignación, sino porque los oficios de fuera son menos interesantes que el cuidado de su familia. Ortega, en cambio, no lograba ocultar con ningún tipo de vestimenta la fuerza que llevaba dentro y entrenaba cada día —del mismo modo que el león no puede ocultar su ferocidad o el zorro su astucia— y, si no se pensaba en él como policía o escolta privado, se creería que era camionero, o repartidor de alguna mercancía pesada o peligrosa.

Si durante algún tiempo lo dudó, ya había renunciado a separarlos. Sin confraternizar, se complementaban bien en las tareas. No como una de esas grotescas parejas de policías que durante un tiempo habían sido un subgénero de moda en estúpidas películas de Hollywood, en las que uno de ellos tiene las virtudes y defectos que le faltan al otro, sino más bien como corredores de relevos encargados respectivamente de la salida y la llegada: ambos tenían velocidad y resistencia, si bien uno era más explosivo al partir y la otra alcanzaba su mayor rendimiento en una aceleración progresiva. Ya los conocía bien, mediante el sencillo procedimiento de haberse detenido a comprenderlos primero como hombre y mujer y, sólo entonces, comprenderlos como guardias. Sabía, además, que ambos obedecerían siempre, por más que —como cualquiera de los que trabajaban en el Cuerpo— algunas veces recibieran órdenes que no hubieran querido obedecer.

Gallardo se sentó tras la mesa en la que únicamente había un pisapapeles —con el haz de lictores, la espada y la corona real— y una carpeta negra y esperó a que ambos abrieran sus cuadernos.

—Supongo que aún no hay nada relevante —dijo, puesto que había ordenado que lo avisaran en cuanto apareciera cualquier mínima pista.

—Nada relevante —confirmó Ortega, con la cabeza agachada sobre el cuaderno, como si de algún modo ellos fueran responsables de aquella falta de novedades.

—¿Y el puerta a puerta?

—También en vano. Si fue hasta allí en coche, debió de dejarlo en algún lugar cercano donde no llamara la atención, tal vez en el aparcamiento del hipermercado, y desde allí llegar andando al chalet. El ruido de un motor podría llamar la atención en ese tipo de calles, tan silenciosas.

—Posiblemente fue así. Ya sabemos que no es ningún necio.

—Conoce bien el terreno donde se mueve —añadió Andrea—. La urbanización es de esos chalets con altos muros exteriores cuyos inquilinos ganan en silencio e intimidad en la misma proporción en que aumenta su miedo. De algún modo, es como vivir aislados. Pero, quienquiera que fuese, sabía bien que, una vez dentro, nadie lo vería.

—Ya suponíamos que no encontraríamos ninguna ayuda desde fuera, a menos que un golpe de azar se pusiera de nuestra parte. Y hasta ahora también el azar nos es esquivo. Los de laboratorio han confirmado lo que nosotros vimos antes: no hay ninguna huella o señal de que alguien saltara el muro. Pero tenemos un detalle más —añadió mirando un papel que sacó de su carpeta—. Al desmontar la cerradura han encontrado unas minúsculas limaduras. Quien entró después de Santos había sacado una copia de la llave, y para eso debió acceder a uno de los originales de la oficina o de la caseta. Ese dato confirma que debemos limitarnos a buscar entre la gente cercana a Construcciones Paraíso. ¿Comprobasteis sus declaraciones?

—Sí —respondió Andrea—. Hemos hecho un informe con las horas y lugares donde cada uno de ellos se encontraba entre las ocho y las nueve —dijo poniendo unos folios sobre la mesa.

El teniente los cogió, pero prefirió que ella le resumiera sus impresiones.

—¿Algo que llame la atención?

—No. Excepto que podría decirse que todos se han puesto de acuerdo para no tener coartadas firmes. Ninguno de ellos estaba acompañado por alguien neutral. Las dos mujeres, Miranda y Alicia, estaban en sus casas. La aparejadora cenando sola y preparándose para descansar. Miranda iba a salir a cenar con unas amigas en el restaurante del Europa. ¿Adivina quién llegó también? —se atrevió a preguntar.

—No.

—Velasco.

—¡Vaya! ¡Qué casualidad! Tendremos que seguir mirando a ver si vuelven a coincidir por ahí.

—Hemos comprobado que ambos llegaron alrededor de las nueve y media, pero durante la hora anterior nadie los vio. Viven solos.

—¿Velasco pudo tener acceso a las llaves? —preguntó.

—Sí. También él tuvo su oportunidad. Dos días antes había estado en la obra del bloque calculando el material que necesitaría para instalar unos sistemas de seguridad.

—¿Y Muriel?

—Llegó aún más tarde a su casa. Sobre las diez. Estuvo tomando algunas cervezas en dos bares del centro. Los camareros creen recordarlo, pero no pueden precisar la hora exacta de llegada y salida. Pudo encontrar un hueco de quince minutos para acercarse al chalet.

—¿También estaba solo?

–Sí. En general, todos ellos son gente solitaria –se atrevió a una interpretación personal que no era un dato objetivo de horas, lugares y movimientos.

El teniente asintió complacido. Por detalles así era por los que le gustaba tenerla trabajando en aquellos casos complicados, porque se detenía en perspectivas que él no imaginaba o tardaba en advertir.

–¿Y el capataz? ¿Y Tineo? ¿También estaban solos?

–A esas horas, Tineo aún seguía con su mujer en el campo, según declaran ambos, intentando salvar el parto de una vaca que venía mal. Pero no tenemos a nadie más que lo confirme o lo niegue.

–No es imposible, pero parece arriesgado que se desplazara cuarenta kilómetros hasta Breda y otros tantos de vuelta. Nosotros lo hemos hecho, cronometrando el tiempo. Con esa carretera, desde Silencio hasta la puerta del chalet es difícil bajar de media hora –dijo Ortega.

–Sin embargo, Tineo trabajó en la construcción de la casa. La conocía y, tal vez en algún momento anterior, podría haber tenido acceso a las llaves. Ya sé que es improbable, pero me parece prematuro descartarlo. ¿Y Pavón?

–Pavón. Nos dijo que a esas horas estuvo en el garaje de su casa limpiando el carburador de su coche. Tampoco hay testigos. Resulta curioso que no sólo no tenga ninguna coartada, sino que todos los indicios apunten hacia él: estaba cerca de Santos cuando se fue del bloque, tiene un acceso fácil a las llaves y dispone de libertad de movimientos entre una obra y otra. Además, se llevó con él a Santos al chalet, dos días antes, para que lo ayudara con el material de pintura. Pero encaja demasiado en el centro de las sospechas para que, de ser él quien arrojó al agua la taladradora, no se hubiera buscado alguna coartada –dijo Andrea.

El teniente se recostó hacia atrás en el sillón.

–Puede que alguien más tuviera oportunidad y medios y motivos para matar a Ordiales y a Santos, pero creo que hemos logrado aislar a los posibles implicados. Habrá que revisar todos los datos desde el principio.

—No tenemos la evidencia definitiva de que sólo haya un asesino —se atrevió a apuntar Andrea. Era la primera vez que pronunciaban aquella palabra que tanto evitaban siempre, hasta haber comprobado la intencionalidad del homicidio—. Han sido dos formas muy distintas de matar.

—Lo sé —dijo el teniente—. Si para arrojar a Ordiales desde allí arriba se necesitó fuerza, o engaño, o sorpresa, o un momento de locura, con Santos idearon una forma fácil que no nos aclara nada: no se necesita ni energía ni rapidez ni grandes conocimientos. Sólo un poco de crueldad. Pudo hacerlo cualquiera, un hombre o una mujer, alguien zurdo o diestro, sabio o ignorante. Pero tendremos que partir de las hipótesis más probables.

Sótano

Después ella cogió el bolso de la percha y, cuando salían, le preguntó si le apetecía que tomaran algo juntos. Pero él, a quien nunca en toda su vida una mujer lo había invitado, no pudo creer que Miranda lo estuviera haciendo por simpatía, o complicidad, o afecto. Ni siquiera compasión. Tenía que haber algún cálculo en su ofrecimiento. Desde que llegó a la empresa y, sin ocultar su ambición, ocupó el despacho vacío tras la muerte de su padre, él había pensado que, si un día conseguía ostentar todo el poder, terminaría apartándolo de la gestión como a esos ministros viejos e incómodos a quienes después de su mandato se les envía a dirigir organismos arcaicos de la Administración que pronto van a desaparecer o a ser privatizados. De modo que, lleno de sorpresa y desconfianza, rehusó farfullando una excusa doméstica que incluso a sus oídos resultó falsa.

Esperó a que subiera al coche y se alejara para cambiar de dirección y echar a andar hacia los nuevos bares de las barriadas periféricas. Allí era más fácil solaparse y pasar inadvertido que en las rancias cafeterías del centro, adonde acudían los mismos clientes a tomar la misma consumición servida por los mismos camareros desde hacía décadas y donde podía ser reconocido. En los nuevos bares, abiertos por emigrantes que habían regresado a invertir sus ahorros y servidos por mozos que con frecuencia cambiaban de empleo, podía pedir una caña o un vino o un cubalibre y acercarse al reclamo de la musiquilla con una moneda impaciente entre los dedos sin perder el anonimato. En aquellos bares de diseño vulgar podía olvidarse de quién era, sentarse en un taburete sin respaldo o apoyarse en la barra sin que nadie viniera a saludarlo, dejando que la cerveza o la ginebra le golpeara el fondo del estómago mientras miraba hacia la calle y hacía tiempo antes de regresar a su casa. ¿Por qué iba a tener prisas por ir? «La paz del hogar sólo existe fuera del hogar», susurró. Allí nadie le cedía un sitio en el sofá para ver cómodamente la tele, nadie se preocupaba de no hacer ruido si quería dormir, aunque madrugara todos los días del año, nadie le encendía nunca la luz del pasillo cuando llegaba ni le calentaba la comida. Sólo *Job*, antes de morir después de aquella atroz agonía, lo esperaba tras la puerta y al verlo llegar movía la cola como una hélice demandando sus caricias.

No sabía cómo había llegado a aquella situación, en la que su mujer y sus dos hijas habían ido apartándolo poco a poco para que no les estorbara, prescindiendo de su compañía hasta hacer que se sintiera invisible. Además, desde el año anterior, desde que se atrevió a confesarle que había perdido dinero jugando, la indiferencia se había convertido en desprecio. Sin preguntarle por qué, lo había amenazado con provocar tal escándalo que todo el mundo supiera qué clase de monstruo era él bajo aquella apariencia anodina, que se llevaba el dinero de su familia a tirarlo en el bingo y en las máquinas tragaperras.

Se había asustado tanto con sus amenazas que una tarde se acercó hasta una asociación de ex ludópatas con la intención de pedir ayuda. Llegó hasta la puerta y apoyó la mano en el tirador, pero en el último momento retrocedió: se sentía incapaz de ponerse en pie ante un atril para contarles a otros como él, sentados en círculo y escuchándole con piedad y atención, su relato de cómo había caído tan bajo. Se veía ridículo recibiendo aplausos, palmadas de apoyo y miradas de ojos humedecidos y cómplices, o confraternizando luego en un corro con las manos enlazadas y gritando consignas de rehabilitación y fortaleza.

Abrió la puerta y entró al frescor de un ruidoso aire acondicionado. Era el único lujo del bar, todo lo demás mostraba una suciedad que no parecía importarle a la docena de clientes que bebían cubalibres o cervezas mientras contemplaban en el televisor un partido de fútbol. Los muebles de melanina con quemaduras de cigarros, con algunos trozos del contrachapado despegados, el suelo de gres sin brillo en el que se amontonaban colillas, restos de las tapas y la espuma del serrín, el mostrador con huellas de vasos, el expositor con cuatro bandejas de pinchos fríos bajo un cristal no demasiado limpio.

—Una cerveza —pidió, y miró al camarero mientras abría el botellín, pero sus ojos ya habían captado la máquina junto a la pared, al lado contrario del televisor. Como si hubiera estado esperándolo, su musiquilla sonó en aquel instante entre el fragor del partido de fútbol, con un timbre suave y cantarino que parecía llamarlo exclusivamente a él, elegirlo entre el grupo de clientes chillones y fanatizados.

La tentación volvió a acariciarlo. Por el espejo, tras la barra, veía los reflejos de las luces multicolores que oscilaban en el frontal de la máquina. Un hombre salió del cuarto de baño y se detuvo un momento ante ella para probar fortuna con unas monedas. Él se quedó observando el resultado, con la misma atención con que algunas veces había observado a los chinos jugando mientras consultaban un papel de claves o, también, mientras hablaban por el teléfono móvil. El hombre gastó sus monedas sin conseguir ningún premio y volvió con el grupo a gritar ante el televisor.

Bebió un largo trago de cerveza y buscó en sus bolsillos. Interpretó como una señal venturosa el hecho de que la máquina no hubiera dado ni un reintegro, como si se reservara para él y le instara a jugar con nuevas señales luminosas. Golpeó suavemente la barra con una moneda de dos euros para llamar al camarero y esperó la devolución. Con la calderilla en la mano se dirigió hacia ella, que ahora, dócil y en silencio, había detenido todos sus reclamos.

Apoyó una moneda de veinte céntimos en la ranura sujetándola con el pulgar y el índice y, sin soltarla todavía, observó las combinaciones ganadoras. El premio mayor correspondía a cuatro corazones. Alguna hormona había disparado alguna sustancia a su cerebro y ahora lo notaba más irrigado de sangre, pensando a mayor velocidad. Luego, de pronto, dejó caer la moneda hacia el fondo y la máquina comenzó a parpadear, aguardando a que él apretara el botón para iniciar el juego o fijar en los rodillos alguna de las cartas. Sin embargo, no lo hizo. Se dedicó a esperar su ofrecimiento sin ninguna prisa aparente, pero lleno de tensión. Sabía que ella no podía tardar mucho en decidirse. Ése era uno de los alicientes de aquel tipo de juegos, por eso le gustaban tanto: la inmediatez del premio o de la pérdida sin intervención de testaferros o terceros. El otro aliciente era la soledad, poder jugar sin tener que ponerse de acuerdo con amigos o adversarios para sentarse a la misma hora ante una mesa con un tapete verde. En ambas situaciones él era un experto, pero en la segunda además era sabio.

Los cuatro corazones aparecieron tan de repente ante sus ojos, con la primera moneda, que la sorpresa lo paralizó unos segundos. Había ganado premios otras veces, pero nunca de una manera tan fulgurante.

El chorro de monedas comenzó a caer en la bandeja y por el rabillo del ojo vio al camarero que desde dentro de la barra se acercaba a comprobar su suerte. Como solía ser habitual, habría calculado cuándo estaría próxima a premiar, pero él se le había anticipado. Incluso el fragor de las exclamaciones deportivas cesó por completo, mientras los clientes volvían la cabeza y fijaban en él su envidiosa atención. «Bien, bien, bien, bien», susurró con las pupilas llenas de corazones. Ahora ya todo era fácil. Bastaba con coger una moneda y echarla dentro para que la máquina la multiplicara por veinticinco.

Cuando terminó la descarga las apiló en la barra en montones de diez. El camarero se lo cambió en billetes mientras le decía sonriendo:

—Un día de suerte.

—Sí. Un día de suerte —respondió a su sonrisa, aunque sabía que le escupiría en la cerveza en cuanto se diera la vuelta.

Dejó una propina y salió a la calle. Lo embargaba un luminoso sentimiento de euforia y abundancia y pensó en su mujer y en sus deudas. Sentía la tentación de ir a casa para mostrarle los billetes y decirle: «Mira, un minuto de suerte y he multiplicado por mil una moneda». Pero no lo hizo. Sabía lo que entonces le esperaba: la decepción de la paloma que al volver al hogar con una rama de olivo en el pico, sin embargo será tratada como una urraca o un murciélago.

Siguió caminando, decidido a aprovechar la racha. Desde la muerte de Martín no había vuelto a ir, pero ahora sentía que la suerte caminaba a su lado por la acera y le susurraba al oído que de nuevo podría multiplicar por mil no una moneda, sino los billetes que engrosaban su cartera. La calle bajaba sin esfuerzo hacia el local donde finas luces multicolores —tanto más brillante el carrusel de la tentación cuanto más clandestino el pecado— anunciaban la entrada. Empujó la puerta acolchada y descendió el largo tramo de escaleras que conducían al sótano. Abajo, en el amplio vestíbulo, dio el número de su DNI a la empleada y, mientras lo tecleaba en el ordenador, despreció la hilera de tragaperras para echar un rápido vistazo al panel de premios: un acumulado de doce mil, una reserva de veinticinco mil y un superbingo de tres mil. Con su rapidez habitual, calculó que con el premio de la máquina tenía para jugar entre setenta y ochenta cartones. Una cantidad considerable que ofrecía muchas posibilidades de alcanzar cualquiera de los tres grandes que le permitiría volver a casa con el dinero que había perdido unos días antes.

Abrió despacio la puerta y avanzó sin llamar la atención, procurando que no sonaran sus pasos. Siempre le parecía que el salón estaba iluminado en exceso, que todo era demasiado visible y brillante. A él le hubiera gustado deslizarse por una penumbra propicia al ocultamiento.

El local estaba lleno en sus tres cuartas partes, lo que auguraba premios altos. Había gente de todas las edades y, a juzgar por su apariencia, de toda clase social: el juego siempre había sido una debilidad de estirpe democrática, cuya esencia no variaba apenas desde el sórdido callejón de los dados al bacarrá del casino francés. Buscó una mesa pequeña y vacía. Aún no habían retirado las copas sucias de los anteriores clientes, el cenicero lleno de colillas, los cartones tachados, restos de una frustración que ahora le pareció muy ajena. Vino una chica y los recogió para arrojar junto a su mano un cartón y cobrar el importe. Iba vestida con una blusa clara, un pantalón ajustado y zapatillas deportivas, todo de un moderado erotismo juvenil que no interfiriera en el desarrollo del juego.

Se encendieron los paneles y las bolas comenzaron a saltar enloquecidas dentro de la urna de cristal mientras una voz cantaba los números que salían y eran mostrados en las pantallas. En la sala reinaba un silencio insólito para un lugar público con más de cien personas. Todavía lleno de fe, confianza y euforia comenzó a tachar en el cartón.

Le gustaba en especial aquel juego. Los números eran su territorio natural: desde hacía cuarenta años había trabajado con cifras sin que los cálculos le supusieran apenas esfuerzo. No le importó que una voz femenina a sus espaldas cantara línea cuando a él ya sólo le faltaba una casilla para completarla, porque su ambición se dirigía al premio completo. Se reanudó el canto y siguió jugando, viendo cómo aumentaban los números tachados de su cartón como un caballo miraría crecer la hierba. Era su día de suerte.

De modo que cuando oyó en algún lugar de la sala que una mujer gritaba aquella palabra que contenía la solución a su miedo y a su deuda, observó incrédulo la pantalla donde se mostraba el cartón ganador, desconcertado porque no había sido el suyo cuando únicamente le faltaba tachar el número 5.

Miró alrededor y comprobó que todos arrojaban los cartones inútiles con gestos en los que apenas quedaba fe o esperanza de triunfo, sólo la ansiedad rutinaria que tan bien conocía. Pero esa noche se negaba a ser uno de ellos, uno de los burlados por la suerte que regresaban a casa con la cartera vacía. Esa noche había entrado en el Paraíso, pensó, y el Paraíso es ese lugar donde eternamente se dan las combinaciones de azar que uno lleva en las manos. Pagó el nuevo cartón que la chica puso ante él sin consultarlo y esperó que la nueva ronda de bolas corrigiera el error.

No había transcurrido una hora y había perdido tres cuartas partes del dinero ganado en la máquina. Estaba jugando ya con dos cartones simultáneos, tachando con contenido frenesí los números que veía salir en la pantalla, demasiado impaciente para esperar a que la monitora los cantara. Tenía el vaso vacío, pero no recordaba haber bebido y su boca seguía seca. Ya había pasado el especial y había pasado en vano, sin que nadie lo acertara, aumentando el bote para el día siguiente y el deseo de volver a jugar.

En un descanso contó el fondo que le quedaba: veinticinco euros. A partir de ese momento ya no aspiraba a ganar, se conformaba con recuperar lo perdido. Un solo golpe de suerte para volver a la situación inicial antes de bajar a aquel sótano, un solo golpe de suerte para recuperar el premio de la máquina, aunque no ganara ni una sola moneda más.

—No, uno solo —le dijo más tarde a la chica, cuando le

arrojó dos nuevos cartones, con la sensación de que apenas había logrado articular las tres palabras, que incluso a sus oídos habían sonado como las de esos sordos profundos a quienes se les ha enseñado a hablar demasiado tarde. Su cartera estaba vacía y se había registrado los bolsillos hasta encontrar la calderilla suficiente para pagarse una última oportunidad.

Y eso había sido todo.

Se levantó y echó a andar hacia la puerta por la sala en exceso iluminada, una mezcla problemática de hombre y fracaso, sintiendo que todos adivinaban en sus ojos, en su forma de caminar y de moverse, que lo había perdido todo y que se marchaba no por cansancio ni prudencia ni cálculo, sino porque no quedaba en sus bolsillos nada que apostar.

En la calle aún caliente los pies comenzaron a arrastrarlo hacia su casa mientras organizaba las mentiras que ocultaran la mezcla de decepción, arrepentimiento y burla que lo aplastaba, convencido de que de todas las formas que tiene un hombre para destruirse, él había elegido la más estúpida, la menos placentera, la más absurda. La cadena ya estaba puesta y tuvo que llamar al timbre. Hasta para entrar en su propia casa necesitaba pedir permiso.

Su mujer abrió y se apartó a un lado para que pasara, con la misma actitud de indiferencia con que recibiría el periódico o la botella de leche. En las manos tenía unas tijeras y un cigarrillo encendido.

—¿Dónde estabas? —preguntó, pero no le dio tiempo a responder—. Las niñas ya se han acostado —añadió enseguida, recelosa, reprochándole su tardanza.

—Hemos tenido mucho trabajo en la oficina. Parece que las cosas están complicándose. Nos han devuelto algunos precontratos que estaban aceptados —dijo esperando que aquella información desviara su interés.

Se cambió los zapatos de calle y se dirigió hacia la cocina tras un breve vistazo al salón —su mujer estaba confeccionando nuevos cojines de gomaespuma, y por eso las tijeras—, donde ella había impuesto en tapicerías y cortinas una recargada decoración de sedas, moarés y terciopelos de colores pastel, como un modo estúpido y falsario de impedir con una pantalla de flores que hasta allí llegaran las cosas salvajes y sórdidas que inundaban el mundo: el crimen, la ruina, los abortos, la suciedad o las mutilaciones.

—¿Hasta ahora?

—Casi hasta ahora. Tenía la boca seca y me detuve a tomar una cerveza. Tanto calor.

Observó el plato con la comida, los alimentos fríos y pasados cuyo aspecto le quitó el poco apetito que traía y, aunque dudó en usar el microondas, prescindió de él para acortar el tiempo que ella —una bata cubriendo la gordura, de la que brotaba el cuello ancho y temblón, una cabellera hinchada por la permanente, un rostro sin sonrisa, a veces asomando entre los lentos labios una lengua roja y granulosa como la cresta de los gallos— permanecería con él en la cocina.

—¿Quiénes estabais? ¿Miranda y tú?

—Sí.

—No sé qué va a ser de la empresa ahora que ya no está Martín.

—No es sólo la ausencia de Martín. Son las dos muertes. Y de esa forma —añadió, satisfecho de haberla interesado, casi sorprendido, él, que siempre había sido incapaz de decir una mentira que alguien creyera— la gente parece haber perdido la confianza en nosotros.

—Pero no es la muerte, sino quién muere, lo que afirma o elimina la confianza de la gente —insistió ella, con un argumento que, en su boca, le pareció inesperadamente agudo—. Supongo que esos que se han echado atrás piensan que Construcciones Paraíso es una mesa demasiado grande para sostenerse sobre dos patas. Y Martín era tan... —dudó, sin encontrar la palabra exacta, moviendo las tijeras que mantenía en las manos con esa especie de amenazadora inercia con que los peluqueros siguen chascando en el vacío mientras piensan cómo harán el próximo corte.

—¿Tan...?

—Tan convincente..., tan enérgico..., tan decidido... —encontró al fin las cualidades que a él le faltaban, con aquella manera de hablar que sin ser un insulto directo tenía el veneno suficiente para irritarlo.

Sintió la tentación de replicar, pero entonces correría el riesgo de despertar su ferocidad y que ella recordara el inicio de la conversación y terminara preguntándole en qué bar había estado tomando la cerveza y durante cuánto tiempo y a quién había visto. Y para evitarlo, una vez más guardó silencio.

Buhardilla

Hasta ahora, su opinión y la de la gente como él —es decir, la de cualquiera que hubiera vivido más de cincuenta años y no fuera brillante ni hubiera hecho alguna obra por la que ser admirado— le resultaba indiferente. Incluso en algunos momentos le había gustado escandalizarlos. Pero por primera vez esa tarde se preguntó qué pensaría Muriel de ella. Si hasta entonces había divulgado una imagen de mujer fuerte, moderna, suficiente, activa y atractiva, y esa imagen no le había servido para ser demasiado feliz, ahora se preguntaba si no sería más conveniente buscar el aprecio ajeno por otros caminos. Al fin y al cabo, Breda era de ese tipo de ciudades que se esfuerzan por derribar a todo el que destaca, que no dudan en utilizar la burla, el sarcasmo, la calumnia y la indiferencia para herir a quien desprecia o ignora sus costumbres. También ella, de algún modo, comenzaba a envidiar a la gente corriente que duerme relajada hasta que suena el timbre del despertador. Porque ya no era tan estimulante concertar citas a escondidas ni alojarse en hoteles a cincuenta kilómetros dejando que siempre fueran ellos quienes escribieran en la ficha su apellido. Quizás, al contrario, fuera hermoso pasear por la calle con un hombre que te coge la mano y en voz alta dice tu nombre y habla de ti con una de esas palabras que siempre llevan delante un posesivo.

Miró el reloj. Faltaban tres cuartos de hora para que llegara Juanito Velasco a la cita que habían acordado en su casa. No recordaba quién había lanzado la primera sugerencia, pero cuando, unos días antes, se encontraron casualmente en el restaurante del Europa y tomaron juntos una copa, ella se había oído invitándolo a cenar, como si se conocieran desde mucho tiempo atrás y tuvieran muchas cosas que decirse.

Ya había dispuesto la cena, a base de manjares fríos: entradas de foie, de quesos y de aquellos ibéricos de la tierra cuyo exquisito sabor se atribuía ancestralmente a las culebras que comían los cerdos, ensalada, mariscos y champán. Nada del otro mundo, pero con algunos toques exóticos y originales que rompían la rutina de lo habitual. Y todo en abundancia, aunque sólo fueran dos a la mesa. Sabía que cocinaba muy bien y que sabía presentarlo, porque toda la gente que llegaba a su casa, incluso aquellos tan delgados, austeros y obsesionados por mantener su línea que en otros lugares ingerían los alimentos como si en realidad tomaran medicinas, allí se revolcaban por los platos y comían hasta hartarse. Y aquel apetito que todos mostraban en su mesa la llenaba de satisfacción y de un ambiguo poder, puesto que de sobra conocía la vinculación que automáticamente se establece entre un estómago lleno de *delikatessen* y un sexo que entonces parece esperar impaciente su turno.

Lanzó una última mirada y, como lo encontró todo bien, subió a su dormitorio, en la buhardilla, para prepararse. Una mujer que espera a un hombre, pensó, siempre se reserva para ella el tiempo inmediatamente anterior a la cita. En esos momentos que dedica a su aspecto, no hay nada más importante que el espejo, ninguna imagen reflejada en él es superflua y no está para nadie que la requiera o la llame. El cuarto de baño o el tocador tienen entonces algo de sacristía silenciosa y aislada donde todo se dispone para esa especie de entrega y transformación y rito y sacrificio que, acaso, poco después va a oficiarse en el tálamo. A ella siempre le había gustado cuidar su apariencia y había empleado muchas horas y dinero en corregir los defectos de una naturaleza poco generosa que durante los años de la adolescencia tanto le había hecho sufrir. Pero ese tiempo de preparación era cada vez más corto. Empezaba a sentir que ningún hombre merecía tantos esfuerzos. Ya no depilaba sus piernas ni recortaba el vello de su sexo con tanto mimo, ya no se obsesionaba por estrenar en cada cita medias o ropa interior, ya no calculaba con tanta precisión las gotas de perfume, la altura de la falda o la profundidad del escote de una blusa. El diseño brillante y original de un edificio en su mesa de trabajo comenzaba a conmoverla más que el brazo moreno, fuerte y desnudo de un hombre durmiendo satisfecho en la almohada de su cama.

Sin embargo, durante mucho tiempo ellos habían sido su principal preocupación, cuando anhelaba convertirse en una de esas mujeres que los hombres no pueden resistirse a mirar otra vez una vez que la han visto. Y hervía de satisfacción cuando alguno se enamoraba de ella y la seguía y le mandaba flores y la llamaba por teléfono rogándole una cita. Sentirse adorada por un ser más fuerte y, en general, más poderoso la elevaba por encima de las demás mujeres, la incluía entre las míticas portadoras del ancestral poder femenino de domar a la bestia. Para prolongar aquella sensación de éxtasis, no había querido unirse definitivamente a ninguno. Por entonces le gustaba comparar a los hombres con los árboles, cuyo cuerpo de madera resiste y envejece y arruga su corteza, pero es temporal el fruto que se come. ¿Por qué iba a hacer ella su nido siempre en la misma copa? Era preferible saltar a otros troncos, mecerse en otras ramas, acariciar nuevas hojas de diferentes olores, formas y texturas.

Por decirlo crudamente —y ella nunca había huido de las expresiones crudas, aunque supiera que para ninguna palabra disponía de tantos eufemismos como para las referidas al sexo—, había aprendido a extraer placer de los hombres sin sentir ni excesivo respeto ni amor por el hombre que se lo proporcionaba. Sólo experimentaba un aprecio más o menos amable, como apreciaba el pan que le saciaba el hambre o el agua que le calmaba la sed. Y exigía de ellos las mismas cualidades: que no estuvieran pasados, que no tuvieran mal aspecto ni olor, que aplacaran su ansiedad y la refrescaran. Se conformaba con que fueran agradables en sus más simples cualidades organolépticas.

Sus amantes, por eso mismo, no le duraban mucho tiempo. Su última aventura había terminado con un esperpéntico malentendido que, sin las dudas y el tedio acumulados, no hubiera tenido otras consecuencias que unas carcajadas de reconciliación. Ella le había regalado —por su onomástica o cumpleaños, no recordaba bien— dos lamparitas con un diseño colorista y atrevido que sustituyeran el tosco flexo de la mesilla de su dormitorio. La última tarde, de forma imprevista, le avisó desde el coche que iba a verlo a su casa. Él aceptó enseguida y, cuando llegó, estaba esperándola con dos copas de champán. Hablaron, rieron un poco y, sin apenas terminar de beberlas, se fueron a la cama e hicieron el amor de aquel modo que tanto le gustaba. Sólo después, al regresar del cuarto de baño, se fijó en las lámparas que le había regalado y que él, en efecto, había colocado en las mesillas. La luz del día ya se estaba yendo y, al pulsar el interruptor del cable que colgaba detrás, vio con sorpresa que sólo se iluminaba el suelo bajo la cama. Tardó unos segundos en comprender que a él no le habían gustado, que las había puesto precipitadamente allí al recibir su visita, para sustituir al flexo, pero sin tiempo para conectarlas. Además, el suelo estaba allí lleno de borra.

Había salido sin apenas decirle una palabra ni aceptar sus excusas, casi sin tiempo para disimular en su aspecto que unos minutos antes había estado desnuda y en los brazos de un hombre. Pero apenas le preocupaba, porque sabía que las huellas que deja el amor en el rostro o en el cuello de las mujeres, incluso aquellas tan osadas que han causado un poco de daño, son siempre menos hondas y visibles que las que causa la soledad. Y, por supuesto, menos dolorosas.

Todo aquello había ocurrido seis meses atrás y, desde entonces, no había vuelto a estar con un hombre. Un plazo que en otras épocas hubiera sido demasiado largo para su éxito y sus costumbres —y también para aquella cosa grande e insaciable que era su orgullo—, pero en el que había aprendido que, si bien no podía prescindir totalmente de ellos, sí podía vivir serenamente tomándolos en dosis cortas y más o menos selectas. A los treinta y seis años ya podía decir cómo se llega a la soledad y qué hay que hacer después para poder soportarla, pero, a pesar de todo, no se sentía tan invenciblemente sola como para que cualquier hombre le sirviera.

Esos seis meses eran, pues, un tiempo razonable de castidad que la habían empujado a concertar la cita. Además, acaso sus resultados fueran mejores de lo que imaginaba y la ayudaran a soportar aquel periodo de inquietud que estaba atravesando por las dos muertes y la investigación en curso, por las dificultades de la empresa y por la inquietante sensación de que el contrato con el hombre de las palomas se había cerrado en falso. No veía a su alrededor muchas más cosas en las que apoyarse. Tenía una casa grande y bonita, sí, pero vacía la mayor parte del tiempo; tenía cuadros originales colgados en las paredes y gruesos marcos de plata para fotografías, pero ninguna de ellas era un díptico; tenía camas amplias en las habitaciones, pero ninguna había vibrado con llantos infantiles; tenía muebles llenos de vajillas y cuberterías, pero se usaban pocas veces, porque las cenas quincenales que compartía con un pequeño grupo de amigas en las que hablaban, reían y bebían un poco más de la cuenta solían hacerlas en restaurantes. No tenía otras amigas íntimas. Incluso podría decirse que ahora que Martín estaba muerto, ya tampoco tenía enemigos.

Salió de la ducha, se frotó con energía, estimulando la piel húmeda y fragante de esencias y se contempló en el alto espejo del armario. Si hubiera vivido en otra época, no hubiera sido una mujer atractiva, pero ahora, desnuda, no parecía tener más años que vestida y ése era el mayor beneficio de la cirugía. Claro que había agrandado y elevado sus pechos, pero no hasta el punto de que estuvieran fuera de lugar con el resto de la carne, como tantas ridículas muñecas colágenas cuyos cuerpos sólo parecían tener tres partes anormalmente hinchadas y no necesitar ninguna más para existir: la boca, los pechos y el trasero. Del estómago y de las caderas se había hecho extraer un poco de esa grasa sobrante que siempre parece estar esperando el primer exceso digestivo para instalarse dentro. Pero no era un vientre musculoso ni plano: mantenía esa especie de suave almohadilla sin la cual el ombligo de una mujer de su edad resulta falso, impostado e incongruente. Eran sus piernas lo que siempre le habían preocupado y le habían hecho sufrir en la adolescencia, con el uniforme azul que las hermanas las obligaban a llevar hasta los diecisiete años: dos articulaciones de huesos sin apenas masa muscular y, por tanto, casi sin posibilidad de ser rellenadas ni torneadas por ninguna técnica. Duras, nerviosas como las de cualquier equino, difíciles de acariciar. Ya no sufría por ellas, pero no podía olvidar que había sufrido.

Las ocultó ahora con una falda larga, cuyo vuelo se acercaba a los zapatos de medio tacón, y por arriba se puso un top cuyos tirantes apenas cubrían los transparentes de silicona del sujetador. A partir de ese momento, Juanito Velasco podía llegar cuando quisiera. Lo estaba esperando, sospechando sin demasiada tristeza que, después de todo, tampoco aquella cita sería muy distinta de otras que habían fracasado anteriormente.

—Tienes una casa muy bonita —dijo al llegar poco después y observar los altos techos, la conjunción de madera, cristal y acero, los colores de las paredes y de las tapicerías–. Muy bonita –repitió asomándose al balcón y evitando en el último instante poner las manos sobre la barandilla sucia de excrementos de palomas–. Y en el mejor sitio de Breda.

Luego, al sentarse a la mesa, pareció olvidar la casa para concentrarse en el champán y en las comidas cuyos sabores alabó con un variado surtido de elogios. Sus comentarios, predecibles y serviciales, iban cayendo dentro de los platos mientras ella se decía que no había ni en él ni en sus palabras nada inesperado. Lo veía engullir los manjares frescos y exquisitos con esa avidez apenas contenida de aquellos en cuya alimentación cotidiana siempre intervienen la lata o el hielo. Todo resultaba como había imaginado y ahora ya sabía lo que iba a ocurrir cuando acabara la cena, el acercamiento previsible, aunque no terminaba de adivinar los detalles.

No llegó demasiado pronto, porque estuvo ayudándola a recoger la mesa y a colocar los platos en el lavavajillas con esa impostada soltura con que algunos de sus invitados intentaban demostrar su autosuficiencia. Ocurrió después, de nuevo en el salón, cuando estaban sentados en el sofá con una copa de la segunda botella de champán –no habían bebido otra cosa– y ambos sabían que hay muy pocos gestos que un hombre y una mujer solos en un diván no puedan aprovechar como excusa. Así que le dejó creer que en todo momento él había llevado la iniciativa cuando la besó largamente –y sabía besar muy bien– o cuando sintió su mano resbalando desde el hombro, comprobando una vez más que para un hombre es más difícil parar un acto así que iniciarlo. Lo empujó suavemente hacia su cuello, descansando los labios, y oyó junto a su oído la agitada respiración que en todos ellos parecía provenir igualmente de la excitación y del orgullo. Luego llegó el momento de decirle, señalando la elegante escalera volada que ascendía desde un lado del salón:

–Vamos arriba. Estaremos más cómodos.

Se fueron despojando de las ropas hasta quedar desnudos, alejados del resto del mundo. La falda cayó a la alfombra como cae la fruta que se desprende del árbol; en el respaldo de la silla, el top que, vacío, parecía diminuto. La claridad de las farolas y anuncios luminosos de la plaza penetraba por las persianas de láminas e imprimía una sombra de tigres en el suelo, en una agradable penumbra a la que contribuían las dos claraboyas tras cuyos cristales se veía la hermosa profundidad del cielo de verano. Dos cuerpos más blancos que las paredes y las sábanas de colores oscuros, atrayéndose hasta formar un solo bloque confuso y voraz y húmedo y jadeante, se diría de cera blanda o gelatina, que oscilaba aquí y allá y parecía dudar sobre su contorno definitivo.

Sintió su mano buscándola y tuvo que reconocer que lo estaba haciendo bien, dócil y a la vez diligente, incluso demasiado dócil y diligente para alguien de su edad que en algún lugar de aquella misma ciudad tenía dos hijos que acaso en ese instante estuvieran haciendo lo mismo que el padre. Dominaba un amplio repertorio de caricias y a cada una de ellas concedía el tiempo adecuado. No era de esos hombres acelerados que piensan que, porque ellos están a punto, la mujer también lo está; tampoco era de los que usan una fanfarronería de palabras sucias con las que intentan que los oídos femeninos corroboren lo que ya nota el vientre. Su diligencia la empujaba a la pereza y se dejó caer de espaldas mientras él se hundía, desaparecía de su vista —su boca dispersándose por todos los lugares de la piel donde hubiera glándulas o humedad— y de nuevo podía contemplar el cielo, los animales de luces que la noche había puesto en pie.

Le gustaba mucho que la tocaran con las manos o la boca, que le acariciaran el sexo y lo observaran y comentaran los detalles de su forma, su color, su humedad, su textura. Cuando únicamente la penetraban, era como si ellos sólo apreciaran la utilidad de su vagina como simple herramienta de placer. En cambio, cuando la tocaban, sin perder su cualidad utilitaria, sentía que su sexo adquiría también la condición de obra de arte, de objeto hermoso al que admirar al margen de su uso. Entonces destilaba lo mejor de su esencia y se corría más hondo y más largo.

−Ya basta −le pidió−. Ya basta.

Lo vio levantarse y buscar algo en su chaqueta. Luego oyó el ruido suave y elástico y esperó a que volviera a la cama y se colocara sobre ella para hacer eso tan majestuoso con que el ser humano intenta olvidar durante unos minutos todos sus sufrimientos: algo difícil de nombrar, que no es sólo físico, algo de lo que el orgasmo es un indicio y el amor su obra maestra.

Su pasividad le permitía observarlo, extrañamente lúcida, como si no fuera ella la que estaba en la cama, y escuchar esa especie de chapoteo y decirse: «Ése es el ruido que hace una mujer al ser poseída, un acto que sería turbio y obsceno si no fuera por la apoteosis o agradecimiento o bondad con que el placer lo limpia y lo vuelve humano». Ella no solía pararse a reflexionar en momentos así, pero ahora no pudo evitar pensar en el inagotable manantial de gozo, felicidad y transigencia que brotaba en el mundo de la eterna repetición de aquel acto, y que, sin embargo, tan a menudo era desperdiciado y convertido en un horrendo huracán de celos, odios, violencia, sufrimiento y desdicha.

De pronto notó cómo él hundía el dedo allí para añadir placer al placer. Entonces se dejó arrastrar de golpe y un orgasmo generoso le hizo tensarse durante unos segundos de felicidad antes de quedarse quieta recibiendo sus movimientos ahora más rápidos, como si la hubiera esperado a ella para estremecerse con un susurro ronco como un estertor que llegara a sus oídos atravesando el agua.

Luego, cuando los movimientos frenéticos dejaron su lugar a la palpitación −aún la misma corriente impetuosa de la sangre, pero ya sólo en las venas, sin participación de músculos ni huesos– y la palpitación finalmente al sosiego, lo vio levantarse y abrir la puerta tras la que había adivinado el baño. Oyó correr el agua y pensó sin agrado que estaría secándose con su toalla. Al regresar, se dirigió de nuevo hacia su chaqueta y sacó dos cigarrillos. Le pasó uno a ella y le acercó el encendedor.

–¿Tienes por aquí un cenicero?

–Sí.

Encendió la luz, se irguió un poco para recostarse en el respaldo y puso el cenicero en la cama, entre ambos. De pronto, en el inevitable vacío posterior, algo chocó contra el cristal de una claraboya con un golpe seco e inesperado que asustó a ambos.

–¿Qué ha sido eso? –preguntó Velasco.

–Una paloma. Duermen en el tejado y a veces, al encender la luz, se despiertan desconcertadas u ofendidas y vienen a chocar contra el cristal.

–¿Una paloma? ¿Contra el cristal? –repitió observando la claraboya en cuyo exterior se veía adherida una pluma blanca–. Deberías hacer algo contra eso.

«Ya lo hice», estuvo a punto de replicar, pero se contuvo a tiempo. Aspiró una doble calada del cigarrillo y contempló la densidad y velocidad del humo como si no hubiera nada más importante mientras el recuerdo venía a perturbar aquellos minutos de descanso y, posiblemente, la noche entera si no terminaba recurriendo de nuevo al Orfidal. Desde aquella tarde, cuando el hombre le dijo que no había sido él, no había vuelto a verlo ni a recibir noticias suyas. Tenía la certeza de que él no había empujado a Ordiales, puesto que renunciaba a cobrar un dinero que nadie más iba a reclamar. Los doce mil euros del anticipo los daba por perdidos, pero no era una pérdida excesiva tal como se había desarrollado todo. Aunque no podía evitar a veces la impresión de estar dejando algo oscuro o peligroso a sus espaldas, sentía que la no culpabilidad del hombre de algún modo también la amparaba a ella.

—Conozco a alguien que podría ayudarte —lo oyó decir.

—¿Ayudarme?

—Con las palomas. Me han dicho que se ocupa de ese tipo de problemas con los animales.

—¿Se ocupa? —insistió.

—Los mata. Perros, gatos, pájaros. Cuando los dueños se aburren de ellos. O cuando son demasiado viejos y están sufriendo. O también por motivos más... cómicos —dijo al fin.

—¿Por ejemplo?

—Me contaron que en una ocasión fue a buscarlo una campesina para que matara a una oveja. Y no porque estuviera enferma ni sufriera ninguna enfermedad contagiosa ni fuera a servir de alimento.

—¿Entonces?

—Por decirlo de algún modo, parece ser que el marido le tenía excesivo cariño.

Se forzó a sonreír, porque era lo que él esperaba, y de esa manera disimularía la verdadera razón del interés con que escuchaba su historia. Sin embargo, ese tipo de anécdotas de una rancia brutalidad rural le parecían siempre tristes y grotescas.

—¿Tú lo conoces?

—Me lo presentaron una vez, en una fiesta de barrio o algo así, pero tuvimos poco tiempo para hablar. Sólo unos minutos. Había música en aquel sitio y tuvo que irse tras el descanso, porque se encargaba de los teclados de la orquesta.

—¿Era músico? —preguntó extrañada, porque nunca hubiera imaginado que alguien pudiera conjugar la delicadeza del pentagrama con la sucia dureza de la zoología.

—Sí. Y alguien comentó que tenía aptitudes y podía haber llegado lejos.

—¿Y la Guardia Civil?

—¿Qué?

—¿No hace nada contra él? Porque supongo que eso de ir por ahí matando animales no es muy ortodoxo. Incluso en Breda hay ya clínicas veterinarias.

—Supongo que no saben nada. Esta ciudad nunca ha sido proclive a ir a quejarse al cuartel para que allí les digan lo que está bien o mal y les solucionen sus problemas. Siempre ha preferido lavar la ropa sucia en casa. En cualquier caso, no es al teniente a quien más podría temerle, sino a algún grupo ecologista que supiera de sus actividades. Esos tipos que nunca comen carne, que sólo montan en bici y que si tuvieran que elegir en un naufragio entre salvar a una cigüeña o salvar a un ser humano no dudarían en quién subir al bote.

—Debe de ser un hombre extraño.

—¿Por qué?

—Por haber hecho de una cosa así una especie de profesión.

—Aquella noche, alguien dijo de él que lo había abandonado su mujer. Pero claro que eso no es una razón para tener ese oficio. También a mí me abandonó y no voy por ahí matando animales.

Allí, los dos desnudos en la cama, semitapados con la sábana mientras apuraban sus cigarrillos, sintieron aparecer entre ambos la presencia de Ordiales, convocada por las últimas palabras: ella, una mujer que había pagado para que desapareciera de la tierra, y él, un hombre violento que, después de una disputa, había hablado de venganzas, viendo cómo se instalaba entre ellos no el vago contorno de un fantasma, sino algo más sólido y duro y difícil de ahuyentar. Como si hubiera que empujar para apartarlo. ¿Quién de los dos lo había odiado más? No se atrevía a responder. Pero si ella, una mujer físicamente tan débil como un niño, se había arriesgado a contratar a alguien que podría acusarla de inducción al asesinato, ¿por qué no él, un hombre fuerte y pendenciero, arruinado y humillado, a quien le hubiera bastado con estar solo y emplear un poco de aquella dura y seca energía con que le había visto arrancar de una patada la mítica moto que usaba, posiblemente de segunda mano? ¿No era en realidad esa oscura, no sólo relación, sino afinidad en el odio lo que los había llevado a estar ahora en la misma cama?

–¿Quieres que intente localizarlo? –le preguntó.

–No, no. Creo que puedo soportar que de cuando en cuando algún pájaro insomne proteste en mi ventana.

Apagó con cuidado el cigarrillo para que la brasa no saltara a las sábanas mientras el humo ascendía de las últimas briznas, le golpeaba la cara y endurecía su expresión.

–Esto es lo malo de las buhardillas –dijo–. Son muy bonitas, pero poco prácticas. Tienes que aguantar las heces de los pájaros. Y el calor excesivo en verano. Y el frío en…

–Con ese tipo de comentarios me estás recordando a Martín –lo interrumpió, súbitamente irritada porque él se atreviera a corregirla en su propio oficio. Creía recordar que Martín había dicho casi las mismas palabras el primer día que vino a ver su casa recién acabada: el mismo desprecio por sus gustos y criterios, la misma insolente seguridad para desdeñar lo ajeno, la misma supina ignorancia de que eso que la gente llama hogar contiene también ilusión, esperanza, estética y sueños y no es únicamente un conjunto de ladrillos y cemento.

–¿A Ordiales? –el desagrado apareció en su rostro–. No creo que él y yo tuviéramos mucho en común.

–A los dos os gusta mucho el dinero, tanto como para ponerlo por delante de cualquier otro interés. Al fin y al cabo, por dinero os peleasteis –se atrevió a añadir.

Lo vio entonces salir de las sábanas y comenzar a vestirse, el pantalón vaquero y la camisa cuyo cuello podría haber estado menos gastado y más limpio. A la luz de la lámpara, ahora le pareció más viejo, descubrió los defectos que la penumbra ocultaba y que un cirujano podría remediar. Pero claro que él no tenía el dinero necesario para pagarlo.

—Te equivocas. Aunque fuerais socios, no creo que lo conocieras demasiado bien. A Ordiales no le importaba sólo el dinero...

—Eso es como decir que las sardinas no les gustan a los gatos —lo interrumpió de nuevo, cada vez más molesta, resistiendo el impulso de levantarse también ella de la cama y vestirse para evitar aquella posición de desventaja.

—A Ordiales le importaba sobre todo el poder —continuó Velasco mientras se abotonaba la camisa—. Sentir que tú ordenas y los demás obedecen. Yo creo que aquella tarde, si le hubiera rogado en lugar de terminar gritando ante sus empleados, si hubiera aceptado que era él quien ostentaba las prerrogativas, hubiéramos podido llegar a un acuerdo sobre la deuda.

—¿Vas a decirme ahora, cuando ya está muerto, que incluso podríais haber sido amigos? —ironizó.

—¿Por qué no?

—Tienes razón. Amigos. En realidad, los dos sois muy parecidos —insistió, con la repentina incredulidad de estar allí con él, desnuda en la cama deshecha, con la consciencia de haberse equivocado una vez más.

Velasco había terminado de vestirse. Regresó a sentarse junto a ella y coger su mano, falso y conciliador, asustado del rumbo hostil que había tomado la conversación.

—¿Te vas? —le preguntó.

—Tengo que irme. Dentro de media hora —miró el reloj en su muñeca para apoyar la mentira— tengo que estar en la oficina del control de alarmas. El empleado del turno de noche no puede quedarse hoy. Pero te veo un poco enfadada. Y no quiero irme así.

—No, no estoy enfadada —forzó la sonrisa para facilitar su marcha. Desde el primer momento, él, sin preguntárselo, había ocupado el lado derecho de la cama, donde ella dormía, y, si se quedaba, la obligaría a girarse hacia la izquierda, aplastándose el corazón.

Aceptó su beso sabiendo que era el último mientras pensaba en sus esfuerzos anteriores por complacerla, en su entrega y su docilidad. Entonces recordó que Muriel y ella aún tenían pendiente de aceptar o negar la oferta sobre sistemas de seguridad que él les había hecho y, de pronto, con un doloroso sentimiento de decepción, comprendió a qué se debía todo lo ocurrido aquella noche. En el fondo, la amabilidad de Velasco no era el fruto de su seducción ni iba dirigida a complacerla a ella como mujer, sino a la dueña de Construcciones Paraíso. Con un gesto brusco colocó las dos almohadas tras su espalda y encendió un nuevo cigarrillo que aspiró con bocanadas largas y furiosas. El rostro de Velasco seguía nadando sobre las sábanas, pero dio un manotazo y lo disolvió entre las arrugas. Nunca más lo dejaría subir hasta allí arriba a criticar su casa y a decirle cómo deshacerse de las palomas. Mientras oía cerrarse la puerta de la calle y se quedaba otra vez sola, se preguntó si era así, como había actuado él, como actuaban las mujeres que recibían unos pocos billetes por complacer los deseos de los hombres.

Pianista

He aprendido a distinguir la voz de quien me llama para matar a un animal de aquel a quien le gustaría liquidar a toda la especie. En los primeros suele haber un fondo de resignación o de cariño o de piedad o al menos pena, una suerte de participación en el dolor del ser que va a morir, a quien casi siempre llaman por su nombre. En la voz de los otros sólo parece existir odio, si es que el sentimiento que designa esa palabra puede dirigirse a un animal. Quizá sí, puesto que puede utilizarse la palabra *amor* para designar a su contrario.

La voz del hombre que ahora llama a mi teléfono reclamando mi presencia pertenece a los segundos. Es la anhelante y ansiosa del cazador que ha acechado durante mucho tiempo a su presa y, cuando al fin la tiene a su alcance, exige que le carguen el arma con urgencia. De modo que dejo el teclado abierto, en el atril las partituras de las estúpidas canciones que durante estas asfixiantes noches de verano repetimos incansablemente en fiestas y verbenas como si no estuviéramos hastiados de ellas, fingiendo una alegría que sólo la intensidad de los vatios hace verosímil, y me dirijo al centro de Breda, hacia el domicilio que me ha indicado.

A menudo ni siquiera llego a saber el nombre de quienes me contratan, del mismo modo que un técnico en electrodomésticos o en desinsectación no sabe el nombre de quien lo reclama. Tampoco firmo nunca una factura. Y ellos rehúyen identificarse, incómodos con mi tarea. Pero la curiosidad por saber quién vive en la casona me lleva a leer el apellido que figura en el portero automático: «Cuaresma». Bien, ahora ya sé con quiénes voy a tratar. Con una de esas rancias familias de Breda, con tanto pasado acumulado que, al hablar de ellas, siempre se tiene la sensación de estar mezclando a los vivos con los muertos.

Una doncella con cofia y delantal blanco me abre la puerta y me hace esperar en un fresco zaguán con un hermoso zócalo de azulejo portugués. Luego sube unas escaleras y enseguida un hombre baja por ellas para guiarme hasta un patio interior con solado de pizarras, pozo con brocal y anchos arriates con cuidadas flores y arbustos.

Está en un rincón, como si se hubiera sentado a descansar en la tierra, pero formando aún parte del cielo por las plumas y el pico y la finura y levedad de los huesos. Nos mira como tal vez un ángel con las alas rotas miraría acercarse a dos niños, sin miedo aparente, sólo con la curiosidad y el asombro de haber perdido lo que hasta entonces era su posesión más preciada: su invulnerabilidad.

Miro hacia arriba. Junto a una ancha chimenea está el nido, una hirsuta aglomeración de ramas, palos y barro de la que, vista desde abajo, nadie diría nunca que su interior podría llegar a ser tan cálido y cómodo como para albergar a tiernos seres recién nacidos de un huevo. Sin embargo, algo muy parecido también sigue ocurriendo cada día entre nosotros, los humanos. Debe de haber caído desde allí: un cuerpo de cuatro kilos de carne y plumas que, sin las alas extendidas ni la ayuda del viento, ahora parece tan pesado como el de cualquier mamífero.

—¿Cómo ha ocurrido? —pregunto.

—Venga.

Lo sigo hasta el rincón. La cigüeña, al ver que nos acercamos, intenta en vano ponerse en pie abriendo un ala. La otra la tiene ferozmente atada a la pata en un lío irresoluble con una de esas cuerdas de rafia, de color negro, que los campesinos utilizan para atar las pacas de pasto. Tan ferozmente que no puede haber sido intencionado. Seguramente la llevó al nido del mismo modo que llevan papeles o plásticos, y en algún momento se enredó con ella. Al intentar liberarse debe de haber ido apretando los nudos hasta quedar atada sin remedio. Ha tirado tan desesperadamente de la cuerda que se ha arrancado el plumaje y despellejado el muslo de la pata hasta mostrar la carne sanguinolenta. Vuelvo a mirar hacia arriba. Tres cabezas de polluelos se asoman sobre el borde del nido observando lo que hacemos con su madre. Más alto aún, en el cielo, su pareja da vueltas en un círculo perfecto.

—Está hecha la mitad del trabajo. ¿Está seguro de que quiere acabarlo?

Al oírme hablar, la cigüeña me mira como si me comprendiera, los quince centímetros de pico rojo como una navaja que acabara de tocar sangre.

—Claro. ¿Cómo va a hacerlo?

—Un saco. No puede moverse.

—¿Eso será discreto?

—Sí.

—Quiero decir que no debe saberlo nadie.

—No se preocupe. Nadie lo sabrá.

Ya conozco a este tipo de gentes que cuidan con celo su reputación. Todos ellos simulan amar mucho a los animales, sonríen y acarician a gatos y perros y mascotas de sus amigos y familiares. Pero, si pudieran, los dejarían morir de hambre y sed a la mínima molestia.

Luego también él mira hacia arriba, hacia las tres cabecitas asomadas.

—Además, dejará aquí el cuerpo.

—¿No quiere que me lo lleve? —le pregunto, extrañado. La cigüeña parece estar comprendiendo toda la conversación.

—No. Quiero que les sirva de escarmiento.

211

—¿Escarmiento?

—La colgaré arriba —dice señalando las ventanas más altas.

—Creo que no lo entenderían —le digo. Y de pronto, sin saber por qué, me pregunto si la muerte del pintor gordo no ha sido, como lo va a ser la muerte de la cigüeña, una forma de amenaza.

—No importa. No es necesario que lo entiendan. Será suficiente con que se asusten.

—¿Tanto molestan? —pregunto, y luego callo, porque existe esa norma de que yo escuche mientras mis clientes hablan, por más que no me guste lo que estoy escuchando.

—Sí —responde—. ¿Sabe que ya no se van en todo el año?

—Las he visto en enero —afirmo.

—Supongo que el calor de las calefacciones. O el clima. O que siempre encuentran comida, con todo lo que tiramos. ¿Sabe que tuve que arreglar el tejado?

—¿Por ellas?

—Por ellas. Hundieron una parte. Cada nido de los que quitamos pesaba media tonelada. Y el ruido permanente, con ese martilleo incansable. Y las heces corrosivas. Y el olor. Un día subí arriba y tuve la paciencia de contarlas. Treinta y tres pajarracos durmiendo sobre mi cabeza. Y además esas leyes de protección que prohíben tocarlas, como si necesitaran que alguien las defienda. ¿Cómo no nos van a invadir ahora si no pudieron acabar con ellas ni los cazadores cuando no tenían otra limitación que la falta de puntería? La colgaré —repite señalando la ventana—, y si compruebo que de algún modo su cadáver las asusta o les hace pensar que éste no es un buen sitio para instalar su hotel, la llevaré a un taxidermista que la seque con un gesto de terror en su cara que pueda ser convincente. Creo que ya puede empezar.

Abro el saco y me acerco a ella. Entonces me observa, extrañamente serena para ser un pájaro, con la cabeza levantada, pero no erguida, diciéndome con los ojos que no sólo no va a oponerse, sino que está deseando acabar con todo el sufrimiento, con la amputación y el dolor que le causa la cuerda de rafia. Miro una vez más hacia arriba. Los rostros de los pollos ahora se han escondido y ya tampoco se ve nada volando en el luminoso azul del cielo. Le tapo la cabeza y cierro la boca del saco para que no pueda respirar. Apenas se resiste. Sólo algún espasmo y algún movimiento convulsivo.

Cobro mi dinero y apenas agradezco la felicitación del hombre por mi eficacia. Cumplido su encargo, hay otro asunto que han despertado sus palabras y que tengo que abordar esta misma mañana. Sigo sin saber nada del detective, aunque la muerte del pintor que dormía en el mismo edificio aumenta la complejidad del enigma. Es fácil pensar que lo han matado porque podía haber visto u oído algo. Pero yo también estaba en la obra unos minutos antes. Y no tengo ninguna seguridad de que quien mató a Ordiales no me haya visto y, si me localiza, no intente hacer lo mismo. Es una posibilidad que no he considerado hasta hace unos minutos.

Al miedo a la Guardia Civil por mi condición de sospechoso se une el otro miedo. Lo que había iniciado como un proyecto para matar a un hombre se ha invertido y ahora soy yo la posible víctima.

¿Qué está haciendo contra todo eso el detective? Tengo que llamarlo con urgencia.

Alarmas

Quizás incluso estuviera convencida de que se había acostado con ella porque lo había deslumbrado con su inteligencia y atractivo. ¡La muy zorra! ¡Como si él no supiera que todo lo que poseía era herencia del viejo Paraíso y que, por otro lado, la mayor parte del cuerpo que le mostraba era fruto de la cirugía, con tanta más ostentación cuanto más profunda había sido la incisión del bisturí! «La miras y no puedes dejar de pensar en la palabra corsetería; o, mejor, en su ausencia, porque seguro que va sin bragas a más de una de esas reuniones que creen tan importantes», susurró. Pero si adularla y darle un poco de placer era el precio que tenía que pagar para adjudicarse el contrato de los sistemas de alarma, estaba dispuesto a arrodillarse desnudo ante ella con tal de conseguirlo. Luego los mandaría a todos a paseo con sus buhardillas y sus ínfulas decorativas, y él organizaría su vida de modo que nunca volviera a atraparlo el fracaso. Después de que el lujo y la presunción y la falta de cálculo lo hubieran llevado a la ruina, había descubierto que en realidad el hombre sólo necesita tres cosas básicas para vivir: alimentos, una casa donde limpiarse y descansar y no morirse de frío, y un poco de sexo.

En su renovada empresa ya había comenzado a recibir otra vez algunos encargos, casi todos de gente que vivía en chalets o en unifamiliares del extrarradio. Vivir independiente está muy bien, pero algo empieza entonces a ocurrir con el miedo a los robos y asaltos y a la galopante delincuencia, y hay que pedir ayuda. Bien, ahí estaba él para dársela y pasar luego la factura. Ahora no volvería a cometer excesos ni temeridades, de modo que su frigorífico siempre tuviera algo con que calmar el hambre.

En cuanto a una casa en la que vivir, cuando consiguiera la exclusiva con Construcciones Paraíso y recuperara el chalet, podría asegurar que estaba salvado. Había pagado a su mujer todo lo estipulado por el juez y, con el divorcio firmado, ya no tendría que repartir nada más. La mensualidad que pasaba por su hijo no era cuantiosa.

Y en cuanto al sexo, en realidad ésa ni siquiera era una necesidad permanente. Bastaba con saciarla de vez en cuando, con arrojarle un poco de alimento como se les arroja a las bestias. Además, nunca le había sido difícil encontrarlo: el mundo estaba cada vez más lleno de mujeres solas, plañideras y desesperadas, a quienes bastaba con ofrecer un poco de compañía, comprensión y caricias −y ni siquiera las tres cosas a la vez− para tenerlas rendidas persiguiéndote. En el fondo, y a pesar de toda su casona copiada de las revistas de decoración, de todo su apellido y de todo su lujoso envoltorio, ¿qué otra cosa era Miranda sino una mujer no sólo solitaria, también aislada y débil y casi deprimida?

De modo que, si miraba hacia el futuro, se repetía una y otra vez que el panorama era esperanzador. Ordiales, el principal obstáculo, había desaparecido y le dejaba el camino franco.

Y, sin embargo, en el fondo de su corazón no lograba erradicar el miedo a un nuevo fracaso. Con la última hecatombe había llegado a creer que no había en toda la tierra un negocio donde él pudiera triunfar y enriquecerse. Había hecho de la empresa, más que una profesión, una religión, pero el fracaso había sido su compañero más fiel durante toda una década. Siempre se estropearía algo. Ahora, con las alarmas, temía que en una madrugada cualquiera comenzaran a fallar y que los cacos entraran en las casas con total impunidad y defecaran en las alfombras, aguantando las carcajadas al pensar en la ira de los dueños al día siguiente y en las indemnizaciones que exigirían a la empresa que las había instalado. O imaginaba que todas se disparaban de repente y convertían la ciudad en una feria de sirenas enloquecidas de la que alguien tendría que hacerse responsable.

Había estudiado Empresariales y en la facultad le habían transmitido la creencia de que para cada uno de ellos estaba esperando en algún lugar y en algún momento una licencia con la que hacerse ricos. Con esa convicción, había tenido que esforzarse en firme hasta culminar la carrera con un notable expediente académico.

Desde el inicio de su aventura empresarial había estado convencido de que los grandes negocios del futuro dejarían de lado los sectores tradicionales –alimentación, industrias, siderurgia, automóviles...– y se sustentarían en el ocio. Y ésa era la única predicción que había mantenido invariable a pesar de la implacable sucesión de fracasos. Ver una película en un cine costaba el mismo dinero que ocho barras de pan, una botella de buen vino lo mismo que un olivo y algunos coches a los que un parpadeo convertiría en un montón de chatarra lo mismo que una casa. Así que, al terminar los estudios, miró alrededor, observó, pensó un poco y con el dinero de la herencia de su madre montó una tienda de vídeo y fotografía donde vendía material y equipos y hacía trabajos como grabar ceremonias de bodas y bautizos, retratos o fotos de carnet. Nunca llegó a entender bien a qué se debió aquel primer fracaso, pero tres años después tuvo que cerrar cuando comprobó sorprendido que mes tras mes los ingresos apenas llegaban a cubrir gastos. Se dijo que de pronto todo el mundo tenía cámaras que él no les había vendido, y que se hacían ellos mismos las fotos y los reportajes, inmortalizaban sus fiestas y también, sin duda, se grababan follando con sus mujeres; que había demasiado intrusismo;

que el trabajo exigía mucha mano de obra y muy cara, en horarios festivos. Habló también de mala suerte.

Salvó de la quiebra el capital suficiente para abrir una agencia de viajes. No exigía mucha inversión inicial: cristales muy limpios y colores muy azules, publicidad bien colocada en radio y prensa, algún buzoneo y generosidad con los folletos informativos. Así lo hizo, y por eso se preguntaba por qué, si no había sufrido percances ni había engañado a nadie, tan poca gente quería viajar con sus ofertas. Esta vez culpó a las franquicias de las grandes firmas —que conseguían al por mayor unas condiciones ventajosas que a él nunca le ofrecían— y al propio carácter de una ciudad orgullosa de sus costumbres, su clima y su paisaje y, por tanto, poco proclive a la expedición y al viaje. Resistió todavía un año cuando ya sabía que tendría que cerrar, porque no podía soportar la idea de que la gente comenzara a pensar que era un inepto, un vago o, mucho peor, alguien gafado a quien todo se le ponía siempre en contra.

«Sin duda la experiencia servirá de algo», se dijo cuando abrió la tienda de informática, después de haber dedicado varios meses a estudiar todo lo relativo a ordenadores. Eligió un local pequeño, pero céntrico, que no tenía un alquiler muy alto ni apenas gastos de mantenimiento. Esa vez estaba seguro de acertar, porque apuntaba al núcleo mismo del futuro, se instalaba en un campo que aunaba los deseos de ocio con las necesidades laborales. Además, la que iba a ser su mujer era experta en informática.

Se casó con ella seis meses después de haberla conocido y no habría de tardar mucho en arrepentirse de tanta precipitación. De nada le sirvió haberse acostado en el pasado con dos decenas de mujeres: se había equivocado como un principiante. Pronto todo se reveló como un fiasco. Ni su familia tenía las propiedades que le había hecho creer, ni su carácter era amable y alegre ni, en realidad, sabía de ordenadores más de lo necesario para conseguir un expediente con el más bajo aprobado. Únicamente aportó al matrimonio un pequeño coche, tres o cuatro electrodomésticos y unos cuantos muebles del piso alquilado en que vivía de soltera. Ni siquiera un poco de dinero ahorrado. Nada. Al año siguiente tuvieron un hijo porque todos sus amigos y conocidos lo tenían y ellos no querían ser demasiado diferentes.

Un día, no mucho después, mientras la miraba depilarse las piernas con una delicadeza, esmero y perfección que no ponía en ninguna actividad de su vida en común, descubrió de pronto que le faltaban casi todos los requisitos que había soñado en la mujer que amara: no sólo esas pocas cualidades sencillas y claras, casi domésticas, que sin embargo tanto contribuyen a consolidar a una pareja en el transcurrir cotidiano. También en los sentimientos hacía algún tiempo que había renunciado a esperar amor o pasión. Se había casado con una mujer perezosa, apática, caprichosa e inestable, pero podría resignarse a convivir con ella mientras la decepción no diera paso a la irritación o a la violencia.

A pesar de todo, tenía la lucidez suficiente para comprender que también ella debía sentirse desilusionada. A la postre, tampoco él le había dado casi nada de lo que había prometido: éxito, riqueza, viajes, diversión. El buen humor que mostraba en grupo, con los clientes o los amigos, desaparecía en cuanto se quedaban solos; sus fracasos en la empresa terminaban a menudo con reproches en casa, como si ella fuera la culpable de la pérdida de un cliente o del rechazo de un pedido; a veces bebía en exceso y ella no podía estar segura de su fidelidad... Sabía que en casi todas las parejas hay uno que marca el ritmo y otro que lo sigue, uno que abre todas las cartas y otro que sólo lee las suyas, uno que al dormir se apropia del centro de la cama y otro que tiene que acurrucarse a un lado. Y sin duda ella había terminado hartándose de su papel de gregario.

La competencia en la venta de ordenadores contra gente joven, dura y resistente fue tan feroz que no soportó el pulso. También cerraron y esta vez no encontró eximentes para la quiebra. Tenía buenas ideas, pero era un misterio por qué esas buenas ideas no se traducían en éxitos. Sólo después, con el paso de unos pocos años, terminó aprendiendo que el secreto del triunfo no está en un diploma colgado en la pared de una oficina, sino en el instinto que indica para qué negocio hay todavía un hueco en una sociedad repleta de consumo, cuándo y en qué lugar instalarlo. Todo el marketing restante era pura palabrería, castillos en el aire.

Por fin les iba bien con la empresa de alarmas cuando compraron el chalet a Construcciones Paraíso. Cegados por una prosperidad momentánea, no quisieron conformarse con lo que todos los demás se conformaban. Optaron por la vivienda más amplia y en las mejoras exigieron piscina y mármol de importación y maderas exóticas y cristal templado y acero inoxidable, y todo de calidad y marca. Pero también los pedidos de alarmas se estancaron un día, de repente, como si ya las tuvieran colocadas todos los que sentían miedo o guardaban en sus casas algo de gran valor. Las ventas se pararon de pronto, saturado el hueco de mercado que había visto. En su rabia durante las horas que pasaba en el despacho sin recibir una llamada, llegó a imaginar que una noche cualquiera él entraba en una vivienda a robar y mataba ferozmente a sus ocupantes, no por el beneficio directo del robo, sino para provocar miedo entre los habitantes de una ciudad que desde su fundación cinco siglos atrás habían aprendido a defenderse solos, sin necesidad de alarmas para que alguien viniera a ayudarlos ante un ataque ajeno.

De modo que no pudo pagar lo firmado, y Ordiales no le concedió una prórroga. Su mujer cogió a su hijo y se fue. Se quedó solo.

Nunca había odiado tanto a nadie y se sorprendió al encontrar algo tan duro y ardiente dentro de su alma. Del mismo modo que el enamoramiento es la intensificación del amor hacia alguien que se convierte en el destinatario de los mejores deseos que puedan caber en el corazón, así, pensaba, tendría que inventarse una palabra para definir su contrario: la intensificación del odio, su concentración en un solo hombre. Ordiales representaba todo lo que él había querido y sin embargo no había sabido conseguir: el empresario de su misma edad que, saliendo más tarde y desde un lugar más bajo, había ascendido antes y más arriba; el poderoso constructor que no podría decir con exactitud el número de empleados que tenía en cada momento; el hombre enérgico, lúcido, implacable, inteligente y hábil que sabía en cualquier ocasión dónde y cómo tenía que invertir; el advenedizo sin estudios universitarios, pero con excedentes de aquel instinto comercial que volvía inútiles todos los títulos y orlas y diplomas colgados en las paredes. Él se preparaba a fondo en cada aventura —ésa era la palabra adecuada, aventura— empresarial que emprendía, estudiaba catálogos, estadísticas y encuestas sociológicas de costumbres y consumo; asistía a ferias de muestras y exposiciones para estar al día de las novedades del mercado; entraba y salía en Internet, reservaba un dominio y publicitaba su página; atendía sin desplantes las reclamaciones de los clientes... Y de nada le servía todo eso frente a las veleidades de un mercado que se comportaba con él como la más loca de las mujeres, dándole la espalda y torturándolo con un permanente adulterio. En cambio, Ordiales acertaba con una increíble clarividencia en cada una de sus decisiones. ¡Pues muy bien! En el último momento, en el más importante, no había sabido prever el peligro. Quizás a él le ocurriera ahora lo contrario y, después de que todo le hubiera sido adverso e ingrato durante tanto tiempo, la suerte comenzara por fin a sonreírle.

Escaleras

Habían pasado varios días y el remordimiento seguía vivo. No tenía dudas de que a Santos lo había matado la misma persona que mató a Ordiales y, si él no hubiera estado buscándolo, tal vez aún viviría. Había sido discreto al rondar por las obras de Construcciones Paraíso, pero no lo suficiente cuando alrededor había alguien más oliendo la sangre. Un perseguidor con una ventaja: sabía quién era Cupido, mientras que el detective no sabía quién era él. Le resultaba insoportable la idea de que por salvar la tranquilidad de un hombre ambiguo que por codicia se había implicado en un proyecto de crimen hubiera provocado de algún modo la muerte de otro, tan inocente como un niño.

Su cliente había ido a verlo y había incrementado su malestar con la explícita exigencia de resultados en la investigación, porque ahora tenía un doble miedo, si es que el miedo podía ser contable. Habían matado a Ordiales y a Santos y nada le garantizaba que él, el tercer visitante del edificio aquella tarde, no tuviera el mismo destino. Cupido había replicado que él no trabajaba como guardaespaldas y, molesto, habría abandonado el caso si no tuviera un inquebrantable respeto por la palabra dada.

No veía el camino para avanzar, todo era dar manotazos a la niebla. Imaginaba al criminal como alguien inteligente, extraño, flexible y fantasmal que iba muy por delante o muy por detrás de quienes lo buscaban, alguien que no participaba ni de su velocidad ni de su itinerario y de quien era casi imposible, por tanto, extraer datos o establecer un perfil aproximado. No lograba comprender su lógica ni arrojarlo del pedestal de enigma y amenaza que tan a menudo tienen los asesinos, aunque supiera que en cuanto lo bajara al suelo de lo racional todo estaría casi resuelto, del mismo modo que los secretos del rayo se desvanecen en cuanto toca tierra. No tenía nada, ni una tesis a la que le faltaran las pruebas, ni una sucesión de fragmentos a la que le faltara el sentido. Nada. No sabía dónde más buscar. Por el entorno de la víctima, prescindía de un móvil de pasión y se centraba en un móvil de dinero: alguien que se creyera desposeído o estafado por Ordiales y buscara justicia o venganza. Pero por qué no al contrario: alguien rico y poderoso y opulento. Algunos de los peores delitos que había visto como detective los había cometido gente que lo tenía todo.

Imaginaba el odio, claro. Sabía que el odio cambia radicalmente al hombre. Sabía que, por odio, todo el mundo puede mudar de ideología, de religión, de amigos, de trabajo. Había oído decir que el amor mueve el mundo tantas veces como había leído que las mejores novelas se hacen con los buenos sentimientos. Pero no estaba seguro ni de una cosa ni de otra. Del mismo modo que la configuración del mundo y sus fronteras se había hecho a fuerza de hierro y sangre de pueblos que agreden contra pueblos que repelen la agresión, también entre las obras literarias que admiraba abundaban títulos e historias inspiradas por el mal y la desdicha: toda la tragedia griega, Shakespeare, Quevedo, *La Regenta*, los del 27, Faulkner, Onetti y Benet, la Biblia que comienza con un crimen. Incluso en la *Divina Comedia* los treinta y cuatro primeros capítulos dedicados a describir a los habitantes del Infierno y sus torturas le parecían más brillantes, trascendentes e iluminadores de la condición humana que los dedicados al Purgatorio o los monótonos treinta y tres últimos en que Dante canta la gloria y felicidad del Paraíso. En las obras de su amplia biblioteca podía encontrar un millón de ejemplos y lecciones de odio.

Sin embargo, nada de lo que leía en los libros le servía ahora para avanzar en una investigación que le estaba resultando singularmente incómoda. En ningún momento había llegado ni a apreciar ni a compadecer a su cliente, cuando el aprecio y la compasión eran frutos habituales de su trabajo al lado del herido o del angustiado. Ni siquiera se sentía intrigado por la personalidad de la víctima: un empresario de la construcción rodeado de posibles enemigos. Además, no lograba concentrarse debidamente, porque el accidente de su madre y su voluntario ingreso en La Misericordia también lo impregnaban de remordimiento, invadían todas sus reflexiones y terminaban distorsionando su análisis de los hechos.

Casi nunca le había regalado nada. En sus cumpleaños se limitaba a felicitarla y a comer con ella, porque sabía que ése era el mejor regalo, que no apreciaría demasiado cualquier cosa que le llevara. Educada en la idea espartana de que los objetos se dividen en dos categorías, los necesarios y los superfluos, esos regalos eran gestos vanos para demostrar el cariño si el cariño era tan intenso y evidente que no había que demostrarlo. Pero ahora estaba seguro de que iba a gustarle lo que le llevaba: nada de adornos suntuarios o excéntricos, sólo el pasado de Pedro y Ana y Luis y Ricardo. Había hecho ampliar y enmarcar una pequeña y vieja fotografía donde estaban los cuatro, cuando él era todavía un bebé que asomaba la cabeza calva entre el arrullo que ella sostenía en brazos. Su hermano Luis, su hermano muerto cuando aún no había cumplido cinco años, estaba en pie, agarrado a una mano de su padre y mirando con recelo hacia la cámara, como si el fotógrafo lo asustara. Y por encima ellos dos, de quienes con sólo mirarles el rostro se podría asegurar que eran honestos, como teñidos por el humo de aquellas viejas fotografías en blanco y negro en las que los adultos parecen estar siempre de luto, incluso antes de que haya llegado alguna muerte. Al fondo, la silueta desenfocada del viejo DAF. Aquello era todo lo que más había amado y Cupido pensó que, de algún modo, la foto le recordaría que su paso por la vida no había sido estéril.

Subió al coche y fue hacia allá. La empleada de recepción lo reconoció y lo dejó pasar con un gesto de saludo. Mientras avanzaba por el pasillo —en los laterales los pasamanos para gente cansada— fue fijándose en los detalles que en la visita anterior no había advertido: la entrada se parecía más a la recepción de un moderno hotel que a la de una residencia geriátrica; cualquier mueble era un motivo suficiente para colocar un jarrón con flores; apenas olía a cerrado, ni a medicinas ni a desinfectantes; en las paredes, pintadas de un amarillo muy claro, abundaban los radiadores para combatir el eterno frío interior de la vejez; y, sobre todo, las habitaciones eran individuales, para que nadie molestara al otro con estertores o ronquidos o visitas al váter en medio de la madrugada.

Vio a su madre sentada ante una mesa, hablando con un hombre que parecía otro interno. Su rostro se alegró al verlo y sólo después de besarlo los presentó:

—Mi hijo. Román es un compañero de la residencia.

Cupido le estrechó la mano cálidamente, sin necesidad de fingir el afecto, y cuando después iban caminando hacia su habitación, bromeó, señalando hacia atrás:

—Veo que has tenido éxito enseguida.

—No digas tonterías. ¡Si te oyera tu padre!

—¿Román lleva mucho tiempo aquí?

—Cuatro años. Está muy solo y no tiene a nadie. Le ayudo a que las tardes se le hagan un poco menos solitarias.

Claro que era eso, la compasión y la caridad y otras palabras parecidas que Cupido no dijo. Su madre llevaba unos pocos días en la residencia, apenas podía caminar con el fémur soldándose y ya estaba mirando alrededor sin apenas

226

haberse sentado a descansar. Mujeres rurales de una generación para quienes las palabras cansancio, calor o frío, dolor en los riñones o en las piernas no eran sensaciones físicas, sino la manera más correcta de vivir. Mujeres para quienes el descanso o las vacaciones eran algo tan ajeno como las hadas o el yoga. Mujeres a quienes se les negó la oportunidad de saber de otra cosa que no fuera trabajo o familia, que soportaban el peso de la casa en sus espaldas sin quejarse y nadie sabía nunca si algo les dolía, que se dejaban las uñas golpeando la suciedad de las ropas de familias inmensas contra las piedras heladas del Lebrón, que usaban vestidos remendados sobre la tibia carne maternal, que comían de pie los restos que dejaban los hijos o el marido, que eran las primeras en levantarse y las últimas en llegar a la cama y después de haber hecho todo eso aún tenían fuerzas para seguir dando amor.

Cupido recordó con una sorprendente precisión de imágenes algunas tardes muy lejanas en que lo había llevado con ella, cuando iba a lavar al río. Cada vez con más frecuencia le ocurría eso: sentirse orgulloso de cosas —la dura austeridad rural, los modos de hablar o de vestir, alguna costumbre arcaica— que antaño, cuando era adolescente, ocultaba. Aquellas tardes su madre cargaba la ropa sucia, la tabla y la rodillera en un pequeño burro que le dejaban los vecinos y a él lo subía encima de todo, en lo alto de la carga. Así, se dirigían hacia una zona del Lebrón donde siempre había un grupo de mujeres lavando, algunas con niños. Le decía: «No te alejes de mí y no te acerques al agua, quiero que estés donde yo pueda verte», porque poco tiempo antes había muerto ahogado el hijo de una de las lavanderas. Enjabonaba las sábanas, las toallas, toda la ropa que usaban y los monos de trabajo de su padre, a menudo manchados con la grasa del camión, y lo tendía todo al sol para que sus rayos y el jabón hicieran la mitad del trabajo. «Vente ahora conmigo, que voy a solear.» Esa palabra tan hermosa decía, *solear*, y extendía las sábanas y las camisas empapadas con jabón encima de los juncos, o del césped, o de algunas rocas muy limpias, y las dejaba al sol un tiempo mientras los dos comían los embutidos o los huevos duros. Luego se levantaba con esfuerzo, sin hacer caso del dolor de la columna vertebral donde comenzaba a amontonársele una colección de hernias de disco, las recogía, se arrodillaba de nuevo y las aclaraba en la corriente limpísima del Lebrón. Regresaban a casa al atardecer, él montado en el burro y ella caminando delante, la ropa ya limpia en los cestos, sin mostrar un solo gesto de cansancio o de dolor en las rodillas o en las manos desolladas por el agua fría y la cáustica eficacia del jabón artesano.

¡Si pudiera rebobinar el tiempo una sola vez para bajarse de la montura y decirle «Sube tú, que estarás muy cansada, a mí me apetece ir andando», una sola vez para mostrarle todo el cariño que sentía por ella y nunca le decía, aunque supiera que ella le habría dado un beso y un abrazo fuerte y no lo habría permitido!

—Déjame abrir el regalo —dijo al llegar a la habitación.

Los cuatro rostros aparecieron tras el cristal que protegía la fotografía, dos de ellos rescatados de la muerte, mirándola desde cuarenta años atrás hasta que consiguieron humedecer sus ojos. Besó la fotografía y la colocó encima de la cómoda.

—¡Cuánto te hubiera gustado que viviera tu hermano! —exclamó enfocando la mirada en el niño que cogía la mano del padre.

—Sí.

—Os hubierais llevado muy bien. Con cuatro años y ya era todo lo charlatán que tú no has sido nunca. Podías estar hablando con él horas enteras —dijo, recordando—. Una vez nos asustó mucho. Creo que ya te lo he contado.

—Pero no me acuerdo bien de cómo fue —mintió.

—Se nos perdió, el muy granuja. Estaba jugando en la

puerta de casa mientras yo despedía a tu padre, que se iba de viaje, y de pronto desapareció. Lo busqué por todos los sitios, con los vecinos ayudándome por las calles y los alrededores. Algunos habían comenzado a mirar en los pozos. ¿Sabes dónde estaba?

—En el camión.

—En el remolque del camión. Se había quedado dormido entre unos sacos de pienso que tu padre tenía que llevar a Portugal. Lo encontraron al pasar la frontera y a punto estuvo de meterlo en un lío. Nadie podía entender cómo había logrado trepar hasta allí arriba él solo. No había nada en el mundo que le gustara más que subir al camión y ver que se movía.

Cupido sonrió, pensando que, a partir de ahora, ése era el tipo de conversaciones que iba a tener con ella: recuerdos, recuerdos, recuerdos. Con la vida cotidiana sometida a control sanitario y evitadas las sorpresas, y con un cerebro lúcido y limpio de cicatrices, el pasado se convertiría en su principal alimento. Él no tendría que hacer ningún esfuerzo para acompañarla. Se encontraba bien a su lado, la sangre circulaba en paz por sus venas y en un momento había sentido deseos de decirle: «Cuéntame más cosas de cuando era niño, del hermano que no conocí y me hubiera gustado conocer, de mi padre que murió tan pronto».

—Tú, en cambio, siempre fuiste más tranquilo. Un niño a quien le gustaba escuchar las conversaciones de los mayores. Él era más simpático, pero tú eras más guapo. Todas las mujeres querían tenerte en sus brazos.

Sabía dónde terminaría aquella conversación. Había amado a un buen número de mujeres, y algunas habían sido de las más hermosas de Breda, pero sólo una de ellas le había hecho llorar. Ahora tenía más de cuarenta años y seguía solo, porque había aprendido de un modo definitivo que ningún hombre ni mujer se enamora verdaderamente dos veces en su vida. El amor absoluto, pasional, el que da la felicidad o la desdicha, no admite la repetición. Estalla una sola vez y en ese intenso estallido se abrasa, se consume alguna parte del corazón que nunca podrá volver a ser incendiada. De modo que cambió el rumbo de sus palabras:

—Cuando llegué hoy, no estabas en rehabilitación.

—No. El médico dice que estoy mejor. Me ha pasado al turno de mañana. Yo también lo prefiero.

Luego ambos se quedaron en silencio, disfrutando de unos minutos de sosiego, sin ninguna necesidad de hablar. Cuando se levantó para irse, ella dijo:

—Ayer vino a visitarme ese amigo tuyo. Me preguntó por ti.

—¿Quién?

—Ese a quien llaman Alkalino. No sé por qué no lo llamáis por su nombre verdadero. Hasta yo lo he olvidado.

El detective sonrió otra vez, comprobando que algunas cosas no habían cambiado. A ella nunca le había parecido bien su amistad con alguien que no tenía casa propia, ni mujer, ni un trabajo fijo y de quien se decía que bebía en exceso. El Alkalino lo sabía y, sin embargo, había venido a visitarla, aunque tal vez, pensó, hubiera algún motivo más. En cualquier caso, tendría que darle las gracias. También por detalles así lo apreciaba.

Salió y se dirigió al Casino. Allí estaba, sentado en una de las viejas mesas de alabastro, jugando al dominó con varios jubilados. El Alkalino también lo vio, terminó la partida y recogió un puñado de monedas antes de acercarse a él.

—¿Querías verme? —le preguntó Cupido.

—Sí.

—Ya me extrañaba a mí que te dedicaras a visitar a ancianas por puro altruismo —le dijo, entrando en el terreno de la ironía que al Alkalino tanto le agradaba.

—Estás equivocado. Mira —señaló alrededor—. La mayoría de ellos son viejos y es la gente con quien mejor me entiendo. Mejor aún que contigo. Tienen mucho que contar y hay muy pocos dispuestos a escucharlos. Ahora, para hacerte oír y triunfar, hay que ser joven, urbano y tecnológico, sea en películas, en novelas o en la realidad. Todo lo viejo, rural o manual está desprestigiado. Y yo ya soy demasiado mayor para ponerme a aprender el manejo de tantas máquinas. De modo que aquí me encuentro bien. Sé que tu madre nunca tuvo una gran opinión de mí, pero seguro que cambiará en cuanto la haya visitado dos o tres veces más. Sólo tengo que preguntarle cómo eras de pequeño.

–¿Se lo preguntaste ayer?

–Sí. Me dijo que eras el niño más guapo, más inteligente y más cariñoso de toda Breda. Es una pena que con tantas cualidades sólo hayas llegado a ser un vulgar detective.

Cupido no pudo evitar reírse abiertamente.

–¿Te has enterado ya? –le preguntó, de pronto serio.

–¿De qué?

–De los despidos.

–¿En Construcciones Paraíso? –adivinó.

–En Construcciones Paraíso. Se están poniendo nerviosos. Al parecer, en los últimos días se les ha frustrado un buen número de los precontratos de ventas. Anoche hablé aquí con el padre de uno de los albañiles despedidos. Un treinta por ciento de la plantilla ya no seguirá el próximo mes.

–Tenía que llegar. No es un buen momento para la empresa. Y sin Ordiales. Aunque supongo que terminarán remontando.

–Yo no estoy tan seguro. ¿Quieres saber otro detalle?

–Claro.

–La aparejadora. También fuera. Y no por despido. Se ha ido ella tras una discusión con el encargado de obras. Se dice que a causa de uno de los obreros por el que ella siente cierta debilidad.

Cupido recordó la discusión de aquella tarde entre Pavón y Alicia. No dudaba de la veracidad de lo que el Alka-

231

lino le decía. Nada se comentaba en el Casino de lo que él no se enterara, y muy pocas cosas ocurrían en Breda que no se comentaran en el Casino. En ese aspecto, sus crónicas eran muy útiles. Lo discutible eran sus interpretaciones posteriores.

–No irías muy lejos si yo no te señalara el camino con la linterna –presumió.

–Tú tienes las mejores fuentes de información –dijo señalando alrededor–. Y te llevas bien con todos ellos.

–Cierto. Esta ciudad está llena de detectives aficionados ansiosos de revelarte sus teorías. Lo que no pueden perdonar es que uno de ellos haga de eso una profesión.

–¿Cómo puedo localizar a la aparejadora? –cambió el tema.

–Espera –dijo. Pareció coger fuerzas con un trago y se dirigió a uno de los grupos de ancianos. Estuvo unos minutos hablando con ellos, volvió a la barra a pedir la guía de teléfonos y de nuevo fue a la mesa. Cuando regresó junto a Cupido traía una servilleta de papel con un nombre, una dirección y un número de teléfono–. Aquí la tienes.

Fue fácil encontrar su casa, un piso en un bloque en cuyo frontal superior figuraba en grandes letras de fábrica la leyenda Construcciones Paraíso.

A Cupido le gustaba hablar con los implicados en una investigación en su propio hogar, consciente de que en la intimidad se relajaban, se sentían menos alerta y daban de sí mismos una imagen distinta que completaba la ofrecida en un lugar público. Incluso aquellos que fuera parecían estar en pie de guerra, en su hogar mostraban de algún modo la amabilidad del anfitrión.

Alicia lo invitó a pasar sin desconfianza, sin preguntarle para qué quería hablar de nuevo con ella. Mientras preparaba en la cocina el café que le había ofrecido, observó el piso. Una decoración sencilla, más limpia que ordenada, y una disposición práctica y cómoda de los muebles. Una casa de quien no se preocupa demasiado de su aspecto o tamaño, porque en el trabajo diario ya tiene suficientes de esas preocupaciones. Sólo algunas macetas cuyas flores ponían pompas de color sobre el fondo de paredes blancas. No parecía una mujer que se adornara con su hogar ni que se escondiera tras él como tras una barricada. Daba la sensación de que, en caso necesario, no le sería muy dificultosa una mudanza.

—No creo que pueda contarle mucho más que cuando trabajaba en la empresa —dijo sirviéndole el café.

—¿Por qué la han despedido?

—¿Despedido? No. Me he ido yo. Me han dado la indemnización del convenio sindical y se acabó todo.

—¿Pero por qué?

—En primer lugar, porque todo es muy confuso allí desde la muerte de Martín. Será necesaria gente nueva para una nueva forma de gestionar la empresa. Miranda está cambiando muchas cosas.

—¿Y en segundo lugar?

—En segundo lugar, por una discusión con el encargado de obras, con Pavón. Usted ya asistió a otra —recordó.

—Sí.

—No me considero una persona a quien le guste mandar. Al contrario. Pero tampoco puedo aceptar que alguien que en teoría está por debajo de mí me desdiga permanentemente en público y haga lo contrario de lo que yo decido. Desde que no está Martín le conceden demasiado poder. O se lo toma él —matizó—. En una situación así, hay que elegir. Y los dueños de la empresa lo eligieron a él. Supongo que yo soy más fácil de sustituir. Sin Martín, Pavón es imprescindible en el trabajo a pie de obra y en los inevitables roces que surgen con los empleados. Así de sencillo.

—Pero todo eso no parecen motivos suficientes para abandonar un trabajo. A menos que se pueda encontrar fácilmente otro —replicó.

—Creo que no tendré dificultades en encontrar otro. Pero es cierto lo que dice. Había un motivo más —añadió con una voz teñida de una suave tristeza, aunque estuviera sonriendo. Como sonreiría alguien que sabe que nunca tuvo suerte y una vez más comprueba que no se halla ni en el lugar ni en el momento adecuados.

—Un motivo más.

—En la lista de despedidos había alguien de quien no quiero alejarme. Usted lo conoce: el muchacho por el que se originó la discusión aquella tarde en Maltravieso. Les pedí que a él lo mantuvieran en plantilla, pero no aceptaron. Entonces ya no tuve ninguna duda de mi poca importancia en la empresa.

—¿Por qué mataron a Ordiales? —preguntó Cupido. La aparejadora era la única persona de su entorno a quien no le había hecho esa pregunta.

—Martín —dijo, emitiendo un pequeño suspiro, como si sintiera algún tipo de alivio al escucharla por fin—. Muchas tardes estuvo sentado ahí, donde está usted ahora. Ya he oído a todos repetir una y otra vez que su muerte es incomprensible, que tuvo que producirse un accidente, o intervenir alguien ajeno a su mundo. Pero todos mienten. Martín estaba rodeado de enemigos. Yo misma me había convertido en uno de ellos.

—¿Por qué?

—¿Usted también sabe lo de mi pañuelo?

—No —dijo. Siempre eludía dar la impresión de ser el detective listo que conoce de su interlocutor más datos que él mismo—. No sé nada de eso.

—No importa que se lo diga. Pronto terminará sabiéndolo todo el mundo —su voz ahora parecía venir de mucho más lejos de donde estaba—. La tarde en que lo mataron,

Martín llevaba en su bolsillo un pañuelo mío que yo creía haber perdido. Debió de cogerlo él.

—¿Por qué? —repitió.

—Estaba enamorado de mí.

El detective asintió varias veces, sin dejar de mirarla. Allí, en su casa, veía con nitidez lo que el ruido de las obras o la intensa actividad en las oficinas de la empresa sólo le habían dejado vislumbrar. Alicia tenía ese tipo de belleza sencilla a la que el lujo parece estorbar, ese atractivo que se aprecia mejor en la distancia corta y que se consolida con los zapatos sin tacón, la camiseta de tirantes y el pelo recogido y corto y sólo admite un poco de carmín en los labios y unas gotas de algún perfume fresco y apenas sofisticado. No era extraño que Ordiales se hubiera enamorado de ella.

—¿Y usted?

—¿Yo?

—¿También lo quería? —insistió.

Cupido atribuía una buena parte del éxito en su trabajo a la elección de unas preguntas que nunca se restringían a las coartadas y a la selección del mejor momento para hacerlas. Pero ahora, él —que en las investigaciones no creía ni en la intuición ni en el azar— reconocía que en esta ocasión era la fortuna la que había intervenido en el retraso y le había hecho llegar junto a ella en el momento adecuado para recibir las mejores respuestas.

—No, ya no. Quizá llegué a quererlo durante algún tiempo, al principio. Pero sé que nunca fue algo intenso. Quiero decir que él era el jefe, un jefe brillante, decidido, tenaz, inteligente, y yo una simple empleada recién llegada a la empresa. No una de esas secretarias ingenuas y rendidas de admiración, pero sí una empleada. Estuvimos juntos casi un año. Alguna vez hicimos algún viaje, pero casi siempre nos encontrábamos aquí, sólo cuando ambos lo queríamos y estábamos seguros de que nadie podría enterarse. No resultaba difícil: los dos vivíamos solos y no teníamos a nadie a quien mentir.

—Pero entonces, ¿por qué el secreto?

—¿Por qué no? Al menos, hasta que estuviéramos seguros de que funcionaba. ¿Por qué difundir que nos acostábamos juntos? Les hubiéramos quitado a los habitantes de esta ciudad su diversión favorita.

Cupido sonrió hasta que ella añadió de pronto:

—Así era todo hasta que Lázaro llegó a la empresa.

—¿Lázaro? ¿El muchacho de...?

—Sí. ¿Usted vive con una mujer?

Cupido se irguió un poco desconcertado por aquel brusco giro en la conversación.

—No. Vivo solo.

—Pero supongo que sabe lo que es eso. Conocer a alguien un día y de repente sentir por él... —dudó en ser más explícita—. Como si te manchara cualquier otro hombre que te tocara. Aunque aún ni siquiera sepas si se va a preocupar por ti ese por quien tú tanto te preocupas.

—Creo que la entiendo —dijo el detective—. Algo así como estar viendo a ambos y decirse: «Éste es el hombre con quien vivo y aquél es el hombre con quien viviría».

—Algo así. Lo ha expresado muy bien. Pero después de decirse esas palabras es difícil seguir con la primera relación cuando ya no hay nada que te ate. Entiendo que alguien pueda resignarse por sus hijos o por... En realidad, no encuentro otras razones que los hijos para ese tipo de sacrificio.

—No creo que haya ninguna más.

—Entonces le dije a Martín que no podíamos seguir juntos.

—¿Lo aceptó?

—No. No al principio. Martín era de esos hombres que tienden a adueñarse en exclusiva de lo que aman. Y no por celos, ni codicia, ni egoísmo, ni afán de poder, porque podía ser muy generoso y dar más de lo que recibía, sino de una forma... natural. Ese tipo de hombres que creen que a los demás les gusta lo que a ellos les gusta. Por eso no entendía el motivo de la ruptura, y cuando al fin le hablé de Lázaro...

—¿Sí?

—Se enfadó mucho. Amenazó no sólo con despedirlo, sino con hacer que no encontrara trabajo en toda la ciudad. De un día a otro pasaba de la ira al ruego. Era como si de pronto me valorara en más de lo que nunca antes me había valorado. Al final no terminamos bien y, si no hubiera muerto, sé que habría terminado por hacerme daño de algún modo cuando asumiera definitivamente que no había vuelta atrás. En ese sentido, Martín era mi enemigo. Ya ve que también yo tenía razones para haberlo empujado desde la terraza.

—Y ahora, ¿está con ese muchacho?

—Sí.

Su sonrisa tardó en desvanecerse de su rostro, se aferraba a él como si estuviera recordando algo agradable. Si al inicio de la conversación Cupido casi había creído que era una más de esas mujeres inteligentes, hermosas y desdichadas que van a dar con el hombre menos apropiado cuando a su alrededor hay cien mil esperando una sola palabra suya para comenzar a hacerlas felices, ahora esa idea había desaparecido por completo. Pensó que era una mujer en buena armonía con el sexo. Observó sus manos, de uñas cortas y limpias, un poco anchas, pero femeninas, y adivinó que acariciaban y eran acariciadas. Una mujer llena de satisfacción y de un poco de ese asombro con que la rosa contempla su propio esplendor.

Con aquella entrevista por fin se había acercado al corazón de Ordiales, lo conocía mejor, pero de momento todo eso no aportaba nada especial a su investigación. Era otro pensamiento el que de repente lo inquietaba: no era la primera vez que alguien hacía recaer sobre sí las sospechas más explícitas para de ese modo inducir a creer en su inocencia.

Si, a pesar de todo, Alicia hubiera empujado a Ordiales al vacío —y ella sí podría haberse acercado a él y suplir la menor fuerza con la confianza—, el hecho de encontrar su pañuelo en la chaqueta de la víctima hacía pensar en su inmediata inocencia, puesto que podría haberlo cogido antes o después de modo que nadie la relacionara con él. Aunque también, claro, existía la posibilidad de que ni ella misma supiera que Ordiales guardaba su pañuelo. Tampoco a ella podía descartarla.

—Una última pregunta.

—Claro.

—¿Envió alguien a Santos a pintar la verja de la piscina del chalet o fue él hasta allí por propia iniciativa?

—Alguien debió de enviarlo.

—¿Por qué?

—Porque esa tarde yo oí cómo Pavón le ordenaba que lavara una pared de ladrillo visto. Y, desde que no está Martín, incluso Santos sabe que el encargado es quien manda en el trabajo. Sin otra indicación, él solo no se hubiera atrevido a desobedecerlo.

Pianista

Hoy no tengo ganas de tocar. Sin embargo, abro la partitura de una pieza que desde algún tiempo me gusta mucho, el nocturno n.º 11 de Chopin. Los acordes parecen los martillazos de un herrero, y no por el Petroff —otra vez me asombra que de un instrumento tan viejo surja un sonido tan limpio—, sino por la torpeza de mis dedos que chocan entre sí y se apiñan en las fermatas. Tengo que poner en marcha el metrónomo, muy lento, esperando que su tictac ordene el ritmo de las notas, que siguen saliendo planas, monocordes, llenas de grumos, con chimpún de pachanga.

Es en vano y dejo el teclado que parece duro, como si el propio piano se resistiera a mi agresión.

Al sentarme frente al televisor veo un programa sobre la pena de muerte en Estados Unidos y las distintas formas con que actúan los verdugos. Son, en general, hombres fornidos, bien alimentados, blancos y rubios, acaso padres de familia que con las mismas manos con que aprietan el botón de la inyección letal o conectan la palanca de la descarga eléctrica arrojan una hora más tarde unos granos de sal a las chuletas de la fiesta del barrio o acarician la cabeza de un niño. Su contacto no provoca ningún escalofrío. Actúan ante las cámaras a rostro descubierto, casi con petulancia, codo con codo con policías, médicos y capellanes.

Antes, la de verdugo era una profesión tan vergonzosa y abominable que, en el cadalso, pedían perdón al reo, se tapaban el rostro con un capuchón negro para que nadie los reconociera luego en la calle, aunque hubieran ejercido el derecho a quedarse con las ropas del muerto. Una vez leí en un libro de Goethe su alegría porque un abogado había conseguido que admitieran como estudiante en la facultad de Medicina al hijo de un verdugo, a quienes entonces no se les permitía ejercer ningún oficio honrado ni, mucho menos, detentar ningún cargo público, con lo que su profesión se convertía en una condena vergonzante que se transmitía de padres a hijos. No recuerdo quién hizo una excelente película con ese tema.

Yo también soy un verdugo. Algunas veces intento engañarme y me digo que no, que sólo soy un matarife. Pero el engaño dura poco, la realidad no pierde ocasión de desmontarlo. El matarife mata animales anónimos en un lugar público y sanitario para que los demás nos alimentemos de ellos. Nunca nadie ha comido al animal que yo mato, al perro o al pájaro con nombre propio a quien odia o adora aquel que me contrata. Y lo hago de forma clandestina, donde nadie ajeno me ve. Luego, escondo los cadáveres.

Yo también soy un verdugo: mato y cobro por matar. Y aunque sólo ejecuto a animales, cada día es mayor la vergüenza que siento por mi oficio.

—De modo que Santos estaba en el edificio cuando mataron a Ordiales —dijo el teniente. Lo había citado a las nueve de la mañana y apenas se detuvo a saludarlo antes de comenzar a preguntar.

—Sí.

—Y tú crees que lo mataron porque podría haber visto algo.

—Eso creo.

—Y tu misterioso cliente, para saber todo eso, también estaba rondando por allí.

—Sí.

—Por tanto, aquel atardecer, el edificio en obras estaba más concurrido que el día de la entrega de llaves —levantó el puño y fue abriendo los dedos según contaba—: Ordiales, Santos, tu cliente y una cuarta persona que, si te creyera, sería la culpable de las dos muertes.

—Sí —repitió Cupido, paciente y testarudo, dando tiempo a que se calmara la ardorosa ironía de Gallardo.

El teniente se quedó en silencio, pensativo, una mano peinando repetidamente hacia atrás los pocos cabellos que le quedaban en lo alto de la cabeza, cuando hubiera sido suficiente un único movimiento.

—Estoy intentando comprender con qué intenciones contrata a un detective privado una persona a quien nadie acusa de nada y, además, no parece tener ningún interés familiar o afectivo en saber quién mató a Ordiales.

A menos que nosotros seamos tan torpes que no hayamos descubierto lo mucho que alguien quería a un constructor a quien todos los demás parecían odiar o temer. Lo pienso y sólo encuentro una razón: tu cliente es el único que queda con vida, exceptuando al culpable, claro, de los que estaban en el edificio aquella tarde y tiene pánico a que le ocurra lo mismo que a Ordiales y a Santos. Pero entonces hay algo que no encaja: si en efecto tiene miedo y es inocente, ¿por qué no acude a nosotros? Siempre podremos protegerlo mejor que tú. Tú no eres un guardaespaldas. Y con nosotros nadie le tocaría ni un pelo de la ropa.

—No es todo tan sencillo —dijo Cupido.

—Claro que no. La única respuesta que se me ocurre es que tiene algo que ocultar. Que, de algún modo, él también está implicado, al menos en la primera muerte, cuando te contrató.

—No. Puedo asegurarle que no.

—Entonces, ¿por qué no nos dices quién es para que podamos hablar con él? Sin apremios, sin amenazas.

—No —repitió Cupido. Sabía que es inevitable la coacción que surge cuando se cita a alguien en un cuartel con un papel timbrado con el haz, la espada y la corona y se le deja esperando un par de horas en una habitación vacía. Pero además estaba su palabra—. Sería en vano. No podría aportarle nada útil que yo no le haya dicho. Usted sabe bien que en alguna ocasión anterior hemos pactado. Información por información, favor por favor. Pero esta vez sencillamente no tengo nada que ofrecer que le sirva de algo.

—Nada que ofrecer que nos sirva —repitió el teniente, despreciativo y casi exasperado. Luego, enseguida, sólo parecía cansado—. De acuerdo. No voy a seguir preguntándole a una mula. Al contrario. Vamos a empujarla con un poco de pienso.

Se levantó, abrió la puerta del despacho y ordenó que viniera alguien. Medio minuto después, la agente que Cupido conocía entró con una carpeta en las manos.

—Vamos a repasar esos informes del laboratorio —dijo el teniente.

Andrea se colocó junto a él, al otro lado de la mesa, abrió la carpeta y extrajo varios folios timbrados.

—No había nada extraño en el agua. Restos insignificantes de ácido úrico, posiblemente porque Santos debió de orinar, antes o en el momento de recibir la descarga eléctrica. El fondo de la piscina estaba un poco sucio, con polvo y tierra precipitada, lo que parece lógico en una obra sin terminar. Pero en lo demás estaba bastante limpia.

—¿Limpia? —preguntó Cupido.

La agente comprobó algo en el informe.

—«Apenas se aprecian otros materiales en suspensión» —leyó.

—Alrededor sí había algo interesante —continuó el teniente—. Quienquiera que arrojara la taladradora al agua estuvo después dando varias vueltas desde la piscina a la entrada de la valla. Las suelas de los zapatos, unos zapatos comunes, que podrían ser de hombre o de mujer, se le habían mojado y dejó las señales de haber pasado alrededor varias veces. Los de análisis piensan que estaba buscando algo.

—¿Algo que había perdido?

—Quizás —dijo el teniente—. Pero parece que no debió encontrarlo, porque no se detiene bruscamente en ningún sitio ni hay esas huellas inconfundibles de cuando alguien se agacha en cuclillas. Nosotros fuimos otra vez a buscar, lo miramos todo de nuevo y vaciamos la piscina filtrando el agua, pero no encontramos nada relevante. Ni un botón, ni una lentilla, ni una llave, ni nada parecido.

—¿Y las coartadas? —insistió, animado por toda la información que le estaban dando.

—Por ahí no se llega a ningún sitio. Todos estaban solos. Todos son gente solitaria. Hay, además, otro detalle.

—¿El pañuelo?

Cupido advirtió cómo Andrea, sorprendida, miraba al teniente, que movió la cabeza sonriendo y levemente irritado.

—No hay muchas cosas que dejes de averiguar, ¿no?

—Me lo contó ella misma.

—Algún día tendrás que explicarme cómo lo haces —dijo, ya sin ironía ni irritación, sólo cordial y apreciativo—. Todo el mundo corriendo detrás de ti para darte la información que nosotros hemos tenido que sacarles con tenazas.

—Yo no lo diría de ese modo. Yo diría que sólo se trata de hacerles en el momento oportuno las preguntas que ellos mismos están deseando contestar.

No fue esa misma tarde. Tuvieron que pasar veinticuatro horas más para que se produjera la súbita revelación, ese momento de intensa luz en que unas simples palabras hacen que la esfinge que impide el paso en las puertas de Tebas se arroje por el barranco.

Estaba adquiriendo la costumbre de visitar a su madre en días alternos. Comenzaba a familiarizarse con los horarios y las costumbres de la residencia, con los cuidadores y las enfermeras, y esta vez no preguntó por ella. Se limitó a buscarla por el jardín y en la sala de televisión. Al no encontrarla, fue a su habitación, que estaba cerrada, y luego al gimnasio. En un sitio así —pensó, incapaz de desalojar de su cabeza la investigación—, donde no hay fronteras entre los aparatos que causan dolor en la rehabilitación y los que procuran placer en el entrenamiento hacia el esplendor físico, había estado Martín Ordiales unas horas antes de morir. Pero tampoco allí vio a su madre, de modo que preguntó por ella al monitor.

—Esta tarde ha ido a la piscina —le dijo.

—¿A la piscina? —se extrañó. Nunca había visto a su madre bañándose en un lugar público. Le parecía que un bañador sería la última prenda que usara, tan extraña en su armario como una casulla de sacerdote o una chaquetilla de torero. Y no por falta de higiene, simplemente por un exagerado sentido del pudor según el cual el ombligo y los muslos también exigen la mayor ocultación.

—No quería, pero el médico ha logrado convencerla. Le sentará muy bien un poco de ejercicio en el agua templada. No sólo para su pierna.

—¿A la piscina? —repitió, todavía incrédulo.

—Bueno, prácticamente el médico tuvo que llevarla cogida del brazo. Sólo aceptó cuando le encontraron un bañador discreto —dijo, cordial y lleno de buen humor.

—Lo estoy imaginando.

Allí estaba, sumergida hasta las axilas en la zona de no nadadores, con una mano firmemente aferrada al borde, cerca del chorro de agua templada que expulsaba la depuradora. El bañador era de color negro, más antiguo aún de lo que había imaginado, con el escote muy alto y una faldilla que se veía ondular en el agua limpia sobre el fondo de gresite azul. Un modelo que debía de haber sobrevivido en algún armario desde los tiempos en que La Misericordia era un hospital para tuberculosos e indigentes.

—¡Ya ves dónde me han metido! —exclamó al verlo llegar.

—Bueno, dicen que es la mejor terapia para todas las molestias musculares.

—Preferiría que me sacaran de aquí aunque tuviera que soportar algún dolor.

—Ten un poco de paciencia. Ya verás como en unos días no querrás salir —dijo. Se agachó y hundió la mano en el agua, junto al chorro de la depuradora, comprobando su temperatura—. Está templada.

Y fue en ese momento cuando dejó de dar manotazos en la niebla y miró a los ojos de la esfinge y sospechó que podía haber hallado la respuesta. Ese instante de luz que sólo estalla porque previamente todo el pensamiento está en alerta y a todo lo que ocurre alrededor le busca una posible aplicación para resolver el enigma que tiene entre las manos. La gente con quien hablaba, los libros que leía, los objetos que tocaba..., todo era examinado buscando de un modo inconsciente un posible uso, o dato, o casualidad que le ayudara a avanzar en la investigación. Observó la abertura por donde salía el agua con una fuerza inesperada. En el lateral de enfrente, una trampilla volvía a engullirla para hacerla pasar de nuevo por el circuito de limpieza. Recordó las palabras de la agente de la Guardia Civil para referirse al fondo sucio de la piscina del chalet, pero a la ausencia de materia en suspensión. Gallardo no estaba obligado a ser también un experto en piscinas, pero aquella extraña transparencia del agua que habían determinado los técnicos del laboratorio podía deberse a que la depuradora hubiera estado funcionando mientras Santos se bañaba. Se maldijo por haber sido tan torpe, por haberse limitado a analizar lo que había y no haberse preguntado también por aquello que faltaba. Al vaciar la piscina para buscar cualquier pista en el fondo, ¿se les había ocurrido vaciar también los filtros interiores de la máquina? No lo habían mencionado en el informe que le leyeron. La meticulosa «brigada de los sabios» no había venido en esta ocasión desde Madrid a hacer todo aquel trabajo de campo, puesto que el de Ordiales no era un homicidio especialmente horrendo ni había creado alarma social. A ellos no se les hubiera pasado por alto. Pero el teniente y sus dos ayudantes, ¿habían pensado en ese detalle? Y si no lo habían hecho, ¿cabía la posibilidad de que estuviera dentro del circuito de la depuradora aquello que el agresor parecía haber perdido? No era seguro, pero tenía que confiar en esa posibilidad. Observó otra vez el movimiento del agua: cualquier cosa que hubiera caído a la piscina y flotara, en pocos minutos habría sido engullido por la poderosa corriente de depuración.

Llamó a Gallardo desde la misma puerta de La Misericordia, antes de arrancar el coche. No estaba, pero al repetir su nombre e insistir en la urgencia de hablar con él, le dijeron que intentarían localizarlo.

No habían pasado cinco minutos cuando sonó la llamada. Era el teniente.

—¿Ha vuelto a entrar alguien en el chalet? —le preguntó Cupido.

—No. Lo tenemos precintado y con alguna vigilancia. ¿Por qué?

—Cuando vaciaron la piscina, ¿analizaron también la depuradora?

—¿La depuradora?

—Sí.

—Nadie me ha dicho nada. ¿A qué viene ahora todo esto?

Cupido le resumió la posibilidad de encontrar algo.

—No sé cómo te las arreglas para saber siempre una cosa o dos más que nosotros —dijo—. Espérame allí.

Quince minutos después Gallardo abrió la puerta de la alta valla. La casa, ahora sin guardias ni camillas ni ninguna señal de vida, parecía más que vacía: hueca, como si le hubieran extraído algo consustancial a su organismo. Se acercaron a la piscina. En uno de los rincones, y aprovechando la inclinación del terreno, había una pequeña caseta adosada a la pared exterior del vaso. La puerta, de chapa metálica, tenía un simple cerrojo. En el interior, una bombilla iluminaba un cuadro eléctrico de mandos con dos interruptores y un programador temporal de funcionamiento. Los conductos de entrada y expulsión del agua confluían en un depósito con un motor. Abrieron la trampilla y vieron que aún estaba llena de agua. Sin hablar, el teniente enfocó con la linterna, hundió la mano y extrajo una cubeta taladrada, parecida a los escurridores que se usan en las cocinas, a su vez encastrada en un segundo filtro de lona que no dejaba pasar ninguna suciedad. Sacó la cubeta a la luz del sol y observaron su contenido: hojas secas de árboles y hierbas ahora empapadas, insectos muertos, un trozo de corcho blanco y otro de un papel de periódico que no les pareció relevante. Pero, destacando sobre todo lo anónimo y corrupto, una pequeña pieza de plástico con forma de triángulo con los vértices y los lados muy redondeados, de color azul, con un nombre, *Job*, y un número de teléfono: el equivalente a las viejas chapas que, colgadas al cuello, servían para identificar a los soldados muertos en las guerras, pero ahora utilizadas con los perros para un caso de pérdida o accidente. Gallardo la cogió con una pinza y la guardó en una bolsita de plástico.

—Creo que no será difícil averiguar a quién pertenece *Job*.

Llamó por el móvil, preguntó por Andrea y Ortega y dictó uno a uno los dígitos del número de teléfono. Luego esperó unos momentos.

—De modo que el número es suyo. Gracias —dijo. Iba a colgar, pero se detuvo, tenso y concentrado. Añadió—: Ahora mismo os vais Andrea y tú a hablar con el portero del edificio donde vive. Si no hay portero, con los vecinos. Con absoluta discreción. Quiero confirmar si tiene o ha tenido un perro llamado *Job*.

—¿Muriel? —adivinó Cupido cuando colgó, ya sin impaciencia ni alegría, con aquel cansancio que siempre le causaba descubrir el odio en alguien que conocía, con quien había hablado, a quien había mirado a los ojos y estrechado la mano.

—Muriel —dijo el teniente.

Se quedaron mirando la pequeña placa de identificación en la bolsita, la piscina vacía, la verja todavía pintada a medias, como Santos la había dejado. Luego el teléfono vibró en la mano del teniente.

—Sí... ¿Seguro?... Muy bien... No. Esperad ahí.

Dobló la solapa, lo guardó aún pensativo y al fin dijo al detective:

—No es necesario que vayan a preguntar. Andrea recuerda bien que, cuando lo interrogaron en su casa, había un perro pequeño. Recuerda incluso la raza: un teckel. Ha mirado en sus notas. En efecto, se llama *Job*.

—Ya lo tiene. Con eso hay una base sólida para detenerlo.

—¿Estás seguro? —dudó, pensativo.

—Sí.

—Yo no lo estoy tanto. Hasta a un abogado recién salido de la universidad se le ocurrirían diez razones distintas para justificarlo. Que la había perdido en una visita anterior al chalet o a alguna obra; que Santos, que a menudo barría los escombros, la encontró y la guardaba para devolvérsela; que alguien la puso allí intencionadamente... Incluso podría decir que la perdió cuando él y Pavón se inclinaron para sacar el cadáver de la piscina.

—No. Yo también fui testigo de ese momento. La depuradora no estaba funcionando y no hubiera podido tragar la chapa.

—En todo caso, que estuviera ahí dentro sólo demuestra que cayó con ella en marcha, no que se le cayera a él.

—Hay algo más —replicó Cupido, viendo cómo los hechos se deslizaban suavemente en su cabeza y cada uno encajaba en su sitio—. Sólo Muriel, Pavón o Miranda pueden haber sido los autores de la muerte de Santos.

—¿Por qué?

—Santos vino aquí a pintar contraviniendo las órdenes expresas de Pavón, que le había encargado lavar una pared de ladrillo visto. Como ya no tenía el amparo de Ordiales, no creo que se hubiera atrevido a desobedecer las órdenes del capataz sin que Pavón mismo o alguien de rango superior se lo dijera. Y por encima de Pavón sólo están Muriel y Miranda.

—De acuerdo, de acuerdo. Supongamos que Muriel lo envió aquí. He visto a tipos acusados con pruebas más sólidas que ésta —señaló la placa del perro— salir absueltos de un juicio y antes de llegar a la puerta ya estaban encargando a sus abogados que comenzaran a preparar una querella por difamación contra quienes los habían acusado. No tenemos ninguna prueba de que se le cayera aquella misma tarde.

—Pero eso él no lo sabe —dijo Cupido sin apartar los ojos del teniente, ofreciéndole algo que acaso él también estaba pensando, pero que nunca podría proponer, no tanto por miedo a volver a sufrir aquella antigua sanción por extralimitarse en sus funciones sin un permiso judicial cuanto por su sentido del honor, por la rígida herencia contenida en el uniforme, por su escrupuloso respeto por el reglamento. Por la convicción, en fin, de que hay trampas que ya no pueden hacerse ni incluso para desenmascarar a un homicida.

—¿No lo sabe?

—Si la estuvo buscando sin encontrarla, no sabe en qué sitio cayó, cerca o lejos de las manos de Santos. En cualquier caso, sin duda se arriesgaría por recuperarla.

—De acuerdo, de acuerdo —repitió—. Sé la palabra que define eso que estás sugiriendo.

—No es la palabra engaño. Digamos que sólo es un señuelo.

—¿Un señuelo? Llámalo como quieras. ¿Lo harías tú? —preguntó, la mirada ya sin ninguna ironía, los labios endureciendo la forma de la boca, las cejas levantadas por la tensión provocando unas arrugas en la frente que terminaban bruscamente en lo que diez años antes era el pelo y ahora sólo era una calvicie dura y lustrosa que, sin embargo, no le hacía parecer más viejo.

—Sí. Si no sale bien, no habrá sido otra cosa que una simple conversación privada.

—De acuerdo, de acuerdo —repitió una vez más—. Aunque se haya deshecho de la copia de la llave con la que debió de entrar, aún tienen un juego en la oficina. Si se decide a venir, podrá utilizarla. Pero tú, ¿cómo entrarías?

—Digamos que coincidiré casualmente con ustedes cuando venían hacia acá y que me adelanté unos pasos.

Gallardo miró hacia la caseta, hacia la puerta del chalet y luego otra vez hacia la caseta.

—Espero que todo salga tan bien que nadie tenga que detenerse a pensar en esa coincidencia.

—Entonces, creo que debería llamar a las oficinas de Construcciones Paraíso y decirles que se van a retirar del chalet, pero que antes van a llenar de nuevo la piscina para dejarla como estaba. Y a poner en marcha la depuradora.

Llaves

Cada mañana llegaba a la oficina el primero, porque ya no estaba Martín para anticiparse y Miranda se retrasaría como siempre. Abría la puerta y, sin ningún entusiasmo, repasaba lo que había que hacer ese día. El ritmo de construcción había decrecido drásticamente en el último mes, pero no le importaba demasiado. En caso contrario, y sin Martín allí, al frente, él no hubiera podido sostenerlo. Las urgencias, los imprevistos, los accidentes, los conflictos... lo habrían desbordado. Su territorio natural eran los papeles y los números, las medidas y el cálculo, y no el control directo del trabajo a la sombra de las grúas llevando en la cabeza un casco de seguridad con el que siempre se veía tan ridículo como un mono con birrete.

En el otro campo de su inquietud, le bastaba con que no se produjeran novedades en las investigaciones paralelas que llevaban el teniente y aquel detective alto. Sabía que con cualquier novedad él sería el perjudicado, pero ignoraba quién de los dos podría traerla, quién tendría mayor capacidad para hacerle daño. Si, por una parte, el teniente contaba con el inagotable aparato de la ley y con una vigorosa capacidad para entrar en cualquier sitio y recabar información, del detective temía el talento para analizarla. Detective: una palabra que hasta unas semanas antes le hubiera resultado indiferente, un título que sólo tendría valor en el mundo de ficción de los niños y, quizás un poco, en el de los pequeños delincuentes, sin embargo, ahora tenía el poder de amedrentarlo.

De nuevo entró el primero en la oficina. Eran las cuatro, y hasta las cinco no vendría nadie. Había dicho en su casa que debía estar pendiente de la llegada de un tráiler para indicar los lugares donde debían distribuir la carga. Aún se conservaba cierto frescor del aire acondicionado que había funcionado durante toda la mañana y se detuvo unos instantes a serenarse, a comprobar que todo lo hacía bien y que esta vez no llevaba encima nada que pudiera perder. Demasiadas cosas se perdían. Si Alicia no hubiera extraviado su pañuelo, él no estaría allí ahora esperando a que el sudor se secara en su cuello. Miró la mesa que había ocupado la aparejadora. Ya estaban buscando al sustituto adecuado, pero hasta que llegara seguiría vacía. Por simple curiosidad se acercó a ella y abrió los cajones como aquella tarde los había abierto Ordiales. Él ahora no quería ni buscaba nada, sólo comprobaba el vacío como si en él pudiera hallar alguna especie de identificación o de consuelo, pero recordó la ansiedad con que Martín husmeaba creyéndose solo.

Aquella tarde también él había vuelto a la oficina, con la intención de coger dinero. Necesitaba llevarlo a casa, pero no podía sacarlo del banco, porque en los cheques eran imprescindibles las firmas de dos socios. Resultaba casi patético el modo en que se habían confabulado contra él las circunstancias: era uno de los dueños de una empresa que facturaba varios millones de euros y en ese momento no podía disponer del anticipo de su nómina sin tener que dar explicaciones a la curiosidad de Martín o de Miranda. Habían hecho unos pagos imprevistos y la caja de efectivo estaba casi vacía. Por fortuna, uno de sus clientes había llamado aquella mañana para decir que unas horas después pasaría por allí a entregar una cantidad que aún debía de las cuotas que se abonaban en dinero negro, sin facturas. Sin encender ninguna luz, lleno de ansiedad, había abierto la caja fuerte que se escondía en su despacho de gerente —los tres socios eran los únicos que conocían la combinación numérica—, pero allí no había nada. Era frecuente que mintieran y demoraran los pagos el mayor tiempo posible con la excusa de que también ellos demoraban la finalización de las obras, pero él no podía volver así a casa. La semana anterior, en tres tardes consecutivas, había perdido casi tres mil euros jugando y tenía que aparecer con esa cantidad si no quería soportar de nuevo los insultos, los gritos, las amenazas. No se sentía con fuerzas para oír otra vez la voz rabiosa mientras las risas estúpidas o los bufidos de sus dos hijas servían de eco a las maldiciones de la madre.

Acababa de cerrar la caja cuando oyó que alguien más entraba en la oficina. Apenas tuvo tiempo para esconderse tras la puerta de su despacho, que había quedado entornada. Temblaba de miedo. No hubiera encontrado una excusa convincente para justificar su presencia allí, en la penumbra. Por la estrecha abertura del quicio, sin embargo, podía ver lo que ocurría. Era Martín, que había regresado para hacer alguna gestión olvidada. Aunque era demasiado tarde incluso para él, recordó que a esas horas estaba yendo a unas sesiones de rehabilitación por un problema con su brazo. De ahí el retraso en aquella ronda final que le gustaba dar cada día por las oficinas y por las obras para comprobar los avances y para programar el trabajo posterior.

Lo vio encender la luz y revisar algunos papeles, coger unas facturas y llevarlas a la mesa de Alicia. Y allí comenzó todo a ser extraño. Martín se sentó en la silla de la aparejadora y alzó la cabeza con los ojos cerrados y ese gesto de oler que tan a menudo parece doloroso. En el silencio de la oficina, desde su escondite pudo oír la aspiración de las narinas tensándose al inhalar el aire, todavía sin comprender qué ocurría, pero ya intuyendo algo obsceno y oscuro y lastimero. Martín abrió los cajones y los removió buscando algo que no terminaba de encontrar, pero al mismo tiempo daba la sensación de que no sabía bien lo que buscaba. Y luego, de pronto, lo vio agacharse y recoger del suelo un pañuelo que reconoció como de Alicia.

Ignorante de que su intimidad se estaba convirtiendo en espectáculo, se había quedado de rodillas, con el pañuelo tapándose la boca, oliéndolo violenta y desesperadamente. Entonces recordó un comentario que, con ese trémulo instinto con que una mujer fácilmente adivina lo que sucede en el cuerpo de otra mujer, una tarde le había hecho Miranda al ver cómo los dos se alejaban para ir a una obra:

—Si no supiera que son Martín y Alicia diría que forman una pareja.

Él nunca había sentido por una mujer lo que ahora deducía de su comportamiento —una adoración ciega que unía lo sagrado y lo carnal en un mismo impulso— y asistía con asombro y turbación a un espectáculo que no hubiera creído sin haberlo visto. La pasión amorosa era algo que le resultaba extraño y lejano: una exageración con fines comerciales para hacer de un simple instinto un catálogo interminable de libros, canciones y películas estúpidas con que emocionar a los adolescentes. Descubría ahora que, después de todo, también Martín era aquello que simulaba no ser. Lo vio levantarse como si estuviera infinitamente cansado, él, un hombre que podía estar trabajando dieciocho horas al día, y guardarse el pañuelo de Alicia en un bolsillo de la chaqueta como si hubiera encontrado oro. Apagó las luces al marcharse.

Seguía temblando cuando salió de su despacho, sorprendido por el brillo y la dureza del diamante que también él tenía de pronto entre las manos. Allí estaba la solución a su problema, aunque en ese momento no pensara que su intención ya tenía un nombre antiguo: soborno, chantaje, amenaza. Ni siquiera le parecía una transacción comercial: tu dinero a cambio de mi silencio. No. Cuando diez minutos después salía en su busca sólo pensaba en la complicidad, casi en la camaradería: «Yo conozco tu problema. Escucha tú ahora el mío y veamos entre los dos cómo podemos ayudarnos».

Vio su coche aparcado en el bloque en construcción y entró a buscarlo. En la primera planta, un ruido de ronquidos lo paralizó unos instantes. Era Santos, que dormía plácidamente su sueño de aguarrás sobre una plancha de corcho blanco, la mano izquierda con los tres dedos apoyada sobre el estómago alto y rumiante. Siguió subiendo, seguro de que lo encontraría en la terraza desde donde le gustaba mucho contemplar la perspectiva, los mordiscos con que la ciudad iba ganándole terreno al campo. Y en efecto, allí estaba, de espaldas a la escalera, apoyado en el pretil, pero ya girándose como si comenzara a marcharse.

—¿Ocurre algo? —le preguntó al verlo, porque Martín sabía que él nunca haría el esfuerzo de subir hasta allí para contemplar un atardecer ni para calibrar la verdadera dimensión de los edificios que construían.

—¿Puedo hablar contigo un minuto?

—Claro —dijo, cordial y expectante, quizá pensando que iba a proponerle algo sobre el proyecto de Maltravieso que Miranda no debía oír.

—Hace unos días, en una sala de bingo, perdí dinero —comenzó a contarle haciendo un esfuerzo inmenso. Antes, sólo había hablado de eso una vez, a su mujer, creyendo que podría encontrar alguna indulgencia, pero las odiosas consecuencias aún no habían terminado, los insultos seguían resonando en sus oídos. De modo que se sentía temeroso y alerta al pronunciar aquellas palabras, bingo, dinero, perder, que ahora ni siquiera le parecían trágicas, sólo vergonzosas y ridículas.

—¿Perdiste dinero? ¿De la empresa?

—No, no de la empresa. De mi sueldo.

—¿Cuánto?

—Tres mil euros. Casi tres mil euros —repitió, porque de

pronto le pareció una cantidad insignificante que Martín podría prestarle con la simple firma de un cheque.

—¿Y? —preguntó.

Entonces supo que ya se había negado, antes incluso de conocer la causa o las razones que lo habían empujado a jugar, porque su respuesta debía haber consistido en acercarse a él y sacar su cartera y decirle que en ese mismo momento iban a arreglarlo.

—Vengo a pedirte que me prestes el dinero. Tengo que llevarlo a casa porque debemos afrontar unos pagos urgentes. No te preocupes, te lo devolveré el próximo mes.

No había terminado de hablar y ya lo vio negando con la cabeza, afirmando su pertenencia a aquella orgullosa especie a la que él nunca pertenecería, la de los hombres que saben negar ante otro hombre que se arrastra y les ruega. Comprendió que también era un error contárselo a él, tan acostumbrado a ganar, tan refractario a la derrota que no podía admitir que alguien perdiera de un modo tan estúpido y absurdo, jugando contra el azar de una máquina, y no al menos en algún juego donde dejarse la piel en la refriega.

—No.

Hizo un nuevo esfuerzo para mirarlo a los ojos, dispuesto a llegar más cerca de la humillación de lo que nunca había llegado antes, mintiéndose al decirse que hay momentos y motivos en los que suplicar de ese modo aún es compatible con los últimos restos de dignidad y orgullo.

—No, no puedo —repitió Martín antes de que él hubiera podido añadir algo—. No tengo ninguna seguridad de que no bajarías corriendo esas escaleras para ir a encerrarte de nuevo en un sitio de ésos con la vana esperanza de ganar para pagarme a mí y pagar esas deudas de que hablas. No te haría ningún favor prestándote el dinero.

—Sabes bien que no sería así. Sabes bien que soy el gerente de la empresa y que nunca en cuarenta años ha habido un solo gasto que no tuviera su factura.

–De acuerdo, de acuerdo. Un hombre íntegro en el trabajo y un desastre en su hogar. No es lo más común, pero no es la primera vez que lo veo. En ese caso, lo más conveniente sería llevarle el dinero a tu mujer para que ella pague esas deudas.

De pronto estaba allí el primer asomo de la ira, sin ningún aviso previo ni señal, como esas nubes negras de verano que parecen materializarse en el profundo azul naciendo de la nada, sin haber pasado antes por las gradaciones de la calima ni por la aparición del viento, para soltar de súbito un rayo y un trueno furiosos cuya simultaneidad indica que ya está encima de la cabeza.

–No. Ella no tiene por qué saber nada de todo esto –replicó, y él mismo fue consciente de cuánto había cambiado el tono de su voz. Por primera vez desde que había llegado a la terraza sentía dentro una fuerza con cuyo uso podría dejar de ser un hombre inofensivo. Su amenaza había hecho engordar aquella bola dura y caliente que le quemaba en la boca del estómago.

–De acuerdo, de acuerdo –concedió Martín–. Un secreto entre hombres. Ocultar que uno va al bingo como otros ocultan que beben o que van de putas. En el fondo, quizá no haya tanta diferencia.

–De putas –repitió, y sólo entonces comprendió que había olvidado la razón que lo había empujado hacia aquella terraza–. Un secreto entre hombres –repitió–. Como ocultar que llevas ese pañuelo en el bolsillo.

Entonces sí consiguió paralizar toda su fuerza e ironía. Lo vio llevarse la mano a la altura de la cadera, como si comprobara que seguía allí guardado; lo vio dudar unos instantes, hasta que de pronto se había recuperado con una sombría concentración de asco y desprecio.

–Ya comprendo. Estabas allí, ¿verdad? Espiando desde tu despacho, con la luz apagada, buscando en la caja esos tres mil euros que necesitas para que dentro de unos minutos, cuando llegues a casa, tu mujer no grite demasiado ni te amenace delante de tus hijas, ¿verdad? No, no hay chantaje. Se acabaron los secretos, vamos a decirlos en voz alta. Yo recogía un pañuelo que Alicia debía de haber perdido, con la intención de devolvérselo mañana, y tú hurgabas en la caja fuerte. Tendrás que explicar con qué intenciones.

Había ido elevando la voz, ya casi gritaba, y parecía que desde allí arriba, desde la terraza, se lo estaba contando no sólo al idiota narcotizado que dormía unos pisos más abajo, sino a toda la ciudad. Luego se calló, esperando su respuesta, seguro de haber eliminado aquella pequeña amenaza de vergüenza que sólo le había afectado unos instantes.

–Tres mil euros. No es mucho dinero. He hecho que la empresa gane mil veces esa cantidad –dijo aún, sin ninguna esperanza, convencido ya de que no recibiría nada, de que nunca había tenido ni tendría la suficiente elocuencia ni carisma ni persuasión para que alguien se detuviera a escucharlo e hiciera por él algo que no había pensado hacer.

–No –repitió Ordiales.

Lo miró conteniendo otra vez el deseo de hacerle daño físico, de ver su sangre y oírlo quejarse, de romperle aquel gesto de no haber tenido nunca relación con la debilidad o el engaño o la infamia. El último sol de la tarde le daba en la mejilla derecha con toda su furia, como si estuviera mordiéndosela, pero supo que sólo era que se había sonrojado por la humillación. Al frotarse la cara se hizo daño, de pronto consciente de que la ira surgida de las pequeñas ofensas cotidianas recibidas desde tiempos que apenas recordaba, desde que era un niño inteligente y tímido y avasallado, se había ido acumulando y reuniendo en sus manos para que utilizara su inagotable y concentrada reserva sólo en ese momento. Ya no veía a Ordiales, sólo se veía a sí mismo pasando desde la quietud y la resignación a un torbellino de locura en el que agarrar, levantar y empujar hacia el vacío eran un mismo movimiento.

Ni siquiera había oído el grito, aunque estaba seguro de que se habría producido. El único que podía haberlo oído en aquel lado del bloque que miraba hacia el campo era Santos. Bajó las escaleras sin hacer ningún ruido, y al llegar al primer piso escuchó. No se oía nada, ni siquiera los ronquidos de antes. Avanzó unos pasos y al asomarse lo vio aún dormido, aunque la mano mutilada ya estaba removiéndose, como si desde su experiencia de dolor ella hubiera captado antes que cualquier sentido la señal de alarma, pero tan débil que no tenía intensidad suficiente para despertarlo de súbito. Salió de allí corriendo, los pies ardiendo dentro de los zapatos, y, mientras caminaba por las primeras calles de la ciudad, con las estrellas poniéndose en marcha en el cielo y algún gallo de los arrabales arrancándose de la garganta las últimas espinas del día, le parecía que le ladraban todos los perros del verano.

Al llegar a su casa se encerró en la ducha, sudoroso y temblando, se lavó a fondo y le dijo a su mujer que al día siguiente pasaría por el banco a sacar dinero. Contra lo que esperaba, ella no indagó más, como si hubiera advertido en su voz una firmeza que no tenía cuando mentía.

Por la mañana fue al trabajo, como todos los días. Sereno, inmutable, mintiendo antes de que los demás le preguntaran y sorprendido de que todos se dejaran engañar tan fácilmente. Luego pasaron los días, el funeral, los interrogatorios de la Guardia Civil, y él fue afirmándose un poco más cada hora en su invulnerabilidad hasta que una tarde vio al detective husmeando por las obras con gesto furtivo y alzando la cabeza en cuanto detectaba la mínima ráfaga de olor a pintura. Recordó a Santos. Puede que no fuera tan inocuo. Cabía la posibilidad de que aquel ser a quien todos consideraban reducido a la elemental simplicidad de un anélido —boca, tripa y ano— tuviera la suficiente lucidez para haberse levantado por los ruidos y, al asomarse a la ventana, lo hubiera visto alejándose de la obra. Entonces pensó que a quien mata una vez le resulta muy fácil seguir matando.

Creyó que con esa segunda vez había acabado todo. Pero no fue así, claro. Todo volvía a empezar, pero él estaba ahora más cansado.

La chapa azul con su peculiar forma de triángulo. La llevaba en el bolsillo —la había visto al sacar las llaves— cuando abrió la puerta del chalet a primera hora de aquella tarde, cuando estuvo preparando todo el escenario —la pintura y el disolvente, la depuradora en marcha para subrayar la tentación, la plancha de corcho donde tumbarse a dormir— con el mismo esmero con que un decorador cuidaría todos los detalles la noche de estreno, pero al mismo tiempo con la misma precaución para ocultar las poleas, cables y bastidores que lo movían. Lo más probable era que la hubiera perdido en el chalet, en esa primera visita, al agacharse varias veces, o en la segunda, en los minutos finales de ejecución. Luego la había buscado por la piscina y el césped, apurando el tiempo y el peligro con Santos ya flotando en el agua, pero al no hallarla se dijo que, si no estaba allí, se le habría caído por la calle durante el trayecto, o en la obra adonde había ido entretanto, o en la oficina, como a Alicia se le había caído el pañuelo, en cuyo caso terminarían devolviéndosela si algún empleado la encontraba y reconocía el nombre de *Job*.

Pero también aquellos días habían pasado y nadie trajo nada, así que terminó creyendo que la placa ya estaría en el basurero municipal, o entre las canicas y pequeños objetos de algún niño del barrio. Hasta que de nuevo pudo comprobar que la realidad es indomable y que volvía a insistir en su desafío en cuanto su inquietud se atemperaba.

No había vuelto a fijarse en ningún perro, porque buscar otro le hubiera parecido una traición para el viejo y entrañable *Job*. Sin embargo, cuando la tarde anterior iba al trabajo vio a una chica paseando a un teckel. Le extrañó, porque los jóvenes solían preferir aquellas razas agresivas de rotwailers y pitbulls y bulldogs y dogos que tanto se les parecían. Era tan similar a *Job* que por un instante creyó que era él, que el hombre que contrató para matarlo lo había engañado. El perro también se quedó mirándolo y se detuvo cuando se cruzaron, como si adivinara en él algún vínculo familiar. No se resistió a agacharse y hacerle una caricia.

—¿Es tuyo? —le preguntó a la chica.

—No. Es de mis abuelos, pero algunas veces lo saco a pasear.

—¿Cómo se llama?

—*Barry*.

Al acariciarle el cuello vio la chapa, y ésa fue su segunda sorpresa, porque ahora a casi todos los perros les implantaban un chip en la oreja donde iban grabados todos sus datos.

—¿Verde? —le preguntó, extrañado.

—¿Verde?

—La chapa de identificación. ¿No es azul?

—Las he visto de tres colores diferentes: verde, azul y amarillo. ¿Qué importancia tiene?

—Ninguna, ninguna —dijo, con un temblor tan súbito que el perrito retrocedió asustado a protegerse entre los pies de la chica.

En ese momento intuyó adónde había ido a parar y por qué no la vio cuando la buscaba por todo el chalet. Recordó la fuerza de la corriente, la trampilla engullendo todo lo que flotara en el agua azul. Claro que no estaba seguro, pero, según se había movido, era la posibilidad más lógica y tenía que eliminarla. Sin embargo, no podría entrar allí libremente, porque seguía precintado y, sin duda, tendría algún tipo de vigilancia.

Al llegar a la oficina se encontró con una nota de Miranda en su mesa: habían llamado de la Guardia Civil para informar de que volverían a llenar la piscina y la dejarían como estaba, pues iban a despejar el chalet. Lo habían registrado todo y ya no tenía ningún sentido mantenerlo cerrado.

Eso lo obligaba a anticiparse a todos ellos, porque no podía esperar a que pusieran en marcha la depuradora. Ante aquel aviso se sentía como el ciervo que oye los primeros disparos del otoño y sabe entonces que la cacería ha comenzado. Aunque terminara exhausto, tenía que levantarse de nuevo de la hierba y ser muy rápido en borrar sus huellas y esconderse en el interior del bosque. Es cierto que hubo un momento en que consideró la posibilidad de algo extraño y peligroso en la repentina decisión del teniente, pero hizo caso omiso diciéndose que, al analizarlo, lo natural del peligro es la exageración. Nadie saldría de casa durante el día ni nadie dormiría tranquilo durante la noche si no apartara a un lado los avisos del miedo. Aún conservaba la copia que había sacado de las llaves y ahora iba a utilizarla.

Al salir a la calle de nuevo lo sorprendió el calor asfixiante. No podía existir un mejor momento y un día mejor para caminar por Breda. A las cuatro de la tarde, detrás de cada ventana, todos descansaban con el aire acondicionado puesto o se refugiaban en las sombras. El cielo flameaba y parecía que todo iba a volverse transparente. Las calles olían a caucho y a cadáveres y tenían esa imagen desierta, blanquecina y sobreexpuesta a la luz que parece más propia del sueño que de la realidad. Mientras avanzaba bajo una fila de altos plátanos que soportaban sedientos el paso del verano, de uno de ellos cayó a sus pies, con un pequeño ruido sordo, un pájaro abrasado incapaz de resistir el bochorno. Miró hacia arriba: no sólo las hojas estaban abarquilladas por el calor, como si la propia savia se negara a abandonar la frescura del subsuelo para ascender hasta ellas: también las aristas de los edificios se ondulaban y el asfalto parecía combarse con un reverbero de espejismo. Un chico que pasó a su lado —el único transeúnte en las calles desiertas, como si la llegada de la peste o la amenaza de algo químico o nuclear hubiera vaciado la ciudad— se detuvo un momento a encender un cigarrillo. El aire ardía y su temperatura era tan similar a la del fuego que apenas se veía la llama del mechero.

En la puerta del muro ya no estaba el precinto de la Guardia Civil. Introdujo la llave y abrió, temiendo que los goznes hicieran algún ruido, pero parecía que los hubieran engrasado. La cerró y apoyó un momento la espalda en ella, observando la soledad interior de la casa, la valla pintada a medias, el césped que comenzaba a agostarse y la piscina doblemente vacía. Se limpió el sudor con el pañuelo. No tardaría mucho. Cuando saliera de allí, podría organizar definitivamente su desdicha de un modo que la hiciera soportable, sentarse a descansar y a envejecer despacio.

Por los resquicios de la persiana vio cómo se abría la puerta, cómo entraba y apoyaba la espalda en ella, como si hubiera venido corriendo con todo aquel calor y necesitara recuperar el aliento. Desde fuera, Muriel no podía verlo en la oscuridad interior, pero él sí podía seguir todos sus movimientos, primero por la ventana y, cuando avanzara, por la puerta que daba al patio y a la piscina. Sabía que Gallardo y sus dos ayudantes estaban escuchando la señal de su teléfono móvil en la furgoneta aparcada al otro lado del muro, desde donde impedir la huida o aparecer rápidamente si surgía algún problema.

Pero Cupido estaba seguro de que no sería necesario. Creía conocer a ese tipo de gentes que, a pesar de la agresión o el delito que hayan cometido, llevan asumido de forma indeleble su destino de víctimas. Sólo había que lanzarles unas pocas palabras de acusación para que comprendieran que todo su artificio se había derrumbado y que no se puede engañar al futuro si no se cuenta con algo menos frágil que una coartada. Quizás incluso esperaran alcanzar algún tipo de paz al dejar de mentir.

Muriel llegó a la caseta de la depuradora, abrió la puerta metálica y no tuvo que agacharse para entrar. Sólo entonces Cupido salió de la casa y avanzó aquellos metros a través del césped tan seco que crujía bajo sus pies. Al ocupar el hueco de la puerta, su figura hizo disminuir la luz de la caseta que ahora le pareció más pequeña, no mucho mayor de la que necesitaría un perro, y esa señal le hizo volverse bruscamente, en las manos la cubeta del filtro, los ojos muy abiertos por el miedo o por la oscuridad de dentro.

—Busca esto, ¿verdad? —le dijo, y le enseñó en la mano abierta la placa cuyo color tanto se parecía al del gresite azul de la piscina.

—¿Dónde la ha encontrado? —preguntó, casi sin sorpresa ni malestar ni vehemencia, sin necesidad de comprobar que era el nombre de *Job* el que estaba grabado junto a su número de teléfono, como si desde aquel atardecer en la terraza del bloque hubiera sabido que al final ocurriría eso, ese gesto, un hombre alto mostrándole en la palma de la mano la prueba irrefutable de la culpa.

—Ahí, donde la está buscando.

—Eso quiere decir que estaba esperándome.

—Sí —dijo Cupido. Aunque ignoraba los motivos por los que Muriel había cometido el primer crimen, ahora apenas sentía curiosidad por hurgar en ellos. Al contrario, tenía unas ganas intensas de que llegara Gallardo para hacerse cargo de todo. No le gustaba aquella situación en que ejercía al mismo tiempo los papeles de guardia, de detective, de fiscal y de juez ante un hombre en cuyo corazón casi podía oír destilar las gotas del miedo.

—¿Y el teniente?

—También. Viene ahí detrás.

—Supongo que entonces todo ha terminado. Supongo que usted no es de los que tienen un precio. ¿Me equivoco? —dijo en un último intento de defensa, expresado sin convicción ni esperanza, sólo como si se sintiera obligado a intentarlo.

—No —dijo Cupido—. No se equivoca.

—Todo ha terminado —repitió.

Avanzó hacia la puerta, y Cupido se apartó para dejar que saliera, dócil y desesperado, con los ojos todavía muy abiertos, sin deslumbrarse, como si también afuera estuviera muy oscuro para él, bajo aquel sol intenso que al alancear su calvicie hacía destacar sus irregularidades. Detrás se oían los pasos del teniente.

Le entrego el sobre con los doce mil euros. No cuenta los billetes, solamente levanta la solapa con un gesto rápido, como si también él estuviera sorprendido de lo poco que abulta una cantidad que en los viejos billetes de pesetas hubiera abultado siete veces más.

—Creo que nunca había logrado reunir tanto dinero efectivo de una sola vez en mis manos —le digo—. Y nunca creí que me resultara tan fácil desprenderme de él.

—Pero no es el dinero lo más importante —replica, y él no parece mentir. Porque muchas veces he oído esas mismas palabras en la gente más llena de codicia.

—Claro que no. Sin embargo, con tantos titulares en las noticias de cada día hablando de tantos millones y de tantos nuevos millonarios en este país de la noche a la mañana, a veces se tarda demasiado tiempo en comprender algo tan sencillo como que el dinero casi nunca arrastra tras de sí la felicidad —añado, sin miedo a pronunciar esa palabra.

Hablamos vagamente de la solución del caso, de Muriel y el juego, de Ordiales, de la eterna dificultad entre el hombre y la mujer, de la necesidad que todos tenemos de encontrar motivos para sentirnos felices, porque lo que de verdad nos sobran son motivos para sentirnos desdichados, del dinero de nuevo. Sé que nunca le he sido simpático, pero ahora, por vez primera, siento aparecer entre nosotros esa cordialidad que surge entre desconocidos que han participado de forma conjunta en una tarea casual y la han resuelto satisfactoriamente.

—Voy a dejar ese trabajo —le confieso—. Demasiado... cruel. Y quizá sea cierto eso de que uno puede terminar acostumbrándose a la crueldad.

—Me parece una buena decisión. Hay técnicos para hacer eso que usted hacía. Yo también descansaré durante algún tiempo.

—Lo entiendo —digo.

—¿Lo entiende?

—Quiero decir que tampoco debe de ser un trabajo agradable. Todo el mundo huyendo del contacto con el delito, y usted buscándolo —añado. Enseguida tengo la sensación de que en la frase hay algo mal dicho que debo corregir, pero no sé cómo hacerlo—. ¿Problemas? —me atrevo a preguntarle.

—No el tipo de problemas en que usted estará pensando. Sólo problemas familiares.

Miro sus manos. Fuertes, grandes, sin temblor, con movimientos firmes. Ese tipo de manos elegantes que de forma tan errónea la gente asocia a los pianistas. En sus dedos no hay ninguna alianza.

—Mi madre —dice, porque ha visto mis ojos—. Tuvo una caída. Se rompió una pierna y está en una residencia. Durante algún tiempo dejaré el trabajo para estar cerca de ella.

Luego nos quedamos en silencio, sin nada que añadir. Que los veterinarios se ocupen de los animales moribundos, agresivos o incómodos; que la ley se encargue de resolver los delitos. Aunque no estoy seguro de que dejándolo todo a su cargo las cosas funcionen mejor.

Nos despedimos con un breve apretón de manos y lo veo alejarse por la acera: un hombre alto, atractivo, levemente triste. Supongo que no volveré a tener trato con él y que, si alguna vez nos cruzamos por la calle, yo miraré hacia otro lado, como si no lo conociera. El episodio que acaba de cerrar no me llena precisamente de orgullo y no será agradable recordarlo.

Vuelvo a casa, ceno algo, solo y en silencio, y me tumbo en el sofá a oír las noticias: violencia, economía y deportes. Mañana, cuando pase la noche, tengo que cumplir mi último encargo aceptado. Un trabajo fácil: un animal sin testículos, un perro que ha quedado mutilado a consecuencia de una orquitis. Es probable que haya perdido su rabia y que se deje morir sin excesiva resistencia, con esa digna agonía de las bestias que el hombre mutila para poder manejarlas a su antojo: los bueyes, las jacas, los cerdos engordados para el sacrificio.

¿Pero quién de nosotros no es también un mutilado, si no del cuerpo, del alma, esa palabra que todos pronunciamos con vergüenza?, me pregunto de pronto. ¿Quién puede asegurar que durante toda su vida conservará la memoria y las vísceras y todos sus miembros y todos sus dientes sin recortes ni mella? La vida es ir perdiendo partes del cuerpo que el tiempo pudre y capacidades que intentamos suplir con recursos vicarios: un teclado en una orquesta de verbenas cuando no se puede dominar un piano; sexo cuando nos han mutilado para el amor; consumo frenético cuando ya no hay ninguna esperanza de felicidad; diversión y cultura cuando ya no se puede creer en Dios.

Conozco bien todo eso, por todo eso he pasado.

La cortinilla con el fin del telediario da paso a la publicidad y luego a una película. Aún falta una noche para mi último trabajo. Cuando termine con él, sé que estaré más solo. En el fondo, mi relación con los animales ha sido mi relación más importante con el mundo en los tres últimos años. Sigo detestando la otra forma de vincularme con mis semejantes, la de teclista, la de estar subido en un escenario intentando que baile gente que no quiere bailar.

Pero, al menos, ha desaparecido el angustioso conflicto

en que me había implicado de forma tan inconsciente y estúpida. Forzándome a pensar en esa buena noticia, apago el televisor y cierro los párpados. Va volviendo el sueño a los ojos que lo habían perdido.

Últimos títulos